KRISTEN PROBY
BESTSELLER DO NY TIMES E USA TODAY

LUTA
Comigo
With me in Seattle 2

Copyright © Kristen Proby, 2012
Tradução © Editora Charme, 2015
Edição publicada mediante acordo com Taryn Fagerness Agency e Sandra Bruna Agencia Literaria, SL.

Todos os direitos reservados.
Nenhuma parte deste livro pode ser reproduzida, digitalizada ou distribuída de qualquer forma, seja impressa ou eletrônica, sem permissão. Este livro é uma obra de ficção e qualquer semelhança com qualquer pessoa, viva ou morta, qualquer lugar, evento ou ocorrência é mera coincidência. Os personagens e enredos são criados a partir da imaginação da autora ou são usados ficticiamente. O assunto não é apropriado para menores de idade.

1ª Impressão 2015

Produção Editorial - Editora Charme
Foto - CanStockPhoto
Criação e Produção Gráfica - Verônica Góes
Tradução - Monique D'Orazio
Revisão - Ingrid Lopes

Este livro segue as regras da Nova Ortografia da Lingua Portuguesa.

CIP-BRASIL, CATALOGAÇÃO NA PUBLICAÇÃO
SINDICATO NACIONAL DE EDITORES DE LIVROS, RJ

Proby, Kristen
Luta Comigo /Kristen Proby
Titulo Original - Fight with me
Série With me in Seattle - Livro 2
Editora Charme, 2015.

ISBN: 978-85-68056-18-9
1. Romance Estrangeiro

CDD 813
CDU 821.111(73)3

---

www.editoracharme.com.br

KRISTEN PROBY
BESTSELLER DO NY TIMES E USA TODAY

LUTA
Comigo
With me in Seattle 2

Tradução - Monique D'Orazio

Editora Charme

Dedicatória

Para Tanya. Seu apoio e amizade significam mais para mim do que você jamais saberá. Te amo, minha melhor amiga.

Prólogo

Verão

Minhas costas batem na parede com um baque leve. O rosto de Nate está enterrado na minha garganta. Suas mãos estão na minha bunda; minha saia está levantada ao redor da cintura; e ele me levanta para poder friccionar a ereção, ainda coberta, no encontro das minhas coxas. Tiro o elástico que prende seus cabelos grossos e negros, passando as mãos pelos fios e agarrando-me a eles. Nunca vi seu cabelo solto antes; ele sempre o deixa amarrado na nuca, o que é muito sexy. Chega um pouco acima dos ombros, emoldurando seu rosto incrivelmente bonito, que faz meu interior estremecer e minha boca secar toda vez que ele olha para mim.

Mas Nate nunca me olhou do jeito que está olhando agora no corredor quase escuro, no meio do seu apartamento, chegando à porta do quarto. Seus olhos cinzentos ardem de desejo quando ele fricciona sua pélvis contra a minha.

— Você sabe como é linda, Julianne? — murmura. — Preciso de você pelada, agora. — Ele me pega, as mãos ainda apoiadas na minha bunda, e eu me envolvo em torno dele, a caminho do quarto. De repente, estou em pé diante dele, e somos um emaranhado de braços e mãos gananciosas, puxando e agarrando roupas, arremessando-as de qualquer jeito pelo cômodo. Ele não acende as luzes, por isso não consigo mais vê-lo, mas, ah, essas mãos. Não sei quantas vezes fiquei sentada, durante uma reunião, observando essas mãos grandes e lindas que agora estão em mim.

Em todos os lugares.

Sua boca está na minha, suas mãos estão no meu cabelo loiro. Sou beijada fervorosamente até meus joelhos enfraquecerem. Ele beija muito bem. Bem demais.

Incrível pra cacete.

Ele me pega de novo, me embalando nos braços, dessa vez, e me deita na cama; os lençóis são macios e frescos nas minhas costas nuas. Eu gostaria de poder ver Nate em toda a sua glória nua. Sonho acordada com um Nate sem roupas desde que ele se tornou meu chefe, quase um ano atrás. Tenho a sensação de que há um corpo incrível muito bem escondido debaixo de todos aqueles ternos de executivo de corte elegante.

Nate me segue na cama. Corro as mãos por sua barriga e seu peito, subindo até os ombros.

Caramba, como ele é definido, sua pele é quente e macia e... *minha nossa.* Suas mãos estão segurando meu rosto agora, me beijando carinhosamente, mordendo e beliscando meus lábios. Ele se apoia sobre um cotovelo ao lado da minha cabeça e desce a outra mão pelo meu pescoço, por cima do meu peito, provocando o mamilo tenso com seus dedos, e, mais para baixo, lentamente encontrando seu alvo.

— Ai, Deus. — Meu corpo arqueia em cima dos lençóis macios quando ele desliza dois dedos dentro de mim, e seu polegar circunda suavemente meu clitóris.

— Ah, você está tão molhada. E é apertada pra caralho. Jesus, quanto tempo faz para você, querida?

Sério? Ele quer saber disso agora?

— Mais do que eu gostaria de pensar — respondo e levanto os quadris em direção à sua mão. *Ai, Deus, o que este homem sabe fazer com as mãos!*

— Quero você agora. Queria você desde que te vi. — Seus lábios encontram os meus, exigindo e sondando, lambendo e chupando; sua língua é um reflexo do que seus deliciosos dedos estão fazendo lá embaixo, e eu sou completamente levada. Eu o desejei durante todo esse tempo também.

— A gente não deveria estar fazendo isso — sussurro, pouco convincente.

— Por que não? — ele sussurra de volta.

— Porque... Ai, Deus, sim, bem aí. — Meus quadris estão se movendo num círculo e eu vou descendo as mãos até chegar em sua bunda: dura, musculosa e sexy demais.

— O que você estava dizendo? — Ele está mordiscando meu pescoço.

— Nós dois poderíamos ser demitidos. Nada de envolvimento afetivo entre funcionários, é a política da empresa.

— Não dou a mínima para a política de ninguém no momento. — Seus lábios se fecham ao redor do meu mamilo, e perco todo o pensamento consciente. Nate vai lambendo e sugando por todo o caminho até minha barriga, dando muita atenção ao umbigo, antes de ir mais para o sul, beijando meu púbis recentemente depilado (graças a Deus!) e, finalmente, plantando aquela língua bem *ali*.

— Porra! — Meus quadris se curvam para cima na cama, e eu o sinto sorrir antes de tirar os dedos de dentro de mim, afastar mais minhas coxas e me beijar profundamente, sua língua empurrando e girando pelas minhas dobras e dentro de mim. Cravo os dedos em seu glorioso e espesso cabelo e espero. Quando penso que não vou aguentar mais, ele lambe meu clitóris e empurra um dedo dentro de mim, fazendo um movimento de "venha aqui". Eu me desfaço, estremecendo e cravando os calcanhares no colchão, levantando meu sexo de encontro à sua boca habilidosa.

Quando volto ao planeta Terra, ouço Nate rasgar uma embalagem e subir pelo meu corpo, me beijando, chupando um mamilo e depois o outro, e, então beijando a minha boca. Posso sentir meu gosto em seus lábios e solto um gemido, enlaçando as pernas ao redor de seus quadris, levantando a pélvis, pronta para ele me preencher, mas não é o que ele faz. Nate está apenas suspenso, apoiado nas mãos acima de mim, seu pênis aconchegado entre minhas coxas. Sua respiração é irregular, e eu desejo com todas as minhas forças que pudéssemos acender as luzes para eu poder ver seus olhos cinzentos.

— Nate, eu quero você.

— Eu sei.

— Agora, droga.

— Você é tão gostosa — ele sussurra e se abaixa para tocar os lábios na minha testa.

— Dentro de mim. — Coloco a mão entre nós e agarro sua ereção. *Minha nossa, é enorme.* Ele é duro e liso, e ainda não colocou o preservativo. Passo a mão por todo o comprimento até a cabeça e... — Puta que pariu, o que é isso?

Ele ri e se inclina para me beijar suavemente.

— É um APA — sussurra. Há uma barra de metal com duas bolinhas, uma na parte de cima e outra na de baixo, na ponta do pênis, e eu estou completamente desconcertada. Nate, meu chefe, que usa terno e tem uma aparência conservadora, com exceção do cabelo comprido, tem um *piercing no pênis*?

— Um o q-quê? — Meus dedos tocam a joia, passo o indicador ao redor da glande, e ele suga o ar bruscamente entre os dentes.

— Um *apadravya*. Caralho, gata.

— Por que você faria um negócio desses? — pergunto, inesperadamente excitada e curiosa. *Eu só queria poder ver!*

— Você está prestes a descobrir. — Ouço o sorriso em sua voz e, em seguida, sinto-o colocar a mão entre nós e rolar o preservativo por todo o comprimento impressionante.

Ele me beija de novo, com mais urgência, e enterra as mãos nos meus cabelos loiros. Levanto os quadris e sinto a glande — *e as bolinhas de metal* — na minha entrada, e ele, lentamente, nossa, tão lentamente, desliza para dentro de mim.

Ai. Meu. Deus.

Sinto o metal roçar as paredes da minha vagina, lá dentro, e ele para, enterrado no fundo, sua boca ainda se movendo sobre a minha.

— Caralho, adoro como você é apertada. — Suas palavras me fazem apertá-lo e envolver as pernas ao redor de seus magros quadris, passando as mãos naquele cabelo glorioso.

Ele começa a mover a pélvis, deslizando para dentro e para fora de mim, e a sensação é diferente de qualquer outra que já experimentei. Sinto o metal, o pau impressionante, e sua boca está fazendo coisas malucas na minha. Sinto meu corpo acelerar à medida que uma fina camada de suor me cobre. Ele pega o ritmo e faz movimentos circulares com os quadris, apenas o suficiente para me fazer perder completamente a cabeça.

— Vamos, gata, deixa vir. — E eu deixo, violentamente. Grito quando Nate estoca dentro de mim, mais forte, uma e duas vezes, e depois sucumbe ao próprio clímax.

— Ai, caralho!

Acabei de transar com o meu chefe.

Nate sai de dentro de mim, tira a camisinha e a joga no chão ao lado da cama.

— Você está bem? — ele pergunta.

Não.

— Estou.

— Precisa de alguma coisa? — Ele passa os dedos pela minha bochecha, e eu novamente queria que as luzes estivessem acesas, mas, ao mesmo tempo, não quero porque agora estou me sentindo inibida, e eu nunca me sinto assim. Sua voz está distante, como se ele não soubesse bem o que fazer comigo agora e, para ser sincera, eu também não sei.

— Não, obrigada.

Ah, Deus, o que eu acabei de fazer? Acabei de fazer o sexo mais maravilhoso e fantástico da minha vida com o único homem do mundo que eu não posso ter. Quando ele me convidou para tomar alguma coisa no apartamento dele depois do jantar com os colegas de trabalho, eu deveria ter dito não, mas não consegui. Eu queria colocar as mãos nele desde o primeiro dia, mas nossa empresa tem uma política rigorosa sobre proibir envolvimento afetivo entre os funcionários, e há muito tempo eu tenho uma política minha: nada de transar com colegas de trabalho.

E, no entanto, aqui estou eu, felizmente saciada, e muito envergonhada, na cama do meu chefe sexy, em seu apartamento luxuoso no trigésimo andar.

Porra.

— Quer que eu acenda as luzes? — pergunta Nate, e começa a se afastar de mim, mas estendo a mão e agarro seu braço para detê-lo.

Luta Comigo

— Não, não tem problema.

— Isso não parece algo que você falaria. Tem certeza de que está tudo bem?

— Estou bem. Só cansada. Provavelmente, bebi vinho demais. — Aquelas duas taças que tomei, ao mesmo tempo em que mergulhava na maravilha que é Nate, sem dúvida, não afetaram minha cabeça, mas é a única desculpa que tenho. O clima entre nós ficou esquisito agora e odeio isso. Não sei o que eu esperava, pois não o conheço muito bem. Ele sempre foi profissional e educado, e até hoje eu não fazia ideia de que me achava nem um pouquinho atraente.

Ele esconde as emoções muito bem sob uma máscara de indiferença.

Nate beija minha testa e puxa as cobertas sobre nós. Em seguida, me vira de costas para ele e se aconchega atrás de mim.

— Durma. Amanhã a gente conversa.

Conversar? Conversar sobre o quê?

Não respondo, apenas fico em silêncio e espero sua respiração estabilizar. Aí, espero mais dez minutos para ter certeza de que ele está dormindo. Cuidadosamente, deslizo para fora de seu braço pesado — caramba, como é musculoso! Aqueles ternos que ele veste são muito enganadores. Apalpo meu caminho até a parede, rezando para não tropeçar, cair de bunda e acordá-lo, e depois sigo até a porta. Acendo a luz do corredor, junto minhas roupas rapidamente e me visto. Pego a bolsa na sala de estar, linda e decorada por profissionais, e vou embora.

Chamo um táxi no saguão do edifício chique de apartamentos, no centro de Seattle, e espero pelo transporte que vai me levar de volta ao estacionamento da empresa, para pegar meu carro.

Quando finalmente chego à casa que divido em Alki Beach com minha melhor amiga, Natalie, vejo um Lexus conversível estranho na garagem, e luzes provenientes da cozinha nos fundos da casa.

— Natalie?

— Na cozinha!

— Tem companhia? — Não estou com a menor vontade de conhecer o novo amigo da Nat.

— Tenho — ela responde.

— Te vejo amanhã, vou para a cama. — Subo as escadas para o meu quarto, fecho a porta atrás de mim e tomo um banho longo e quente. Minha pele ainda está sensível da brincadeira na cama de Nate, e seu cheiro está impregnado em mim: limpo, almiscarado e sexy. Não consigo evitar o arrependimento, mesmo que pequeno, por ter ido embora. Talvez a gente tivesse se divertido mais durante a noite, antes que a dura luz do dia tomasse conta de tudo.

E junto com ela teríamos "A Conversa".

Não, obrigada.

Realmente, não preciso que Nate soletre todas as razões pelas quais o fato foi uma indiscrição de uma noite só. Certamente não acho que possa lidar com o constrangimento da manhã seguinte. É melhor fingir que isso nunca aconteceu e voltar ao tratamento profissional de costume.

Visto uma calcinha cor-de-rosa e uma regata branca, e tiro o celular da bolsa, no caminho para a cama. Não há mensagens.

Ele provavelmente está tão aliviado que eu fui embora quanto eu.

Fico acordada a noite toda, tentando descobrir o que vou falar quando ligar para o trabalho amanhã para dizer que estou doente.

Capítulo Um

Fim da primavera

Amo meu trabalho. Amo meu trabalho. Deus, às vezes eu odeio meu trabalho. Releio o e-mail conciso do meu chefe, Nathan McKenna, e engulo em seco.

Sexta-feira, 26 de abril de 2013, 13:56
De: Nathan McKenna
Para: Julianne Montgomery
Assunto: Trabalho até tarde

Julianne,

Preciso que você trabalhe até tarde comigo hoje à noite, e, possivelmente, também no fim de semana. Por favor, junte todos os arquivos sobre a conta Radcliffe e me encontre na minha sala às 18h.

Nate

Droga! Durante oito longos meses, eu consegui ficar longe do meu chefe, e sei que tive uma sorte incrível por não ter de trabalhar sozinha com ele depois do expediente. Acontece que recentemente perdemos o outro colaborador júnior do nosso departamento, o que deixa só eu e Nate.

Borboletas enormes e bestiais fixaram residência no meu estômago.

Desde aquela única noite no verão passado, Nate e eu temos mantido um nível de profissionalismo do qual tenho muito orgulho, apesar de que, sempre que o vejo, sinto uma descarga de eletricidade que faz minhas coxas se apertarem. Cheguei a convidá-lo para um encontro duplo comigo e Nat, na noite de uma das estreias de filme do marido dela, Luke, mas consegui manter a noite completamente platônica.

Quase me matou.

Luta Comigo   15

Desde então, fico bem longe do Sr. Gostosão pelo bem maior de não perder o emprego que eu gosto.

Não que ele esteja clamando que deseja me levar de volta para a cama. Na manhã seguinte ao *Melhor sexo na história da humanidade*, depois que fugi da cama dele, Nate ficou irado. Me ligou e mandou uma mensagem, querendo saber que diabos tinha acontecido, e eu o evitei como a peste por umas boas duas semanas, trabalhando em casa e tirando férias.

Depois, ele simplesmente parou. Toda a comunicação pessoal parou. Agora, quando estamos juntos durante o horário de trabalho, ele é o epítome do profissionalismo.

Tem dias que isso me deixa louca da vida.

E agora que o idiota do nosso departamento se demitiu porque não conseguia dar conta do cronograma exigente, eu tenho que trabalhar sozinha com o Nate.

Merda.

Fico sentada na minha cadeira e vejo a hora. São 17h30. Tiro os óculos, jogo-os sobre a mesa e deixo a cabeça cair sobre as mãos. *Adeus ideia de passar o fim de semana com um pote de sorvete e um bom livro.*

Eu consigo. *Toma vergonha, Montgomery.* Já posei nua em revistas. Jantei com zilionários e convivi com estrelas de cinema. Tenho quatro irmãos mais velhos que me provocam sem parar e me ensinaram como detonar.

Consigo lidar com o homem mais sexy que já vi na vida, por algumas horas, sem rasgar minhas roupas e fazer coisas pervertidas com ele.

Eu acho.

Talvez.

Recupero o autocontrole, programo todas as minhas chamadas e e-mails para serem redirecionados para o iPhone, e vou ao banheiro me preparar para a noite.

Estou feliz com o que vejo no espelho. Meu cabelo longo loiro-claro ainda está com os cachos soltos que fiz hoje de manhã. Minha maquiagem é sutil e profissional, destacando meus olhos azuis. Passo uma nova camada de brilho labial cor de boca, endireito o vestido simples cor de vinho e percorro os olhos pelo meu corpo esguio. Fui abençoada com uma genética excelente. Não tenho curvas tão sensuais como as de Natalie, mas fui abençoada com seios decentes, bumbum arrebatado, e uma silhueta que me levou às páginas da revista *Playboy*. Três vezes. Malho muito para manter minha forma.

Satisfeita com o meu reflexo, ando rapidamente, nos meus saltos altos *Louboutin*, de volta para minha sala, reúno os arquivos que Nate pediu, pego meu celular e caminho pelo corredor até a sala dele. Sua assistente pessoal, a Sra. Glover, está sentada à mesa dela. É uma mulher de mais idade, de cabelos grisalhos e olhos castanhos astutos. Seu sorriso engana. Ela me deixa apavorada com sua eficiência afiada e a capacidade louca de antecipar cada movimento de Nate.

— Oi, Srta. Montgomery, pode entrar.

— Obrigada. — Aceno com a cabeça para ela e prossigo para o escritório, batendo duas vezes e então abrindo a porta.

— Entre, Julianne. Obrigado por ficar. — Nate olha por cima do computador e balança a cabeça, o rosto completamente vazio.

— Claro. — O escritório de Nate é vasto, com grandes móveis escuros. As cadeiras na frente da mesa são de couro preto exuberante. Há prateleiras do chão ao teto com centenas de livros e arquivos, meticulosamente ordenados, sem dúvida, pelas mãos eficientes da Sra. Glover. Atrás da mesa estão grandes janelas com vista para o Space Needle e o Puget Sound.

É lindo.

Não sei dizer se Nate sequer presta atenção a isso.

Sento na pontinha de uma das cadeiras pretas e arrumo os arquivos na mesa, esperando que ele vá direto ao ponto.

— Como você está? — pergunta ele com a voz suave.

— Hum... bem, obrigada. — *Que diabos?*

— Desculpe por ter sido em cima da hora. — Ele se inclina para frente e apoia os cotovelos sobre a mesa, entrelaçando os dedos e mantendo contato visual constante. Deus, aqueles olhos cinzentos são uma distração. Quase tão perturbadores quanto as mãos, e a maneira deliciosa como ele...

Chega.

— É parte do trabalho. — Abro uma pasta e tento fingir que minhas bochechas não estão coradas. — Então, o que há com esta conta?

— Como estão Natalie e Luke?

— Eles estão bem. — Eu me sento mais para trás na cadeira e olho para ele, agora de um jeito especulativo. Por que estamos tendo uma conversa pessoal? — A Natalie vai ter o bebê daqui a algumas semanas.

— Isso é ótimo, que bom para eles. — Nate sorri, aquele sorriso evasivo, sexy, de derreter calcinhas, e eu me vejo retribuindo. Seu cabelo está afastado do rosto, preso para trás, como de costume. Seu queixo esculpido foi recém-barbeado, e ele está vestindo um terno preto com uma camisa preta e gravata azul. Ele nunca tira o paletó para arregaçar as mangas, e eu me pergunto brevemente por quê. Aí eu me lembro de voltar para a conversa em questão.

— Sim, eles estão animados. Vou fazer o chá de bebê no próximo fim de semana.

— Prometo não fazer você trabalhar na próxima semana. — Ele pisca para mim e eu quase caio da cadeira.

Quem é esse homem, e o que ele fez com o meu chefe?

— Então, e sobre a conta? — pergunto quando a Sra. Glover bate na porta.

— O jantar está aqui, senhor.

— Obrigado, Jenny, pode trazer. — Nate se levanta e pega dois sacos grandes das mãos da Sra. Glover. — É tudo por hoje. Vejo você na segunda-feira.

— Tenha um bom fim de semana, senhor. Srta. Montgomery. — Ela acena para nós dois e, em seguida, sai do escritório e fecha a porta.

— Pedi comida chinesa. Peguei o que você come sempre. — Ele sorri e senta novamente na cadeira, abrindo os sacos de papel. Ele parece muito feliz consigo mesmo esta noite, muito mais acessível e amigável do que tem sido desde o último verão.

Qual é o jogo dele?

— Obrigada — respondo, percebendo que estou morrendo de fome. Sirvo um prato com arroz, frango agridoce e rolinhos de ovo, e atacamos a comida, jantando em silêncio por alguns minutos. Sinto os olhos de Nate em mim, então decido agir como gente grande e tomar a iniciativa.

— Então, qual é a dessa conta? — pergunto de novo e pego uma porção de frango.

— Não faço ideia, eu só queria jantar com você; só assim eu posso te ver.

Meu. Deus.

Paro de mastigar, arregalo os olhos, e fico encarando seu rosto perfeitamente sincero.

— Perdão?

— Você me ouviu.

Enrugo a testa e coloco meu prato cuidadosamente sobre a mesa.

— Então, a gente não vai trabalhar nessa conta?

— Não.

— Não estou entendendo.

Nate põe os palitinhos de lado, limpa a boca com um guardanapo e se recosta na cadeira, me observando atentamente.

— Eu só queria jantar com você, Julianne.

— Por quê? — *E por que ele insiste em me chamar de Julianne?*

Ele franze a testa novamente.

— Vou ter que desenhar pra você?

— Acho que sim.

— Eu gosto de você. Gosto da sua companhia. — Ele dá de ombros, parecendo perdido e um pouco inseguro. Não estou nem um pouco acostumada a ver emoções em seu rosto bonito.

— Mas você é o meu chefe.

— E daí?

— E daí que nós poderíamos perder o emprego.

— É só um jantar, Julianne.

— Você não está me olhando como se só quisesse jantar, Nate.

Ele inclina a cabeça para o lado, e um sorriso aparece em seus lábios.

— E como eu estou olhando para você?

— Como se quisesse me comer em cima desta mesa. — *Puta. Que. Pariu! Acabei mesmo de dizer isso?*

O sorriso de Nate desaparece e seus olhos se estreitam.

— Cuidado com a linguagem.

Engulo em seco e pisco rapidamente.

— Existem muitos lugares onde eu gostaria de te comer, incluindo esta mesa, mas, agora, eu simplesmente gostaria de curtir um jantar com você.

— Cuidado com a linguagem — sussurro. O sorriso dele está de volta.

— Dizendo ao seu chefe o que ele deve fazer?

— De alguma forma, não acho que estamos tendo essa conversa num contexto de chefe/subordinada. — Balanço a cabeça e olho para o homem diante de mim. — O que é isso? Por que agora?

— Coma.

— Perdi a fome de repente, obrigada.

— Só me dê esse gostinho, Julianne.

— Por que você me chama de Julianne? — pergunto e pego outro pedaço de frango.

— É o seu nome. — Seus olhos estão fixos em minha boca. Sorrio para mim mesma quando pego um rolinho de ovo e mordo a ponta.

— Todo mundo me chama de Jules.

— Eu não.

— Por que não? — pergunto novamente.

— Porque Julianne combina com você. — Ele dá de ombros e come mais uma porção.

— Mas eu prefiro Jules.

— Tá bom, Julianne. — Ele pisca para mim e dá um sorriso largo antes de comer mais um pouco.

— Aposto que, quando você era pequena, seu professor te mandou para casa com uma carta aos seus pais dizendo: "Não entra em acordo com os outros".

Nate ri, e sinto um aperto no estômago.

— Talvez.

Percebo que limpei meu prato e o jogo no saco de lixo com os restos.

— Ok, já comi. Obrigada pelo jantar. Tenha um bom fim de semana. — Levanto-me da cadeira para seguir até a porta, mas Nate se levanta num salto e me detém.

— Não vá ainda.

— Por que não?

Ele lambe os lábios, enfia as mãos nos bolsos e fica balançando o corpo sobre os calcanhares.

— Fica comigo neste fim de semana. Na minha casa.

Acho que entrei num universo paralelo. Ou eu estou naquele programa de TV das pegadinhas. Sim, é isso. Pegadinha. Começo a olhar ao redor da sala, atrás de mim, nos cantos.

— O que você está procurando? — ele pergunta, seguindo o meu olhar.

— As câmeras.

— Que câmeras?

— Ou isso é uma pegadinha para televisão ou armaram comigo para eu ser demitida.

Nate ri, uma risada baixa que mexe comigo.

— Por que você diz isso?

— Porque você não mostrou sinal algum de atração por mim em meses, o que é bom para mim, e, se eu ficar com você neste fim de semana, nós dois podemos perder o emprego.

Seu sorriso desaparece e seus grandes olhos cinzentos se tornam glaciais.

— Número um: eu não dou a mínima para a política dos relacionamentos afetivos dentro da empresa. Qualquer relacionamento que eu escolher ter, a qualquer título, não é da conta de ninguém. E número dois...

Ele segura meu queixo entre o polegar e o indicador e me puxa para ele, deslizando os lábios sobre os meus, me beijando suavemente, fazendo minha boca se abrir, e eu me lembro de como esse homem sabe beijar bem.

Ele deve ter feito aulas disso em algum momento.

Derreto junto dele e apoio as mãos nos quadris estreitos de Nate. Seus dedos se entrelaçam nos meus cabelos à medida que o beijo continua e continua. Meu corpo relaxa, aliviado por ele ainda me achar atraente, e em pura luxúria não induzida por álcool.

— Eu, definitivamente, te acho atraente, linda — ele sussurra as palavras contra minha testa ao mesmo tempo em que dá um beijo macio nela.

Nate acaricia minha bochecha com o dorso dos dedos, e seus olhos cinzentos ficam mais suaves.

— Então, o que você diz? Passa o fim de semana comigo?

Capítulo Dois

O que diabos eu devo fazer? Os olhos cinzentos de Nate estão olhando para os meus e eu vejo uma pitada de nervosismo que nunca tinha visto em seu rosto marcante antes. Ele é sempre tão contido, tão confiante. Essas são as características que mais me interessam nele. Me senti atraída desde o primeiro dia, e não apenas fisicamente, embora seu corpo seja digno de nota. Ele também é o homem mais inteligente que eu já conheci, e há algo entre nós que eu não posso negar.

Mas... e sempre existe um "mas"... ele é o meu chefe. E, da última vez que passamos algum tempo juntos na casa dele, tudo terminou em desastre.

— Não quero tornar as coisas difíceis para nós aqui. — Ouço-me resmungando.

— As coisas já estão difíceis para nós aqui. Estamos nos esforçando há oito meses para fingir que não existe nada entre a gente, e nós dois sabemos que isso é uma mentira. — Ele se afasta de mim e enfia as mãos de volta nos bolsos. Sei que ele está me dando algum espaço, me deixando decidir.

Balanço a cabeça e olho para os meus sapatos, apoiando as mãos nos quadris.

— A menos que *você* não esteja interessada em *mim*, e, se esse for o caso, peço sinceras desculpas.

Viro a cabeça bruscamente em resposta ao gelo que transparece em sua voz e encontro seus olhos semicerrados fixos no meu rosto, procurando algo em mim. É isso: ele está me dando uma saída.

Fala pra ele que você não está interessada. Vá embora, Jules.

Mas não consigo. Simplesmente não consigo. E fico irada por estar me sentindo vulnerável e confusa.

— Não sei o que fazer — sussurro e fecho os olhos.

Luta Comigo

— Não pense demais nisso — ele sussurra de volta. *Natalie está certa, sussurrar é sexy pra caramba.* — Vamos só passar alguns dias nos conhecendo melhor. Se a gente decidir que não existe química, tudo bem, voltamos ao comportamento profissional de costume, sem ressentimentos. — Ele estende a mão e passa os dedos pela minha bochecha novamente; seus olhos são cálidos. Percebo que estou afundado. — Eu queria passar alguns dias com você, longe daqui.

Viro as costas para ele e caminho até as janelas, olhando para fora e observando as luzes cintilantes da cidade. Eu quero isso. Dois dias com Nate, sem me preocupar com o que dizer, o que fazer ou em não olhar para ele de forma inadequada. Quero apenas ser eu mesma. Talvez a gente se odeie amanhã de manhã.

Duvido.

Respiro fundo e me viro. Ele está ali em pé, com as mãos nos bolsos, sexy como o pecado naquele terno, rosto completamente sóbrio, olhos vasculhando dentro dos meus, e sei que não posso resistir ao que ele está oferecendo.

— Te encontro no seu apartamento daqui a duas horas.

Um sorriso surge nos lábios dele.

— Posso ir te buscar.

— Não, eu prefiro estar com o meu próprio carro. — Ele franze a testa e eu explico melhor: — Se você me odiar amanhã cedo, eu não quero ficar dependendo de você para me levar para casa.

— Não vou te odiar, Julianne, mas, se você quer assim, tudo bem. Eu tenho só uma condição.

Levanto as sobrancelhas.

— E qual é?

— Você não vai fugir de mim desta vez. Se decidir que quer ir embora, vai ser depois de ter discutido isso comigo primeiro. Não quero acordar e ter nenhuma surpresa.

— Está bem — murmuro. — Feri seu ego tanto assim? — pergunto, sarcástica.

— Não, você feriu meus sentimentos, e isso não acontece muitas vezes. Prefiro não ter que reviver aquilo.

Ah.

Antes que eu possa responder, ele vai até sua mesa e pega as chaves, a carteira e as sobras de comida, tranca a mesa e pega uma maleta.

— Vamos.

Calça de ginástica, regata, Nike. Calcinhas, sutiãs, jeans e camisetas extras. *Jesus, Jules, você só vai ficar fora por 48 horas, e isso se vocês não estiverem completamente enjoados um do outro até amanhã.* Examino minha malinha e pego meu novo vestido cinza tomara que caia, sapatos de salto agulha cor-de-rosa, bolsa e acessórios. *Talvez a gente saia.*

Junto também alguns produtos de higiene pessoal, bijuterias e maquiagem. Depois, guardo o *iPad* dentro da bolsa *Louis Vuitton* que meu cunhado obsessivamente generoso me deu e coloco tudo no meu carrinho vermelho.

Meu Deus, parece que estou me mudando para a casa dele. Estou? Durante o fim de semana, pelo menos.

Antes que eu possa amarelar, tranco a casa e dirijo de volta pela cidade até o prédio de apartamentos onde Nate mora no centro de Seattle. Ele me mandou uma mensagem com o endereço, mas eu me lembro do caminho. Como eu poderia esquecer?

Guardo o carro no estacionamento subterrâneo, na vaga extra que Nate possui, pego minha pequena mala cinza, a bolsa, e sigo para o elevador.

Deus do céu, vou vomitar.

Observo os números acima da porta enquanto o elevador vai ao trigésimo andar, e, conforme sobe, a expectativa e o nervosismo apertam meu peito. Não estou convencida de que é uma boa ideia. No entanto, aqui estou eu.

Respiro fundo e toco a campainha. Ele responde rapidamente, abrindo bem a porta e dando espaço para eu entrar. Nate trocou a calça para um jeans levemente desbotado e uma camiseta branca de mangas compridas; está de cabelo solto e afastado do rosto, gritando para meus dedos se enterrarem nele, e estou feliz por também ter tido a intuição de trocar de roupa e vestir jeans e uma camiseta preta simples.

— Fiquei com medo de que você mudasse de ideia — ele murmura e sorri suavemente para mim, mostrando os cálidos olhos cinzentos.

— Não precisa se preocupar, aqui estou eu. — Ele pega minha mala pela alça e a coloca de lado ao fechar a porta. Logo em seguida, já me puxa para ele, passando os braços em volta dos meus ombros. Apoio as mãos em seus quadris e ficamos assim, olhando um para o outro.

— Obrigado — ele murmura.

— Por quê?

— Por concordar em passar o fim de semana comigo. — Ele se inclina e dá um beijo leve na minha testa. Enrugo as sobrancelhas. É um novo lado de Nate. Eu gosto. Quantos outros lados vou conhecer neste fim de semana?

— Bom, sempre te achei bastante persuasivo. — Sorrio para ele e vejo o humor em seus olhos.

— Fico feliz em ouvir isso. — Ele dá um passo para trás e entrelaça meus dedos nos dele. — Vamos acomodar você.

Ainda segurando minha mão, ele puxa minha mala de rodinhas atrás de nós e me conduz pelo apartamento. É realmente espetacular. Os pisos são todos de madeira cor de mel. A porta da frente se abre para uma grande sala de teto alto e amplas janelas com uma excelente vista de Seattle e do estuário. Os móveis são luxuosos e convidativos, em tons de marrom e vermelho. A cozinha é linda de morrer, e mal posso esperar para entrar lá e cozinhar.

Cozinhar é uma paixão que eu tenho.

Esta cozinha me dá tesão. Sério.

Seis bocas de fogão a gás natural, com uma grelha, forno duplo e gaveta de aquecimento, duas pias, muito espaço no balcão de granito claro, e uma geladeira enorme.

— Posso cozinhar para você neste fim de semana? — pergunto quando passamos pela cozinha.

— Você costuma cozinhar? — ele pergunta, olhando para mim com surpresa.

— Adoro cozinhar. — Dou um sorriso. — E você?

— Eu também. Talvez a gente possa fazer isso juntos.

— Tá bom.

Ele se afasta de mim de novo, me levando do cômodo, em direção aos quartos. Deus, ele é lindo de olhar. Especialmente de jeans, algo que nunca vi nele antes. Seus ombros são bem largos e sua camiseta abraça os músculos das costas. A calça tem um caimento nos quadris daquele jeito sexy que os homens tonificados têm e que faz as mulheres sentarem para babar.

E eu não sei o que há com homens sexy de jeans e pés descalços, mas puta merda.

Será que vamos mesmo partir direto para a cama? Nada de "Ei, você gostaria de uma bebida?", ou "Você gostaria de assistir a um filme?".

Simplesmente "Bem-vinda à minha casa. Suba na minha cama?"

Nate me leva ao fim do corredor e aponta para um banheiro de visitas e um escritório. Em seguida, ele passa direto pelo quarto dele e para numa porta no final do corredor. Abre-a, entra, e eu vou atrás, completamente confusa.

— Este é o meu quarto de hóspedes. Fique à vontade para usá-lo enquanto estiver aqui. — Ele coloca a mala sobre a namoradeira ao pé de uma bela cama *queen-size*. A cabeceira é de ferro forjado decorado preto, e a roupa de cama é azul e verde, combinando com os quadros de tema náutico nas paredes.

— Não vou dormir no seu quarto? — pergunto e inclino a cabeça de lado, analisando-o.

— Você é bem-vinda a dormir no meu quarto, se for sua vontade, mas não quero ser presunçoso. Eu te disse que queria passar o fim de semana com você para te conhecer melhor, e essa é a verdade. Se dormir comigo,

Luta Comigo   27

não vou conseguir deixar as mãos longe de você, mas, se não rolar sexo neste fim de semana, tudo bem pra mim.

Levanto uma sobrancelha.

— Tudo bem pra você se não tiver sexo?

— Vai me matar porque a única coisa em que eu tenho pensado durante a maior parte do ano é em ter seu corpo lindo nu, com a luz acesa desta vez, para poder te ver, mas temos tempo para isso. — Ele volta para perto de mim, aqueles lindos olhos cinzentos nos meus, e passa a ponta do dedo no meu rosto. — Você é tão linda, Julianne. Adoro seu cabelo loiro maravilhoso e seus olhos azuis. E adoro sua boca inteligente.

Meu. Deus.

Mas aí meu lado sarcástico mostra a cabeça feia por um momento. Não dormimos juntos desde o verão passado, e eu sei, só de olhar para ele, que não faltariam por aí mulheres para Nate transar, se fosse sua vontade.

Ele me leva para fora do quarto e volta para a sala principal.

— Gostaria de beber alguma coisa?

— Água seria ótimo. — Preciso manter as ideias claras enquanto estou processando tudo isso. Nada de sexo? Com Nate? Então por que ficar aqui?

— Tenho uma pergunta. — Nate cruza a sala em direção à cozinha, tira uma água e uma cerveja da geladeira e volta até mim.

— Manda. — Ele me passa a água e nós dois nos sentamos num sofá marrom-claro. Tiro os sapatos, dobro as pernas no sofá e sento em cima delas para me acomodar.

— Se você não quer transar comigo, por que vou passar a noite aqui? A gente poderia simplesmente se encontrar durante o dia.

Seus belos olhos cinzentos ficam gélidos, e eu sei que disse a coisa errada.

— Eu não disse que não quero transar com você. Eu disse que você decide. E quero você aqui por 48 horas completas. Não quero que fuja de mim desta vez.

Ele toma um gole da cerveja e olha para mim.

Está bem.

— Mais alguma pergunta? — diz ele com uma sobrancelha levantada.

— Uma. Quantas mulheres você comeu desde que estive aqui pela última vez?

Capítulo Três

Merda, porra! Por que isso acabou de sair da minha boca?

Porque eu quero saber.

Os olhos de Nate ficam arregalados, e, em seguida, irritados novamente.

— Julianne, se você estivesse prestando atenção em mim durante o ano passado, teria notado que eu não estou interessado em mulher nenhuma, para comer ou seja lá o que for, além de você.

Ah. Sério?

Ele puxa as mangas até a metade dos antebraços e passa as mãos pelos cabelos de um jeito frustrado, e meus olhos se fixam em seu braço direito.

— O que é isso? — Chego mais perto. Quando vejo, estou correndo os dedos por seu braço.

— Uma tatuagem. — Um sorriso faz cócegas em seus lábios e eu sorrio de volta para ele.

— Ela sobe por todo o braço?

— Sobe. É uma manga de tatuagem.

Ai, meu Deus, como é sexy. Parece tribal, gira em torno do antebraço a partir de um pouco acima do punho, desaparecendo dentro da camisa.

— Então, meu chefe de aparência conservadora, que só veste terno, tem uma tatuagem e um *piercing* no pênis? — pergunto com um sorriso.

Nate ri e dá outro gole na cerveja.

— Isso. Você não pareceu se importar com o *piercing*, se minha memória não falha.

Luta Comigo

E simples assim, minha calcinha está encharcada e eu estou pegando fogo. *Não, eu não me importei nadinha.*

— Não, eu não me importei. — Sorrio. — Eu só não esperava por isso. Há quanto tempo você fez? — Passo o dedo pelo braço dele outra vez, e Nate agarra a minha mão e a beija, depois, entrelaça os dedos nos meus e apoia nossas mãos em seu colo.

— Desde os meus vinte e poucos anos.

— Você era um *bad boy*? — pergunto para provocar.

— Ah, acho que eu ainda sou, de vez em quando. — Ele está sorrindo, um sorriso completo que simplesmente me tira o fôlego.

— Você não sorri o suficiente — murmuro.

— Não?

— Não, seu sorriso é lindo.

— Obrigado. Quer saber um segredo?

— Lógico.

Nate ainda está sorrindo, e agora há uma faísca de *bad boy* em seus olhos cinzentos sexy. Ele estica os pés lindos sobre o pufe à sua frente, cruzando-os na altura do tornozelo.

— A maioria dos meus dentes da frente é falsa.

— O quê? Por quê?

— Porque eu perdi os meus.

— Meu Deus! Você sofreu um acidente? — Que diabos aconteceu com ele?

Nate ri, e eu fico completamente confusa.

— Não, eu lutava.

— Lutava com quem?

— Com outros caras que se dispunham a lutar comigo.

— Não estou entendendo nada. — Estou com a testa franzida para ele. Do que diabos ele está falando?

— Eu era um lutador do UFC, Julianne. — Ele ainda está sorrindo, satisfeito consigo mesmo.

— Você luta MMA? — pergunto. Eu não deveria estar surpresa, esse é exatamente o tipo de corpo que ele tem.

— Você conhece Artes Marciais Mistas? — pergunta ele, sobrancelhas arqueadas quase até a linha onde começa o cabelo.

— Nate, eu tenho quatro irmãos mais velhos e um pai. Não apenas todos eles me ensinaram como me proteger, mas me fizeram sentar e assistir a essa porcaria ou jogar no Xbox a droga do tempo todo. É muito a contragosto deles que eu uso maquiagem e adoro rosa.

— Então, você é durona, Srta. Montgomery?

— Sou sim, Sr. McKenna.

— Quer provar? — Ele está sorrindo de novo e eu retribuo o sorriso. Quem diria que me sentar e conversar com Nate poderia ser tão fácil?

E quem diria que teríamos tanto em comum?

— Agora?

— Não, amanhã. Vamos para a academia comigo.

— Não sei. — Nego com a cabeça. — Eu poderia machucar de verdade esse seu rostinho bonito.

— Você acha que meu rosto é bonito? — Ele beija meus dedos, um por um, depois se inclina e beija minha bochecha.

— Você sabe que seu rosto é bonito.

— Eu sei que o *seu* rosto é bonito.

— É só um rosto — respondo e encolho os ombros. Sempre recebi muita atenção por causa do meu rosto e do meu corpo. Mas é só genética.

Nate estreita os olhos para mim, e sua boca forma uma linha dura.

Luta Comigo 33

— Julianne, seu rosto lindo só se iguala ao que está dentro de você.

Que porra é essa? Ninguém, *pelo menos nenhum homem*, nunca disse nada sobre o que existe dentro de mim. A menos que ele estivesse se referindo ao próprio pau.

Suspiro e sinto meus olhos ficarem arregalados. É por isso que sou atraída por ele. Ele me tira totalmente do prumo.

— E não é que você joga charme? — pergunto, desesperada para aliviar o clima.

Nate sorri de novo.

— Então, você vai comigo ou não?

— Se você acha que pode me enfrentar, com certeza, eu vou com você.

— Trouxe roupa de treino?

— Trouxe.

— Bom.

— Então... — Olho em volta pelo belo apartamento. — Você decorou tudo sozinho?

Nate ri e sinto um puxão na minha barriga. Adoro sua risada.

— Não.

— Combina com você.

— Você acha? — Ele levanta uma sobrancelha e olha em volta para sua casa linda.

— Acho, é masculina, mas convidativa e confortável. E a cozinha é sexy pra caramba.

— Sexy combina comigo, é? — ele pergunta e beija meus dedos novamente, fazendo disparar arrepios pelas minhas costas.

Dou de ombros e levanto uma sobrancelha.

— Você tem seus momentos.

— Bom, falando da minha cozinha sexy... — Nate se levanta graciosamente do sofá e me puxa com ele. — Você gostaria de uma sobremesa?

— Sobremesa? — repito sem muita convicção. Ficar observando-o andar está me deixando louca. Ele é tão gracioso. Nate claramente cuida de seu corpo. Mal posso esperar para ver o que ele pode fazer na academia amanhã.

— Tenho *cheesecake* de chocolate. — Ele sorri para mim e eu suspiro.

— É o meu favorito.

— Eu sei.

— Como você sabe?

— Porque, em todos os jantares de negócios, você sempre pede essa sobremesa. — Ele faz um gesto para eu me sentar num banquinho na ilha e tira o *cheesecake* da geladeira.

Ele presta atenção ao que eu peço no jantar?

— Então, você meio que estava prevendo todas as minhas reações esta noite? — Inclino a cabeça de lado, mostro um sorriso audacioso para ele e fico observando-o reagir ao comentário; é mais forte do que eu.

— Não, nada que você faz é previsível, Julianne, mas eu tinha esperanças e estava preparado, só por precaução. — Ele corta o bolo e pega dois pratos brancos de sobremesa de um belo armário de mogno escuro. Ele se junta a mim e atacamos o doce.

— Ai, Deus do céu, isso é uma delícia. — Dou uma lambida no garfo e fecho os olhos. Saboreando uma segunda porção, noto que Nate não está se mexendo. — O que foi?

— Você é tão sexy. — Seus olhos estão ardendo de desejo, e meu corpo começa a zunir debaixo de seu olhar quente.

— Adoro chocolate — murmuro e dou outra colherada. — É o meu vício. Eu não bebo muito, não como muita besteira, mas o chocolate não está a salvo de mim. Se você não esconder esse bolo, eu já vou ter detonado tudo pela manhã.

— Eu não me importo, contanto que eu possa te ver comer.

Rio para ele quando dou outra colherada, e ele começa a comer a própria fatia. Nate balança a cabeça com apreço e lambe os lábios.

Minha nossa, aqueles lábios. Ele é uma delícia com aqueles lábios.

— É sério que estou sentada na sua cozinha comendo *cheesecake* de chocolate? — pergunto. Não posso acreditar que estou aqui. — Se alguém tivesse me dito hoje de manhã que era aqui que eu estaria esta noite, eu teria dito para procurar um médico.

— É tão difícil assim? — ele pergunta, e eu consigo ouvir o tom ofendido em sua voz.

Ah, não! Não quero ofendê-lo!

— Não, é só uma surpresa. Só é a última coisa que eu esperava.

— Fico feliz por você estar aqui — ele murmura, olhando para seu prato, depois mira aquele olhar sexy e cinzento de volta em mim.

— Eu também — respondo e pego o último pedaço do doce. — É só você me alimentar com *cheesecake* igual a este, e eu nunca vou embora. — Rio, recolho meu prato vazio e o levo até a pia, enxáguo e ponho na lava-louças. Nate se junta a mim, cuidando da louça dele, e depois se inclina para trás no balcão, me observando.

— Minha geladeira agora vai sempre estar cheia de *cheesecake* de chocolate. — Ele sorri calidamente e calor vai se espalhando lentamente por mim em resposta ao flerte.

— Não faça promessas que você não pode cumprir — brinco e subo no balcão dele, balançando os pés no ar enquanto o observo. *Deus, ele é um espetáculo a ser visto.* Adoro seu cabelo solto e, definitivamente, quero ver mais daquela tatuagem.

Será que ele tem outras?

Passo a língua nos lábios só com a ideia de explorar aquele corpo gostoso na claridade. Sim, eu sei exatamente onde vou dormir esta noite, e não é no quarto de hóspedes.

— Essa é uma promessa que eu posso manter, querida. Eu não queria que você tivesse ido embora da última vez. — Ele enruga a testa e cruza os braços sobre o peito. — Falando nisso, por que você foi?

Ai. Vamos ter essa conversa agora.

— Eu não poderia lidar com os arrependimentos da manhã do dia seguinte.

— Que arrependimentos da manhã do dia seguinte?

— Você disse que queria conversar de manhã, e eu imaginei, naturalmente, que teríamos a conversa "esse é um lance de uma noite só", e, para ser sincera, eu estava preservando nós dois de termos uma conversa desconfortável. — Mordo o lábio e fecho os olhos, sentindo a humilhação toda outra vez.

— Não era sobre isso que eu queria falar com você, Julianne.

Meus olhos encontram os dele e agarro a borda lisa do balcão.

— Não era?

— Não. — Ele balança a cabeça, fecha os olhos e diz um palavrão para si mesmo. — Quando acordei e você tinha ido embora, fiquei muito bravo. Depois, você não falou mais comigo durante dias, até que me convidou para sair com você e seus amigos, e eu pensei que a gente tinha se divertido, mas depois você voltou a ser profissional e fria novamente. Sei que está me dando todos os sinais de que não está interessada, mas eu não consigo ficar longe de você.

— Eu gosto do meu trabalho, Nate. Me esforcei muito para consegui-lo. E eu gosto de trabalhar pra você. Você é muito bom no que faz, e estou aprendendo com você. Não posso pôr minha carreira em risco porque meu chefe é lindo e eu me sinto atraída por ele.

Nate sorri e passa as mãos pelos cabelos de um jeito frustrado.

— Não é da conta de ninguém se a gente se vê fora do escritório.

— Mas alguém vai descobrir, e pode ser o fim para nós dois.

— Eu tenho ótimos advogados, Jules. — *Jules? Ele acabou de me chamar de Jules!!*

Balanço a cabeça e olho para meus pés balançando. Eu quero esse homem e, por algum milagre, ele me quer também. Podemos seguir em frente com isso, seja lá o que for, e manter o assunto longe do trabalho?

— Ei — ele murmura, e se afasta do balcão para ficar entre as minhas coxas. Envolve os braços nas minhas costas e me abraça junto ao peito. Ele é tão alto, que estou apenas alguns centímetros mais alta do que ele, sentada aqui em cima. — Não se preocupe tanto com isso, querida. Vai dar certo.

Olho em seus olhos sinceros, os meus azuis nos seus cinzentos, e corro os dedos por seu cabelo preto, macio e longo. Pela primeira vez em oito meses, meu mundo parece nos eixos. Quero ver aonde isto vai dar.

Eu o quero.

Eu me inclino para baixo e roço os lábios nos dele suavemente, mordiscando o canto da sua boca. Eu me inclino mais para enterrar o nariz em seu pescoço e inalar o aroma limpo e almiscarado e, contra meu bom senso de mulher de carreira, eu me entrego.

— Vou dormir com você esta noite — sussurro.

— Graças a Deus — ele responde com outro sussurro.

Capítulo Quatro

Nate me puxa junto dele, encaixa as mãos na minha bunda e me levanta em seus braços. Coloco as pernas ao redor de sua cintura, os braços em volta do pescoço e seguro firme.

— Eu te quero. Agora. — Não é um pedido. Seus lábios quentes estão nos meus, procurando algo, e eu entrelaço os dedos naquele cabelo glorioso enquanto ele me leva pelo apartamento em direção ao seu quarto.

— Luzes — murmuro contra sua boca e ele sorri.

— Claro, porra. — Ele aciona um interruptor na parede quando passamos pela porta, e os dois abajures nas mesas de canto ganham vida. Agora consigo ver o quarto dele, à luz, e é simplesmente incrível. Paredes cinzentas, lençóis brancos, móveis brancos e grandes. É masculino, limpo e elegante.

É a cara do Nate.

Ele rasteja para a cama comigo ainda nos braços. Adoro como ele é forte. Descanso as mãos em seus braços, deleitando-me com a forma como os músculos se movimentam e flexionam quando ele me coloca sobre os lençóis limpos. Ele está apoiado, suspenso em cima de mim, com as mãos plantadas de cada lado dos meus ombros. Seus quadris estão encaixados nos meus; ele se abaixa e mexe aquela boca surpreendentemente talentosa sobre os meus lábios.

Porra, como ele beija bem!

Percorro as mãos por suas costas e puxo a camiseta até o peito. Quero-o pelado.

Agora.

Ele se senta sobre os calcanhares, puxa a camisa para cima e a tira pela cabeça. Suspiro e levanto o tronco, apoiada nos cotovelos. A manga de tatuagem no braço direito não só vai até o ombro, mas também sobre todo o peitoral direito. Com os dedos trêmulos, traço o desenho tribal intrincado, sobre o peito, ao redor do mamilo, por cima do ombro e para baixo pelo braço.

— É linda — murmuro e olho em seus olhos cinzentos. Seu olhar procura o meu, um leve sorriso nos lábios, pacientemente me deixando explorar com os dedos.

Vou explorar com a boca antes que a noite acabe.

Desço o olhar por seu lado esquerdo e traço outro desenho tribal que vem descendo por seu tórax e desaparece dentro das calças.

— Tira a calça — murmuro e volto os olhos para os dele.

— Eu prefiro deixar você pelada, linda. — Ele coloca meu cabelo atrás da orelha.

— Ah, acredite em mim, você vai deixar, mas agora eu estou numa caça ao tesouro. Isso é muito mais divertido com as luzes acesas. — Continuo a seguir o desenho bonito com o dedo. Ele me dá um beijo rápido e casto, então se levanta e tira a calça e a cueca boxer. Está aí o melhor exemplar de homem que eu já vi na minha frente.

Sinto meu queixo cair quando passo os olhos para cima e para baixo em seu corpo perfeito. Puta merda. Ele é todo bronzeado, com músculos tonificados, e sua respiração está acelerada. Essa tatuagem do lado esquerdo cai sobre seu quadril e a parte de cima da coxa. É sexy como não sei o quê, e minhas mãos estão coçando para colocar os dedos nela.

E então meus olhos se fixam na ereção impressionante — *Deus do céu, o que esse negócio está faz comigo* — e perco o fôlego diante da joia metálica na pontinha. Parece maior do que é, e eu nem quero pensar sobre o processo para o brinco ir parar ali.

De repente, sentindo-me vestida demais, me sento, tiro a camiseta por cima da cabeça e a jogo no chão. Nate simplesmente fica ali, na beira da cama, seu olhar ardente fixo no meu, e eu me deito de costas para me livrar do jeans e o chutar para o chão, com o resto das nossas roupas. Estou deitada na cama só de sutiã rosa e calcinha combinando. Mostro um sorriso para Nate e faço um gesto de "chega mais" com o indicador.

— Jesus, Julianne, você é linda demais. — Sua voz está carregada de emoção. Já ouvi essas palavras centenas de vezes de outros homens, de fotógrafos, dos meus amigos, mas elas nunca me fizeram sentir como agora. Com este homem.

— Você também é. Você vai se juntar a mim, ou o quê?

— Você é muito exigente, não é? Vou ter que fazer algo a respeito. — Ele sorri maliciosamente e vem subindo sobre a cama, apoiado nas mãos e nos joelhos, até estar suspenso sobre mim da forma como ele estava antes de começar a me beijar do jeito mais lento e carinhoso. Ele não está apenas me beijando, está fazendo amor comigo com a boca. E, ai, meu Deus, ele está fazendo disparar uma corrente elétrica pelo meu corpo.

Engancho a perna esquerda em torno de seu quadril e ele agarra minha bunda, friccionando o pênis no meu centro de prazer coberto pela calcinha e enviando faíscas até minha espinha.

— Oh, Deus, Nate — sussurro, passando as unhas em suas costas. Meus quadris estão se movendo num ritmo delicioso de encontro aos dele; nossa respiração é alta e irregular.

— Linda, dá pra sentir como você está molhada através da calcinha. — Agora ele está beijando meu maxilar, meu pescoço, e chegando ao lóbulo da minha orelha e sugando de leve.

— Eu quero você — murmuro.

— Ah, eu quero você também. — Ele desliza as alças do meu sutiã e puxa o tecido para deslizar sobre o meu tronco e liberar os seios. Sua boca deliciosa se fecha sobre um deles, sugando suavemente, e seus dedos delicadamente puxam o outro mamilo. Com o pênis esfregando para frente e para trás sobre meu clitóris através da calcinha, eu estou prestes a me derreter.

— Porra, Nate, você vai me fazer gozar.

— É o que eu pretendo. Goza pra mim, linda. — Ele balança os quadris de novo, e os lábios se fecham sobre o outro mamilo, e eu simplesmente desmorono debaixo dele, gritando quando meu corpo estremece.

À medida que minha respiração se acalma e eu consigo abrir os olhos novamente, vejo Nate apoiado sobre mim, com os cotovelos na cama ao lado da minha cabeça. Ele está afastando meu cabelo do rosto. Seus olhos estão cálidos e felizes.

— Você usa anticoncepcional? — pergunta.

Isso poderia acabar com o clima.

— Uso — sussurro.

— Não quero usar camisinha com você, linda. Sei que parece irresponsável, mas, eu juro, não houve ninguém para mim desde antes de você e eu ficarmos juntos da última vez.

Balanço a cabeça. Eu quero senti-lo. Apenas ele. E confio em Nate completamente, o que é muito novo, mas nos conhecemos há muito tempo, e eu tenho respeito por ele.

— Pra mim também não.

— Sério? — Seus olhos se arregalam em surpresa.

— Não, ninguém. Você achava que tive alguém?

— Eu só imaginei... Você é tão incrível... Graças a Deus.

Eu o empurro de costas e monto em cima dele. Nate abaixa as mãos e rasga — literalmente rasga — minha calcinha em duas e joga os pedaços no chão.

— Você não tinha gostado dela? — pergunto com um sorriso.

— Estava atrapalhando o meu caminho — ele responde e sorri.

Levanto os quadris e, segurando-o na mão, lentamente, guio o membro para dentro de mim.

Ai. Meu. Deus.

Preciso beijar quem inventou o *apadravya*. Muito. É uma sensação incrível ter essas duas bolinhas massageando as paredes da minha vagina.

— Porra, você é tão apertada. — Nate está com o maxilar travado, suas mãos seguram minhas nádegas, e eu me inclino para baixo para um beijo delicado e apoio minha testa na dele, segurando-o pelos ombros.

Começo a me mexer devagar, para cima e para baixo, e a sensação é simplesmente... incrível.

— Oh, Nate — sussurro contra sua boca.

— Isso, gata — ele sussurra de volta, e eu me sento e começo a realmente cavalgá-lo com firmeza. Ele levanta os quadris num contrarritmo, puxando-me para cima e para baixo, e eu me perco nele. Jogo a cabeça para trás e me entrego ao êxtase de ter Nate dentro de mim. Logo começo a sentir meu corpo tenso, minhas pernas começam a tremer e Nate, de repente, levanta o tronco e enlaça os braços na minha cintura, cobre meu mamilo com a boca e eu me entrego, me despedaçando ao redor dele.

Ele agarra meus quadris com força e me puxa sobre seu corpo duramente, gritando meu nome ao se esvaziar dentro de mim.

Nossa respiração está irregular enquanto descanso nos seus braços. Ele ainda está dentro de mim, e eu passo os dedos pelo seu cabelo macio. Encosto minha testa na dele e sorrio.

— Bem, isso foi... uau.

Ele ri e passa a mão nas minhas costas, a partir da minha nuca, e desce até minha bunda.

— Isso foi definitivamente "uau". Você está bem?

— Hummm.

— Isso é um sim?

— Hummm.

Ele ri, levanta meu corpo de cima dele e me coloca na cama. Apaga uma das luzes, puxa as cobertas e arruma nós dois embaixo, me puxando contra ele. Apoio a cabeça em seu peito e uso um dedo para traçar o contorno de sua tatuagem.

— Você não tem nenhuma tatuagem — ele murmura.

— Não, sou alérgica a agulhas.

— Hein? — Ele se afasta para conseguir ver meu rosto e eu sorrio.

— Morro de medo de agulhas. A Natalie teve que me embebedar na faculdade só para eu furar minha orelha. Então, se você preferir garotas com arte corporal, não sou a pessoa certa.

Ele ri e beija minha testa.

— Você é meu tipo de garota, com ou sem arte corporal.

— As suas são lindas — murmuro.

— Obrigado. Você quer que eu apague a luz para você dormir?

— Gosto de ter as luzes acesas para poder te olhar — sussurro timidamente.

— Dorme, querida. — Ele me abraça apertado, eu fecho os olhos e me deixo levar pelo sono.

Não consigo dormir. São duas da manhã e eu estou bem acordada. Nate está dormindo pacificamente de lado, de frente para mim. A luz lateral ainda está ligada, e eu não consigo deixar de olhar para ele. Seu rosto está relaxado; seus cílios escuros encostados no rosto. Ele é tão bonito.

E estou inquieta.

Deslizo para fora da cama, saio do quarto e caminho até o quarto de hóspedes, onde minha mala e bolsa ainda estão. Pego um pijama, o iPad e o iPhone de dentro da bolsa e vou para a cozinha.

Chocolate.

Sirvo para mim uma fatia do maravilhoso *cheesecake* de chocolate e dou uma olhada no iPhone. Nenhuma mensagem. Que bom. Ligo o iPad e me acomodo num banquinho, mordiscando a segunda coisa mais deliciosa do mundo, só ficando atrás do muito sexy Nate.

De repente, meu telefone apita com uma mensagem de texto. É da Natalie. Às duas da manhã?

> **Não consigo dormir. Tão desconfortável! Você está acordada?**

Sorrio e ligo para ela. Senti muita sua falta desde que ela saiu da nossa casa e foi morar com Luke, no fim da rua. Não consigo vê-la com a mesma frequência de antes.

— Então, você está acordada? — ela pergunta ironicamente quando atende.

— Estou, não consigo dormir. Você? — Como outra garfada de bolo.

— Me sinto tão desconfortável. Este bebê tem alguma coisa contra me deixar respirar ultimamente. E ela acha que minha bexiga é um trampolim. — Posso ouvir a alegria em sua voz e dou um sorriso.

— Mal posso esperar para conhecê-la, Nat.

— Eu também. Só faltam mais algumas semanas, você consegue acreditar nisso?

— Não, passou muito rápido. Você está animada para o chá de bebê no próximo fim de semana? — pergunto.

— Estou animada para ver a família, mas você sabe que odeio quando vocês gastam dinheiro comigo, Jules. Não precisamos que ninguém nos dê presentes, você sabe disso.

Reviro os olhos. Eu nunca vou ganhar essa discussão com ela. Ela me deixa louca.

— Nós amamos você, o Luke e a bebezinha preciosa. Queremos mimá-la. Então cale a boca e agradeça.

— Não precisa ser chata — ela responde, me fazendo rir. — Como você está?

— Bem. Mas tenho uma confissão. — Eu tenho que contar. Ela é minha melhor amiga.

— O quê?

— Estou no apartamento do Nate.

— O quê? — ela grita.

Luta Comigo 45

Explico sobre o e-mail dele de hoje à tarde, o jantar no escritório e como acabei aqui. Há apenas silêncio no telefone e acho que Natalie desligou.

— Nat?

— Estou aqui. Caramba, Jules, você sabe o que está fazendo?

— Eu sei que eu gosto dele, Nat. Não sei o que vai acontecer, mas, sinceramente, estou muito cansada de fingir que não me sinto atraída por ele. Vai funcionar. — Mordo o lábio e afasto o bolo de mim.

— Espero que funcione do jeito que você quer, querida. Tenha muito cuidado. Pode estar escrito "desastre" em tudo isso.

— Confie em mim — respondo com sarcasmo. — Estou ciente.

Ouço a voz profunda de Luke ao fundo e a resposta de Natalie.

— Estou bem, meu amor, só não consigo dormir. Jules, eu te ligo neste fim de semana. Agora o Luke acordou.

— Bom, eu não quero ouvir vocês dois pelo telefone. — Reviro os olhos novamente e solto o ar. — Te amo, garota.

— Também te amo. Boa noite.

Coloco o celular na mesa e apoio a cabeça sobre as mãos. Eu disse a ela a verdade, estou cansada de fingir. Não sou uma grande atriz, mas, no trabalho, vou ter de continuar a fingir que não existe nada acontecendo entre nós. Consigo fazer isso?

Tenho alguma escolha?

— Julianne! Porra, Julianne!

Capítulo Cinco

Meu coração bate na garganta quando me viro assim que ouço os gritos de pânico de Nate, no quarto dele. Ouço-o pular da cama e seus pés baterem forte no chão conforme ele corre para a sala principal. Para abruptamente quando me vê do outro lado, na cozinha americana, sentada no banquinho. Com olhos vermelhos ferozes, ele está ofegando, parado ali em toda a sua glória nua.

Ele planta as mãos nos quadris nus, respira fundo e murmura.

— Pensei que você tinha ido embora.

Puta merda.

— Estou aqui, só não conseguia dormir. — Vou até ele e passo os braços em torno de sua cintura, unindo os dedos na base das costas, e inclino o rosto em seu peito. — Achei que não tinha problema eu me levantar por um tempo.

Sinto seus lábios se moverem contra meu cabelo e acho que o ouço sussurrar: "Você não tem ideia, não é?", mas, quando me inclino para trás e olho em seus olhos cinzentos, seu rosto está calmo.

— Você está bem? — ele pergunta.

— Estou bem. Ataquei o *cheesecake* e falei com a Natalie por um minuto. O bebê está tentando matá-la. — Minhas mãos acariciam para cima e para baixo seus braços fortes, acalmando-o.

— Tentando matá-la? — Ele levanta uma sobrancelha e fico aliviada ao ver o humor em seus olhos.

— Ela está com 47 meses de gravidez, não consegue respirar nem deitar, e tem de fazer xixi a cada três minutos. Ela me mandou uma mensagem e perguntou se eu estava acordada, então liguei para ela. — Eu me inclino e beijo seu esterno, e ele beija o topo da minha cabeça. Isto, estar

Luta Comigo 47

aqui com ele, é muito bom.

— Ué, 47 *meses*? — pergunta com uma sobrancelha levantada.

— Ela está grávida desde sempre — respondo para me defender. — Sinto falta dela — murmuro e encolho os ombros, olhando de volta para ele. — A gente não se vê muito, ultimamente.

— Você vai poder vê-la no fim de semana que vem.

— Posso, vai ser divertido. E a partir desta semana, vou ficar de plantão 24 horas por dia. — Sorrio para ele.

— Por quê? — Ele inclina a cabeça para o lado e prende uma mecha de cabelo atrás da minha orelha.

— Porque eu tenho que estar lá quando o bebê nascer. Alguém tem que manter o Luke com a cabeça no lugar. Coitado. — Dou uns pulinhos e bato palmas, sorrindo. — Mal posso esperar.

— E se ela precisar de injeção na veia? — Nate pergunta.

— Jesus, como você é maldoso. Nunca imaginei que você fosse.

Ele solta uma gargalhada e, quando vejo, estou rindo junto.

— Vou sair do recinto nessa hora, Ás. Então, este é meu aviso oficial no trabalho: pode ser que eu tenha de sair a qualquer momento, se receber "A" ligação.

— Isso não é um problema; se eu não estiver disponível, só avise a Jenny, e ela vai me passar o recado.

— Ok, obrigada. — Beijo seu esterno novamente, passo os braços ao redor de sua cintura magra e o abraço junto a mim. — Você é um chefe legal.

— Fico muito feliz que você pense assim — diz ele com ironia, me fazendo sorrir.

— Está com frio? — pergunto, esfregando o nariz em seu peito.

— Na verdade não, mas minha cama estava fria quando acordei sem você. — Ele está passando os dedos pelo meu cabelo. *É gostoso.*

— Desculpe. Eu não queria te acordar, e eu estava bem desperta, por isso levantei. Não vou embora de novo, Nate. — Afasto a cabeça para trás e olho dentro daqueles olhos bonitos. Seu cabelo bagunçado está emoldurando o rosto lindo de morrer, e uma sombra de barba por fazer cobre seu queixo.

Porra, ele é lindo.

— Tá bom, obrigado. — Ele se inclina, envolve meu rosto em suas mãos grandes e passa os lábios sobre os meus de um jeito suave e carinhoso. Mordisca o canto dos meus lábios antes de pegar o ritmo e me dar um beijo longo, devagar e profundo, como se sua vida dependesse disso, como se ele nunca fosse conseguir fazer aquilo de novo. — Volta pra cama, linda. Me deixa fazer amor com você.

Ele me levanta nos braços sem esforço e atravessa a sala em direção ao quarto, ainda me beijando com ternura. Coloca-me nos lençóis limpos, cobre meu corpo com o seu e começa a fazer amor comigo doce e lentamente, se perdendo em mim e me levando com ele.

Sinto cheiro de café. E bacon. Natalie está cozinhando? O inferno congelou? Rolo de lado, me espreguiço, abro os olhos e enrugo a testa.

Este não é o meu quarto.

Aí, eu me lembro. O e-mail, o jantar, ir ao apartamento de Nate, o *cheesecake*, o sexo... *Ah, o sexo.*

Sento-me e estremeço. Estou um pouco dolorida, mas isso é de se esperar. Faz quase um ano que não transo com ninguém, e Nate... bem, Nate é grande. Sorrio para mim mesma e saio da cama. Visto o pijama, descartado no chão na noite anterior, e vou andando para o cômodo principal.

Nate está no fogão, de costas para mim, e eu pauso por um momento para apreciar sua beleza. Está usando calças de pijama de cintura baixa, sem camisa, e o cabelo está amarrado para trás. As tatuagens são uma enorme distração e dão um ar de *bad boy* que eu não estava esperando nem um pouco. Quem imaginaria que, debaixo daqueles ternos conservadores, havia um lutador durão, tatuado e com *piercing*?

Que homem gostoso.

Ele anda graciosamente de um lado para o outro da cozinha sexy, de forma confiante e tranquila. Não me lembro da última vez que alguém cozinhou para mim, além de minha mãe, quando eu era criança, ou Luke, quando ele e Nat me convidaram para jantar no mês passado.

Mas esses não contam. Eles são da família.

Daughtry está cantando no aparelho de som de Nate sobre algo que ainda não acabou. O vocalista tem uma voz potente e sexy, e muito apropriada para descrever o homem atraente na cozinha.

Entro na cozinha, envolvo os braços na cintura de Nate e enterro o nariz em suas costas entre as escápulas. *Deus, que cheiroso*. Sabonete, sexo e Nate. É uma combinação explosiva.

— Bom dia, linda. — Ele se vira nos meus braços, pega meu rosto nas mãos, e me beija como só Nate consegue.

— Bom dia, gostosão. — Sorrio para ele e passo os dedos por seu rosto.

— Café? — ele pergunta.

— Deus, sim. Por favor. — Ele ri e me serve uma xícara, adicionando apenas a quantidade certa de creme e açúcar. Minhas sobrancelhas sobem até o alto. — Como você sabe o jeito que tomo meu café?

— Eu presto atenção. — Ele dá de ombros, me entrega a caneca e se volta para o fogão.

O que mais ele sabe?

— Posso ajudar? — pergunto e tomo um gole de café. Hum... perfeito. Eu poderia me acostumar com isso.

— Está quase pronto. Omelete de claras de ovo está bom para você? — ele pergunta.

— Perfeito. Você vai queimar o bacon na academia quando eu acabar com você hoje. — Mostro meu sorriso atrevido e me apoio no balcão para dar um golinho no café.

— Estou ansioso, linda. — Ele sorri para mim e dá uma piscadinha. Nós nos acomodamos na ilha da cozinha e atacamos a comida.

— Hum... gostoso... — resmungo ao colocar a omelete na minha boca.

Ele sorri para mim e começa a comer. Comemos num silêncio confortável. Depois, eu pulo do banquinho, limpo nossos pratos e coloco tudo na lava-louças. Viro-me, e Nate está me olhando, com o queixo apoiado na palma da mão.

— Que foi? — pergunto.

— Eu poderia ter feito isso.

— Você cozinhou. Eu não me importo. — Eu dou de ombros e me apoio no balcão da pia.

— Você parece à vontade na minha cozinha.

— É uma cozinha sexy — murmuro e sorrio.

— Foi o que me disse recentemente uma mulher muito sexy.

Ah, o Nate paquerador é divertido!

— Sério? Eu a conheço?

— Acho que sim. Ela tem um lindo cabelo comprido loiro, os olhos mais azuis que eu já vi, e um corpo matador. — Seus olhos ficam suaves olhando para mim, e ele continua: — E ela é muito inteligente, divertida pra caramba, e uma amiga muito leal. Ah, e tem uma ética de trabalho irritantemente sólida.

Uau. O que diabos eu respondo? Pisco para ele e abro a boca, mas fecho novamente. Cruzo os braços sobre o peito e olho para baixo.

— Olhe para mim — ele sussurra, e eu levanto os olhos para os dele. — Quer acredite ou não, Julianne, você é uma mulher muito especial, e eu sou grato por você estar aqui.

— Eu também te acho especial — sussurro e ofereço um sorriso.

— Vamos. — Ele desce do banco e estende a mão para mim. — Vamos pra academia antes que eu tire a nossa roupa, e a gente passe o dia inteiro na cama.

— Você tem uma jaqueta de couro? — Nate me pergunta quando descemos de elevador para a garagem.

— Não — respondo.

— Vamos ter que te arranjar uma. — O elevador para e nós saímos. Por quê? Estou vestida com a calça de ioga preta, um sutiã esportivo firme e uma regatinha justa, e, porque é primavera e ainda é um pouco frio em Seattle, uma jaqueta jeans. Nate está com calça de treino, uma camiseta sem manga preta e uma jaqueta de couro preta. Está com uma bandana preta ao redor da cabeça para deixar o cabelo fora do rosto. Avisto a Mercedes preta reluzente e o pequeno Lexus vermelho.

— Quer ir no meu carro ou no seu? — pergunto.

— Nenhum dos dois — responde e continua andando. Ele para ao lado de uma moto preta e elegante. É comprida e estreita, com rodas e guidão cromados.

— É sua? — pergunto de olhos arregalados.

— É sim. — Nate me oferece um sorriso de lobo. — Você vai precisar de couro para podermos andar de moto com frequência.

— Ainda não é verão — respondo, recuando um pouco.

— Hoje não está chovendo. Nós vamos ficar bem. — Ele me olha e enxerga minha apreensão. — Se você preferir não ir de moto, a gente pode pegar o carro.

Ele parece tão esperançoso, como posso dizer não?

— Não, tudo bem. Eu nunca andei de moto.

— Bom, fico feliz em ser seu primeiro, Srta. Montgomery. — Ele balança a perna sobre o assento e se acomoda, endireitando a moto e puxando o suporte que deixa a moto em pé. Depois, estende a mão para mim e me ajuda a subir.

— E a minha bolsa? — pergunto.

— Ah, aqui. — Ele abre um compartimento na lateral, e eu coloco a bolsa lá dentro, depois subo na moto atrás de Nate. O assento é de um conforto surpreendente. Ele me passa um capacete preto e me ajuda a fechá-lo antes de colocar o dele. — Segura em mim, na minha cintura. Incline o corpo nas curvas. Aí é só sentar e apreciar a vista, Julianne. Estou aqui com você. — Ele me beija brevemente, e minha barriga aperta.

Que homem gostoso. Todos esses novos lados dele que estou descobrindo são divertidíssimos e sexy. E tão inesperados!

Ele acelera o motor e nós saímos da vaga do estacionamento. Quando vejo, estamos voando para fora da garagem e entrando na Sexta Avenida. Solto um gritinho e passo os braços em torno dele com força, sorrindo largamente. Que descarga de adrenalina! Sinto seu riso vibrando no meu rosto por estar abraçada às costas dele. As pessoas na calçada passam voando. O vento é fresco, mas é uma delícia nas minhas bochechas.

Nate entra num estacionamento não muito longe de seu prédio, e eu não consigo evitar a decepção pelo passeio ser tão curto. Ele estaciona e eu desço, sorrindo para ele.

— O que você achou? — pergunta, tirando o capacete.

— Muito divertido! — respondo. Tiro o capacete também, entrego para ele e depois faço um rabo de cavalo. — Vou comprar uma jaqueta de couro essa semana.

Ele ri e desce, pega minha bolsa do compartimento e se curva para me beijar.

— Que bom que você gostou. Vamos, se eu bem me lembro, você acha que pode acabar comigo. — Ele me conduz em direção a um edifício sem graça. Parece bem novo, mas não tem placa nenhuma; um passante na rua poderia supor que fosse algum tipo de armazém.

— Onde estamos? — pergunto.

— Na minha academia. — Ele abre a porta para mim e me leva para dentro. Puta merda, não é como qualquer academia que eu esteja acostumada. É um salão enorme, com um loft acima. Há esteiras e elípticos no loft. Ao redor do perímetro da sala principal, estão sacos de pancada suspensos no teto, colchonetes para abdominais e flexões, pesos, bolas de treino e barras de metal também suspensas do teto para flexão de braço.

De um lado, estão pneus grandes como os de um trator, e os homens estão virando-os, pulando nos buracos e girando de novo.

Caramba, isso não é apenas malhação: é um esporte.

No centro, há um ringue. Dois homens estão no interior com o equipamento de proteção e fita branca ao redor dos punhos, lutando.

— Jesus, Nate, eu nunca vi nada assim.

— Sempre foi aqui que eu treinei.

— Quando você lutava? — pergunto. Ele sorri maliciosamente para mim e dá uma piscadinha.

— Sim, e eu ainda treino aqui.

— Com que frequência?

— Cinco dias por semana, sempre que possível. — Ele pega minha mão e me puxa para dentro da sala. Percebo que eu sou a única mulher presente.

— Bem, olha só quem está aqui! Oi, filho! — Um homem grande, de corpo definido, mais velho, se aproxima e puxa Nate para um abraço de homens, lhe dá um tapa nas costas e recua alguns passos, sorrindo largamente. Seu rosto é bonito, mas o nariz obviamente foi quebrado algumas vezes. Tem o cabelo escuro e seu corpo é todo feito de músculos sólidos.

— Oi, pai, gostaria que você conhecesse a Julianne.

Capítulo Seis

Pai? Ele acabou de dizer "pai"?

Colo um sorriso no rosto e estendo a mão.

— Prazer em conhecê-lo, senhor.

— Pode me chamar de Rich, todo mundo me chama assim. — Ele pisca para mim e eu imediatamente vejo a semelhança familiar.

— Por favor, me chame de Jules. Todo mundo chama, menos seu filho teimoso.

Um olhar que eu não entendo é trocado entre Rich e Nate, mas Rich rapidamente se recupera e sorri para o filho.

— Ela te pegou, filho. O que vocês dois vão fazer?

— Vou acabar com ele — respondo antes que Nate possa falar, e os dois homens olham para mim, surpresos, e depois riem de novo.

— Acho que ela vai acabar comigo, pai.

— Boa sorte com isso. — Rich pisca para mim e depois volta para o ringue para gritar ordens para os lutadores.

— Você poderia ter me avisado que eu ia encontrar o seu pai — murmuro quando Nate pega minha bolsa e a jaqueta e pendura tudo num cabide de casacos perto da porta, junto com as coisas dele.

— Sim, mas você não teria vindo. — Ele se vira para mim, com as mãos nos quadris, preparado para uma luta. De repente, sinto vontade de começar uma luta.

Talvez seja toda a testosterona que me cerca.

— Não lido bem com meias-verdades, Nate.

Luta Comigo 55

— Olha, me desculpa. Eu queria estar aqui com você hoje. Vai ser divertido. Meu pai é o dono, ele foi meu treinador e meu empresário enquanto eu lutava, então é claro que é aqui que eu treino. — Ele dá de ombros e olha ao redor da academia.

Observo-o por um momento, apreciando a vista.

— Onde você quer começar? — pergunto.

— Você ainda quer treinar?

— Quero, já estamos aqui. Vamos.

— Tá, vamos aquecer pulando corda e ver o que você sabe fazer. — Ele sorri e me leva a um tatame, depois, me entrega uma corda para pular.

Devo mencionar que meu irmão Will me fazia treinar com ele durante a temporada de futebol?

Não.

Nate aciona o cronômetro por dois minutos e eu salto com facilidade, do jeito que meu irmão me ensinou. Nate me observa, também saltando com facilidade. Mal estou ofegante quando acabam os dois minutos e, por dentro, estou toda orgulhosa. Mantenho um olhar entediado e indiferente no rosto.

— Próximo? — pergunto.

— Você já fez isso antes — ele murmura.

Dou de ombros e solto a corda no colchonete.

— Qual é o próximo, Ás?

— Você consegue fazer flexão? — pergunta, com a sobrancelha levantada.

— Consigo uma ou duas — respondo e sorrio. Tenho que ligar mais tarde para Will e agradecer profusamente por ele ter pegado pesado comigo. Graças a ele, exercício é uma coisa natural para mim, e meu corpo está em ótima forma. Adoro suar.

Nate me guia para as barras de metal.

— Você precisa de impulso? — ele pergunta.

Eu olho para a barra. Deve estar a uns dois metros do chão.

— Acho que consigo — respondo.

— Primeiro as damas. — Ele faz um gesto para eu ir primeiro. Esfrego as mãos nas minhas calças e, em seguida, salto para cima e seguro a barra. Encontro o espaço certo entre as mãos e começo a elevar o corpo, usando um estilo que Will me ensinou e que ele usa no CrossFit. Quando desço, arqueio o corpo para fora da barra, depois oscilo o corpo e subo de novo, até puxar a barra debaixo do meu queixo.

Deus, isso é fantástico! Consigo vinte flexões, depois largo o corpo no tatame, sacudindo os braços, a respiração ofegante.

— Sua vez. — Planto as mãos nos quadris e olho para Nate, que está me observando com um sorriso enorme estampado no rosto bonito.

— O quê? — pergunto, mas sei que acabei de deixá-lo chocado. Olho ao redor e encontro todos os homens da academia me assistindo de queixo caído.

— Quem te treinou? — pergunta.

— Meu irmão. — Dou de ombros como se não fosse grande coisa. — Sua vez, Ás.

— Está bem. — Ele ainda está sorrindo quando salta e, com facilidade, começa a subir e descer aquele corpo sexy na barra. Seus braços, Deus, que braços, flexionam e incham a cada repetição. Gostaria que ele tirasse a camisa para eu poder ver seu peitoral trabalhar. Ele faz quarenta flexões sem esforço e depois pula no colchonete.

— Nada mal. — Sorrio, dou um novo salto e agarro a barra. Começo a puxar o corpo para cima e para baixo novamente, amando o calor que se espalha pelos meus braços, ombros e costas. Depois de vinte, salto para o colchonete.

Sem falar, Nate pula e completa quarenta flexões.

— Aquecida? — pergunta, ofegante e suando. Minha única vontade é lambê-lo.

— Estou.

— Quero você no ringue.

Levanto uma sobrancelha para ele.

— Tem plateia demais aqui agora, Nate.

Ele ri e segura minha mão na sua, me puxando em direção ao ringue.

— Isso também, mas, por ora, quero lutar com você.

Rich nos encontra na lateral do ringue e me entrega um protetor de cabeça, me ajudando a prendê-lo no lugar, enquanto Nate cuida do protetor dele.

— Você tem tronco e braços fortes aí, garota. — Rich sorri para mim e eu posso enxergar as perguntas não feitas correndo por sua cabeça bonita.

— Meu irmão joga no Seahawks. Ele me fazia treinar com ele. — Sorrio enquanto ele envolve minhas mãos na fita branca.

— Espere — Nate interrompe. — Seu irmão é Will Montgomery, o jogador de futebol americano?

— É. — Sorrio, incrivelmente orgulhosa do meu irmão mais velho. — Ele é um bom parceiro de treino, mas é brutal.

— Eu não sabia disso. — Nate parou de enfaixar a mão e está me olhando boquiaberto.

— Você não sabe de tudo, Ás. Vai ficar aí de boca aberta o dia todo, ou vai tomar coragem e levar uma surra?

Toda a academia irrompe em gargalhadas, incluindo Nate, que me agarra pelos ombros e me puxa para um beijo duro, depois me afasta e termina de enfaixar as mãos.

— Boa sorte, filho. Me deixe orgulhoso. — Rich dá risada e sobe pela lateral do ringue, inclinando-se na plataforma, pronto para assistir ao show.

Obrigada, meus irmãos, por me forçarem a fazer aulas de artes marciais e defesa pessoal, e por me baterem sempre que a mamãe não estava presente. O treinamento está prestes a ser recompensado.

Nate e eu rodeamos um ao outro, os olhos cheios de humor. Ele acha que vai me derrubar fácil. Claro, ele é maior, mais forte e bem treinado, mas eu tenho alguns truques na manga e vou conseguir algumas boas investidas antes que ele me derrube.

Deixo-o avançar primeiro, sabendo que ele não vai me bater realmente. Quando ele avança para cima de mim, eu o pego pelo braço, faço um giro, e piso no seu pé, enfiando o cotovelo na barriga dele e fazendo nós dois rolarmos no chão. Caio por cima, depois giro o corpo e me coloco em pé rapidamente. Os caras que se reuniram ao redor do ringue fazem barulho, torcendo. Nate se levanta com graça do chão, sorriso no rosto.

— Boa.

— Obrigada. — Retribuo o sorriso.

Os minutos seguintes são a mesma coisa: eu usando todos os truques que meus irmãos e meus professores me ensinaram para me defender contra ele. Não estamos dando socos, estamos no combate corpo a corpo; é muito sexy e divertido! Finalmente, depois de alguns minutos, Nate me levanta e me empurra para o canto do ringue. Seus olhos cinzentos estão brilhando, olhando para os meus com luxúria e emoção e, se não me engano, admiração.

— Você é tão sexy — ele sussurra, ofegando pesadamente, de forma que só eu acabo ouvindo.

— Vamos, McKenna! — um homem negro careca e musculoso grita do ringue. — Para de transar a seco no *corner* e deixa ela dar uma surra nesse seu traseiro feio!

Dou risada e envolvo os braços e pernas ao redor de Nate.

— Isso mesmo, McKenna — sussurro.

Ele faz um giro rápido e, de repente, nós estamos numa luta corporal no chão. Consigo ir me contorcendo e saio de debaixo dele por um breve instante, mas então ele me prende de novo, tirando meus quadris e pernas do chão, e eu sei que perdi.

— Merda — murmuro quando alguém dá um tapa no ringue e encerra a luta. Nate rola de cima de mim e me ajuda. Em seguida, me puxa nos braços e me beija com ferocidade.

Luta Comigo 59

Desço do ringue e Rich me encontra de novo para me ajudar com o protetor de cabeça e cortar a fita das minhas mãos.

— Nada mal, bonequinha.

— Tenho quatro irmãos mais velhos. Tive que aprender a me defender contra eles. Minha mãe não podia estar sempre presente como árbitra. — Sorrio para Rich. Já gosto dele.

A multidão diminui outra vez, os caras voltam para seus próprios exercícios, e Nate se junta a nós.

— Pronta para ir?

— Claro.

— Vê se volta qualquer hora, menina. — Rich me abraça (me abraça!) e sorri para Nate. — Você pode vir também, se precisar.

— Puxa, obrigado, pai.

O caminho de volta para o apartamento não é menos emocionante do que a ida. Meu corpo ainda está aceso por causa do nosso treino rigoroso, e o zumbido da moto entre as minhas coxas está fazendo coisas deliciosas no meu núcleo. Eu me aperto em Nate, e meus mamilos despontam nas costas dele. Também aperto as coxas dele com as minhas.

Ele inala bruscamente e solta um palavrão. Sorrio.

— Graças a Deus esta é uma viagem curta.

Ele entra na garagem e para na sua vaga de estacionamento. Está bem escuro aqui embaixo; a única luz vem das lâmpadas fluorescentes no alto. Está deserto.

Desço da moto e tiramos os capacetes. Em seguida, antes que ele possa baixar o suporte para a moto ficar em pé, eu subo de novo, montando sobre o colo dele.

— Oi. — Seus olhos se arregalam e ele agarra minha bunda para me firmar.

— Oi para você também. — Eu me inclino para beijá-lo, minhas mãos em cada lado do seu rosto, e ele me puxa mais confortavelmente sobre ele, me esfregando contra sua ereção ainda escondida debaixo das calças de treino.

— Eu quero você — murmuro contra seus lábios.

— Aqui? — ele pergunta.

— Droga, quero sim.

— Jesus, você nunca deixa de me surpreender, linda. — Ele está sustentando nós dois, com suas pernas fortes apoiadas dos dois lados. Ele põe a mão entre nós e rasga minha calça de ioga na costura da virilha. *Puta merda!* Minha calcinha é a próxima, e, antes que eu perceba, ele já abaixou o cós da calça dele e está me preenchendo.

— Ai, Deus, isso. — Eu me inclino para trás e apoio as mãos no guidão da moto sexy, envolvendo as pernas na cintura dele, e Nate me guia para cima e para baixo pelo seu belo pau, me segurando pela bunda.

— Caralho, gata. — Ele está com os dentes cerrados. Traz uma das mãos para frente, pressiona meu clitóris com o polegar, e eu explodo em torno dele, me enterrando nele mais fundo, e logo Nate encontra o próprio êxtase, gritando meu nome. Ouço o eco pela garagem, e sorrio de um jeito convencido, olhando em seus olhos cinzentos e sensuais.

— Nunca transei numa moto antes. — Eu me inclino, passo os braços em volta do pescoço dele e o beijo. Ele ainda está dentro de mim, mas qualquer um assistindo simplesmente pensaria que estamos dando uns amassos em cima da moto.

— Nem eu. — Ele ri sobre os meus lábios, sai de dentro de mim e sobe a calça. Em pé, ao lado da moto, eu amarro a jaqueta na cintura e dou um nó na frente. Isso deve me levar até lá em cima.

— Vou ter de ir às compras esta semana. Você está rasgando todas as minhas roupas. — Rio enquanto caminhamos para o elevador, e Nate me puxa para seus braços, me abraçando firme.

— Eu compro outras. — Ele beija minha testa, e eu sorrio.

— Não precisa. Eu não me importo.

— Você trouxe vestido? — ele pergunta.

— Trouxe, por quê?

— Eu gostaria de te convidar para sair hoje à noite. — Ele passa a mão para cima e para baixo pelas minhas costas e eu tenho vontade de ronronar.

— Tá bom.

— Ótimo, vamos tomar um banho.

Capítulo Sete

Eu me observo no espelho e sorrio. Prendi o cabelo loiro num coque folgado atrás da orelha esquerda. Minha maquiagem dos olhos é esfumada e sexy, destacando as íris azuis, e escolhi passar um brilho labial rosa.

Provavelmente vai sair tudo nos beijos antes que eu deixe o apartamento.

Meu vestido é cinza-claro, sem alças, com decote em formato de coração. É franzido entre os seios e tem uns plissados caindo pelo comprimento, um pouco acima dos joelhos. Estou com diamantes cor-de-rosa nas orelhas, um presente de Natalie no meu último aniversário, uma pulseira rosa no pulso direito e sapatos *Louboutin* de salto também cor-de-rosa.

Pego minha bolsa *Clutch* cinza, e jogo o celular dentro, o gloss, dinheiro, cartão de débito e carteira de motorista.

Hora de deixar Nate de queixo caído.

Está tocando *The Scientist*, do Coldplay. Nate não está na sala nem na cozinha, e sei que ele não está no quarto ou no banheiro principal, porque é de onde eu venho.

Hum. *Onde ele está?*

Ando de volta pelo corredor e vejo a luz acesa no escritório. Inclinada na porta, eu o observo trabalhar. Adoro essa expressão de trabalho no rosto dele. Seus olhos estão estreitos, olhando para a tela do computador, e ele está rapidamente digitando nas teclas, muito provavelmente enviando um e-mail.

Nate está de dar água na boca, em jeans escuro e camisa social ajustada azul-royal, com as mangas dobradas logo abaixo dos cotovelos. Adoro ver a tatuagem em seu braço direito. O cabelo está solto, porque eu pedi, quando estávamos ensaboando um ao outro no chuveiro. Um banho que levou cerca de quatro vezes mais tempo do que deveria ter levado porque nós não conseguíamos tirar as mãos um do outro.

Quando Nate está nu, parece que é meu aniversário e Natal tudo junto, e ele parece sentir o mesmo por mim.

— Estou te impedindo de trabalhar neste fim de semana? — pergunto, sorrindo. Ele nega com a cabeça e aqueles olhos cinzentos ficam arregalados quando ele me olha da cabeça aos pés.

— Não, nada importante. — Ele se afasta da mesa e vem andando até mim, sem tirar os olhos cálidos dos meus. — Você está maravilhosa.

— Obrigada. Você também está incrível. — Corro os dedos pelos cabelos dele, sem me importar de estar com um sorriso pateta no rosto. — Eu gosto do seu cabelo solto.

— Gosta, é? — Ele se abaixa e beija meu pescoço suavemente, logo abaixo da minha orelha. — Você tira meu fôlego, Julianne.

— Que bom. — Beijo seu queixo e ajusto um dos botões da camisa. — Para onde vamos esta noite?

— Conheço um restaurante ótimo de frutos do mar, que fica na orla.

— Parece bom. — Ele me beija, roçando os lábios nos meus e, em seguida, encosta a testa na minha.

— Vamos.

O jantar foi esclarecedor e delicioso. Conversamos como velhos amigos, e eu aprendi ainda mais sobre a infância de Nate, sobre como foi crescer como filho único e tendo apenas o pai. Evitamos falar sobre o trabalho, então eu decido abordar o assunto.

— Me conta, o que vai acontecer na segunda-feira? — pergunto e tomo um gole de vinho enquanto esperamos pela sobremesa.

— Imagino que a gente vai estar no trabalho — ele comenta e me olha com apreensão.

— Você sabe o que eu quero dizer.

— Bom, deixa-me te perguntar uma coisa. — Ele pega minha mão e examina minhas unhas francesinhas. — Pra você isso aqui é um lance de um fim de semana só? Quer voltar a ter um relacionamento puramente profissional ao badalar da meia-noite de amanhã?

Não! É isso o que ele quer? O pensamento me dá náusea. Aprendi muito sobre ele nas curtas vinte e quatro horas em que estivemos juntos; vi um lado incrível dele. Gosto da sua faceta conservadora e assertiva no trabalho e não me canso do *bad boy* que conheci hoje.

— Não — eu sussurro. — Não é isso que eu quero.

Ele solta o ar longamente e beija meus dedos, mostrando alívio evidente em seu rosto lindo.

— Eu também não.

— Então, o que a gente faz?

— Continua tendo um relacionamento profissional amigável no trabalho, e tudo o que acontecer fora do escritório fica só entre nós. — Ele dá de ombros, como se fizesse todo o sentido. Como se fosse assim tão fácil.

— Eu não sou uma boa atriz.

— Ah, eu não sei, você encenou bem nos últimos oito meses. — Ele se recosta na cadeira e toma um gole de vinho, sem soltar minha mão, com os olhos semicerrados.

Não existe escolha. Se dermos alguma pista, no trabalho, de que estamos íntimos, nós dois vamos ser demitidos. Se decidirmos não nos vermos mais, vou ficar devastada e de coração partido. Nenhuma opção é apetitosa.

— Ok. Negócios, como sempre.

— Com licença — diz nosso garçom ao se aproximar da mesa e eu sorrio para ele. — Você não é a Jules M, da *Playboy*?

Sinto o sangue sumir do meu rosto. Eu nunca sou reconhecida, nunca. Já se passaram cinco anos desde que posei pela última vez naquela revista, e tinha que ser justo agora, quando estou com Nate, que um moleque se lembra de ter me visto numa revista que o pai dele provavelmente tinha escondida debaixo da cama?

Mostro meu sorriso falso e pisco para ele.

— Sou eu.

Nate solta minha mão, e eu me encolho por dentro.

— Uau. — O garçom fica vermelho e sorri de volta para mim. — Achei que estava te reconhecendo. Não quero incomodar, só estava curioso. Sua sobremesa deve ficar pronta em um segundo.

— Obrigada, Derrick — respondo suavemente, lendo o crachá. Ele acena sem jeito e vai embora. Eu respiro fundo e olho nos olhos de Nate por sobre a mesa.

— Acho que eu deveria mencionar que posei para a *Playboy* há muito tempo — sussurro.

— Acho que você deveria — ele responde. Sua voz ficou mais fria e eu me encolho; desta vez por fora mesmo.

— Não é uma coisa de que eu tenha vergonha, mas esse assunto não aparece mais com frequência. Faz muito tempo. — Dou de ombros e vejo que sua expressão não muda.

— Por que você fez isso? — ele pergunta.

— Bom, a Natalie costumava tirar um monte de fotos minhas. Ainda tira. A maior parte do negócio dela é fotografia *boudoir* e de casais. Ela entrou na faculdade e era comigo que praticava.

— Continua — diz ele depois que Derrick serve nossas sobremesas.

— Então, num fim de semana, apareceu um caçador de talentos em Seattle, e eu peguei algumas das fotos que ela tirou e fui lá para ver o que eles achavam. Um mês mais tarde, eu estava em Los Angeles, num estúdio, posando para a revista. — Dou de ombros novamente e brinco com os meus talheres. — Não pagou muito bem, mas eu não estava precisando do dinheiro. Acho que fez eu me sentir sexy e feminina, o que era importante para mim porque sempre estive perto de tantos homens. Foi legal. O fotógrafo foi muito profissional, como foi todo mundo no set. Pude ficar na Mansão Playboy algumas vezes e sair com as outras meninas e com Heff, e havia celebridades por perto. Para uma garota de vinte e um anos, foi fascinante.

— Mas? — pergunta ele, me encorajando a continuar.

— Mas eu não gostava dos caras brutos que se aproximam de mim quando eu saía com a Nat. Um cara me encurralou no corredor do banheiro em um bar à noite, e, bem, vamos apenas dizer que ele teve grande dificuldades em aceitar um não como resposta. — Engulo em seco e olho para minhas mãos crispadas. — Bati nele e o deixei só o bagaço. — A mão de Nate se fecha num punho sobre a mesa e eu levanto os olhos para os dele. — Eu literalmente mandei o cara pro hospital.

— Que bom. — Foi a única resposta.

— Decidi que posar aquelas poucas vezes foi suficiente. É algo que eu sempre vou ter, mas não é algo de que eu preciso. Estou chocada que o garoto tenha me reconhecido. — Balanço a cabeça e fecho os olhos, desejando que Nate me desse uma pista do que ele está pensando.

— Por favor, fale alguma coisa — sussurro quando parece que se passaram minutos sem que ele dê um pio.

— Não gosto disso. — Sua voz é calma e fria, e meu estômago se aperta de medo.

— É compreensível — murmuro, de cabeça baixa. Eu me concentro na toalha de mesa, correndo os dedos sobre ela, passando os dedos por cima, me preparando para ouvir que está tudo acabado entre nós. Ele não vai concordar. Ele acha que sou uma vagabunda.

Eu já ouvi tudo isso antes.

— Acho que você é incrível.

O quê? Viro a cabeça bruscamente, meus olhos procurando os dele. Minha boca está aberta em estado de choque.

— O quê?

— Você me ouviu.

— Você não acha que eu sou uma vagabunda? — *Sério?*

Seus olhos ficam gélidos.

— Nunca pense em dizer isso de novo.

— Me desculpe, eu só...

— Só o quê? — ele retruca.

— Eu já ouvi isso antes — sussurro e olho para baixo novamente.

— Olha pra mim. — Sua voz é mais suave, mais calma, e eu levanto os olhos para ele novamente. — Você é uma mulher brilhante e adorável, Julianne. Teve seus momentos loucos na faculdade; eu sei como é, eu também tive. — Ele levanta uma sobrancelha, e um sorriso puxa os cantos de seus lábios. — O problema que tenho — continua ele — é que outros homens viram seu corpo lindo.

— Eu não era virgem quando te conheci — lembro-o.

— Não, você não era, e eu posso lidar com isso, embora admita que me deixe um pouco irritado. Mas, saber que outros homens te viram e fantasiaram com você, me faz querer mandar cada um *deles* para o hospital, começando com nosso jovem garçom.

Nossa. Eu não sei por que isso me toca, e me sinto constrangidíssima por sentir lágrimas ardendo no fundo dos meus olhos. Pisco rapidamente e tento encontrar meu equilíbrio. Ele nunca deixa de me surpreender.

— Então... — Engulo em seco e pego sua mão na minha. — Então, você ainda quer me ver?

— Claro. — Ele franze a testa como se fosse uma pergunta absurda.

Concordo com a cabeça e olho para o meu bolo de chocolate.

— Podemos embrulhar isso aqui para viagem?

— Ótima ideia. — Ele faz um sinal para o garçom e pede caixas para nossas sobremesas de aparência deliciosa.

Nate fica quieto durante a viagem de volta ao apartamento, mas mantém a mão na minha coxa, como se simplesmente não conseguisse parar de me tocar. Solto um suspiro de alívio.

Ele ainda me quer!

Olho para a moto sexy quando saio do carro e sorrio, me lembrando de hoje à tarde. Ele sorri para mim e beija minha mão.

— Estou ansioso para fazer isso de novo — ele murmura.

Ah, eu também!

— Quer sobremesa? — Nate me pergunta assim que estamos dentro do apartamento.

— Quero — respondo e sorrio para ele, correndo os dedos pelo seu cabelo preto macio.

— Vou colocar num prato para nós. — Ele começa a se afastar, mas eu agarro sua camisa e o puxo de volta para mim.

— Não foi isso que eu quis dizer — murmuro. Aqueles lindos olhos cinzentos escurecem e olham para minha boca enquanto eu puxo meu lábio inferior entre os dentes.

— Não? — ele sussurra de volta e passa os dedos pela minha bochecha. Balanço a cabeça e pego a sacola contendo nossa sobremesa de sua mão. Vou até a geladeira, com meus sapatos consideravelmente rosa fazendo *clique-clique* sobre o assoalho de madeira, e meu vestido cinza flutuando em volta das minhas coxas, fazendo minha pele zunir. Guardo os recipientes e volto. Nate está em pé bem atrás de mim.

— Oh! — suspiro, surpresa.

— A sobremesa deveria ser comida na cozinha — ele murmura e segura meu rosto nas mãos, mordiscando minha boca e me empurrando de volta contra a geladeira de aço inoxidável.

— Deveria?

— Sim, nenhum alimento é permitido no quarto. — Sorrio e inclino a cabeça para o lado enquanto ele desliza aqueles lábios incríveis sobre minha orelha e meu pescoço. Passo as mãos pelas costas dele, puxo a camisa para fora da calça e subo as mãos por sua pele suave e quente.

— Que delícia é você — sussurro.

Ele geme. Em seguida, me levanta do chão, gira meu corpo e me põe sentada em cima do balcão, se colocando entre as minhas coxas. Meus dedos encontram o caminho até seu cabelo. Olho Nate nos olhos, um sorriso dançando em meus lábios.

— Você é tão bonito.

Ele sorri timidamente, balança a cabeça, se inclina e morde meu ombro nu.

— Hummm. — Que gostoso. Ele empurra as mãos sob a barra do meu vestido e até minhas coxas nuas, para os meus quadris.

— Você não está usando calcinha? — Seus olhos estão arregalados, procurando dentro dos meus, e ele mostra um sorriso de lobo.

— Fiquei pensando: para quê? Você só ia rasgá-la de qualquer jeito, não ia? — Eu rio e ele cai de joelhos, colocando minhas pernas sobre seus ombros.

Uau!

Ele me puxa até a beiradinha do balcão e eu tenho que me segurar para não cair.

— Vou cair — suspiro.

— Não, você não vai, linda. — Ele levanta minha saia ao redor dos meus quadris e afasta minhas coxas. — Jesus, olha só você.

— Nate. — Tento me mexer e ele sorri para mim.

— Acho que vou ter você de sobremesa, Julianne.

E com isso ele se inclina e passa a língua pelos meus grandes lábios e depois pelo clitóris, depois desce de novo e afunda em mim, beijando-me profundamente, com aquela boca talentosa beijando e persuadindo meus lábios mais íntimos, sua língua entrando e saindo num ritmo perfeito. Agarro o cabelo dele com meus dedos e jogo a cabeça para trás, deleitando-me com a sensação maravilhosa da boca dele em mim.

Deus, como senti falta de tê-lo fazendo isso comigo, e ele só fez uma vez antes!

Sinto o polegar no meu clitóris, e empurro a pélvis contra a boca de Nate no instante em que a eletricidade dispara através de mim, pelas minhas pernas até os dedos, e subindo pela minha espinha.

— Ai, Nate.

Ele suga meus lábios em sua boca e pressiona mais firme. Na hora em que eu me entrego, me despedaço. Depois, chove beijos suaves nas minhas coxas, e, de repente, está em pé na minha frente, abrindo o zíper de sua calça, e seu lindo pau está duro e pronto para mim. Coloco a mão para baixo e, num movimento circular, passo o dedo sobre a cabeça e pelas bolinhas de metal que aprendi a realmente amar.

Amar pra caramba.

Ele suga o ar por entre os dentes cerrados e eu o afasto de mim para descer do balcão, ainda totalmente vestida. Eu o empurro contra a geladeira e me ajoelho diante dele, segurando o membro nas mãos e percorrendo todo o comprimento até a base.

— Ah, Deus, Jules, você não tem que fazer isso. — Olho para cima, em seus ardentes olhos cinzentos, e enrugo a testa.

— Você me chamou de Jules. — Ele me dá um sorriso arrogante e encolhe os ombros. Decido recompensá-lo com um sorriso meu.

Recomeço a massagear o pau impressionante e giro a língua ao redor da ponta, depois, por cima, provando uma gotinha do sêmen. Gosto da sensação do *piercing* na minha língua. Olho para o rosto de Nate, entusiasmada com a luxúria crua em seus olhos, e lambo seu eixo, a partir do escroto até a ponta, antes de afundar minha boca sobre ele.

— Puta merda.

Levo um segundo para me acostumar com o *piercing*, mas então encontro um ritmo, para cima e para baixo, passando os lábios sobre ele, protegendo os dentes.

Empurro para baixo até sentir aquelas bolinhas prateadas no fundo da minha garganta e dou graças a Deus por não ter um grande reflexo de náusea. Recuando de novo, giro a língua ao redor do eixo, sobre a cabeça e, em seguida, mergulho de novo. Repito o movimento de novo e de novo, e a respiração de Nate vai se tornando dura e irregular, e eu me sinto muito sensual.

Finalmente, sinto-o começar a ficar tenso e aumento o ritmo.

— Chega, linda, vou gozar.

Foda-se!

— Porra, Jules, para. — Ele me puxa nos braços e me beija vorazmente. Posso sentir o meu gosto e o dele em nossos beijos e solto um gemido.

— Em mim. Agora — murmuro. Ele me gira e me encosta na geladeira, depois me levanta, me segurando pela bunda, e me penetra rapidamente.

— Meu Deus, linda. — Seu rosto está enterrado no meu pescoço e eu envolvo os braços ao redor de seus ombros.

— Isso — sussurro.

Ele define um ritmo muito rápido, balançando dentro e fora de mim, e eu sei que não vai durar muito. Meus músculos ficam tensos e apertam em torno dele, e minhas pernas o trazem com mais força de encontro ao meu corpo. Eu me seguro e gozo de novo, agarrada aos ombros dele em busca de apoio. Ele me penetra duro duas outras vezes e para quando o sinto entrar em erupção dentro de mim.

— Porra — ele sussurra e apoia a testa na minha.

— Uau — respondo.

— Jesus, você tem uma boca incrível. — Ele ainda está ofegante. Acaricio seus cabelos e lhe ofereço um sorriso enigmático.

— Você também, Ás. Você me deixa louca.

Capítulo Oito

— Tem certeza de que você tem que ir para casa? — Nate pergunta, encostado à porta do quarto de hóspedes, me observando fazer a mala. Enrolo os *Louboutin* cor-de-rosa em tecido e os ponho na mala.

— Tenho. Preciso lavar roupa e me preparar para a semana de trabalho. — Sorrio para ele e sou pega de surpresa por sua beleza. Ainda estou me acostumando a vê-lo com roupas casuais. Está vestindo uma camiseta cinza-claro, mostrando o bíceps musculoso, onde os braços tocam no peito impressionante, e uma calça jeans desbotada de cintura baixa. Ele está descalço e de cabelo solto.

Cruzamos um olhar. Um sorriso lento e sexy se espalha por aqueles lindos lábios. Ele sabe que eu aprecio o que estou vendo.

Menina, e como.

— Quando vou te ver de novo? — ele pergunta.

— Daqui a umas doze horas, Ás. — Sorrio ao colocar o último dos meus pertences na mala e fechar o zíper.

— Você sabe o que quero dizer, espertinha.

— Jantar amanhã à noite? — pergunto.

— Amanhã tenho aquela reunião de negócios meio tarde. — Ele passa a mão pelo cabelo, enrugando a testa. — Tem planos para o seu aniversário?

Meu olhar dispara de novo para o dele em surpresa, meus olhos estão arregalados.

— Como você sabe quando é meu aniversário?

— Jules, a gente trabalha no mesmo escritório. Fizeram circular um cartão para você na semana passada. Sem contar que eu tenho acesso à sua ficha.

Luta Comigo 73

— Bem, isso é simplesmente... assustador.

— Cartões de aniversário são assustadores? — Seus olhos prateados estão rindo de mim e eu não posso deixar de rir também.

— Não, você ler minha ficha é que é assustador.

— Amo sua risada.

— Não tente escapar dessa, Ás. — Planto as mãos nos quadris e tento meu melhor olhar severo. Nate se afasta da porta e vem andando até onde eu estou, ao lado da cama de hóspedes. Ele pega meu rosto nas mãos grandes e me dá um beijo terno na testa.

— Eu só queria saber mais sobre você, Julianne.

Oh.

— Então, você tem planos para o seu aniversário? — ele pergunta novamente.

— Não.

— Que bom. Eu queria estar com você no seu aniversário. — Descanso as mãos em seus quadris vestidos de jeans e apoio a testa em seu esterno. Nate desliza as mãos nas minhas faces e no meu cabelo, e ficamos assim por um longo instante, sem que nenhum de nós queira que eu vá embora.

— Eu gostaria, sim. Obrigada — murmuro.

Sinto-o sorrir sobre o topo da minha cabeça, e endireito o corpo para olhar para ele.

— Você gostaria de ir à minha casa na terça à noite para o meu aniversário? Podemos só ficar lá, assistindo a um filme, sei lá.

Ele franze a testa e roça o polegar sobre meu lábio inferior, disparando uma descarga elétrica pelo meu corpo.

— Você não quer sair?

— Não. Só quero passar a data com você. Não preciso de mais nada.

Nate se inclina e beija meus lábios suavemente. Em seguida, apoia a testa na minha.

— Se é isso que você quer, linda, tudo bem para mim. Eu levo o jantar.

Sorrio para ele.

— Tá bom.

— Tem certeza de que você tem de ir? — ele pergunta novamente ao passar os dedos pelo meu cabelo bagunçado.

— Tenho certeza, mas eu te vejo de manhã. — Ele franze a testa e olha para os meus lábios por um instante antes de voltar para os meus olhos. Minha respiração falha diante da vulnerabilidade que vejo ali. — O que foi?

— É só que o trabalho vai ser diferente amanhã. Obrigado por me dar este fim de semana, Julianne. Faz muito tempo que eu queria algo assim. Acho que não quero que acabe.

Passo os dedos pela barba despontando em seu rosto.

— Obrigada, Nate. Por tudo. Eu me diverti muito.

Dou um passo para me aproximar dele, passando os braços em torno de seu tronco e apoiando a barriga em sua pélvis. Tenho de inclinar a cabeça para trás para conseguir ver seu rosto sóbrio. Ele continua a segurar minha cabeça naquelas mãos surpreendentes, dedos enfiados nos meus cabelos. Ele me olha nos olhos por um longo tempo. Vejo uma ampla gama de emoções percorrerem seu rosto, e só posso dizer que ele me deixa hipnotizada.

Finalmente, eu me inclino, beijo seu peito novamente e deixo a bochecha apoiada nele enquanto dura meu abraço forte. Ele passa os braços em volta dos meus ombros e me embala para frente e para trás, beijando o topo da minha cabeça e sentindo o meu cheiro.

— Dirija com cuidado durante o caminho até em casa — ele murmura, me fazendo sorrir.

— Pode deixar. — Eu me afasto e faço menção de pegar minha mala, mas Nate faz um gesto para me pôr de lado e a pega ele mesmo. Em seguida, toma minha mão na sua outra, e nós atravessamos o apartamento e descemos para buscar meu carro. Ele joga minha mala no banco de trás e me dá um beijo casto.

— Me liga quando chegar em casa.

— Está bem. Até amanhã, Ás. — Mostro um sorriso atrevido, dou partida no meu carrinho e aceno ao tirá-lo da vaga.

O tráfego está leve nesta noite de domingo, por isso não demoro muito para chegar em casa. Desfaço a mala e ponho uma carga de roupas para lavar. Em seguida, pego meu celular de dentro da bolsa.

Tem uma mensagem de texto esperando por mim.

> Gostei muito desse fim de semana.

Sorrio e respondo.

> Eu também.

Depois de alguns momentos, ele responde.

> Você está em casa?

> Estou. Segura em casa. Lavando roupa. O que você está fazendo?

Entro na cozinha, pego uma maçã e uma garrafa de água e me acomodo no sofá. Ligo a TV para assistir a um dos meus *reality shows*.

> Trabalhando um pouco.

Sorrio ao imaginá-lo sentado atrás da mesa, todo sexy de camiseta e jeans. Adoraria distraí-lo enquanto ele trabalha. Sim, isso entra na lista de tarefas para um futuro não muito distante.

> Você trabalha demais.

Envio a mensagem e assisto, fascinada, à briga que irrompe na TV entre duas donas de casa irritantes. Não sei por que fico assistindo a essa merda. Nunca admito para ninguém, e a única razão para Natalie saber sobre meu vício em donas de casa é que ela compartilha esse vício comigo.

Vamos levar esse segredo ao túmulo.

Meu telefone apita.

> Eu não estaria trabalhando se você ainda estivesse aqui.

Sorrio.

> **Não? O que você estaria fazendo se eu estivesse aí?**

Ele responde quase imediatamente.

> **Beijando cada centímetro do seu corpo incrível.**

Meu Deus. Meu rosto se divide num largo sorriso. Curvo os pés debaixo de mim e me arrumo para um pouco de sexo por mensagens com meu amor.

> **Só se eu puder fazer o mesmo. Adoraria percorrer suas tatuagens com a boca.**

> **Eu queria percorrer sua boceta com a boca.**

Puta merda!

> **Mmm... você é bom com a boca, Ás.**

As donas de casa ainda estão gritando uma com a outra na TV, então eu tiro o som. Meu telefone apita.

> **Volte aqui, e eu vou te mostrar o quanto posso ser bom com a boca.**

Oh, eu estou tão, tão tentada.

> **Achei que você tinha trabalho a fazer.**

> **Você é sempre mais importante do que o trabalho, linda.**

Droga, ele sabe ser tão doce.

A verdade é que não quero dormir sem ele, com ou sem sexo, mas preciso de um pouco de distância. Isso tudo é muito novo. Não quero que ele enjoe de mim. E tenho que colocar minha cabeça no lugar para amanhã, no trabalho. E então respondo:

> **Indo dormir cedo para me recuperar do sexo incrível deste fim de semana e para sonhar com você. Te vejo de manhã.**

> **Boa noite, linda. Durma bem.**

Mas não durmo. Viro de um lado para o outro pela maior parte da noite, desejando que estivesse com Nate.

Caramba, estou caidinha.

É segunda-feira de manhã. Minha corrida longa de oito quilômetros esta manhã antes do trabalho não fez nada para acalmar meu nervosismo em voltar para o escritório depois do meu fim de semana incrível com Nate.

Ligo o computador e, enquanto ele inicia, vou em busca de café para tentar me ligar também. Entro na sala dos funcionários e, em pé, perto das cafeteiras, servindo-se de uma xícara, não está outro senão Nate. Um fogo se acende dentro de mim, e é um choque vê-lo de volta em seu terno alinhado, cabelo amarrado para trás, todo profissional e... atraente.

Sou grata por ele estar de costas, pois assim tenho um momento para colar um olhar neutro no rosto e me aproximar como teria feito 72 horas antes.

— Bom dia — digo, orgulhosa de mim mesma por manter um tom agradável, normal. Nate se vira para me olhar, e há um momento de calor naqueles olhos cinzentos, mas logo depois eles ficam frios. Nate mexe o café, joga fora a colherinha vermelha e branca e acena para mim, sem encontrar meus olhos.

— Julianne.

E com isso, ele vira as costas e vai para sua sala.

Olho para o café, de costas para a sala, e fecho os olhos com força. Ok, essa doeu. Sei que tenho de me acostumar à situação. Nada pode mudar para nós dois aqui dentro. Mas ver o frio nos olhos dele, saber que não posso tocá-lo... *porra*.

Sirvo meu café, volto para minha sala e encontro um e-mail de Nate esperando por mim, pedindo-me para compilar alguns dados de uma conta e enviar tudo para ele o mais rápido possível.

Então, eu tiro o celular da bolsa para verificar se tenho mensagens e há uma, do Nate, recebida dois minutos atrás.

> Bom dia. Você está maravilhosa nesse vestido preto. Eu queria te foder na sala de descanso, mas acho que não seria bem visto.

Ai, meu Deus! Rio, e meus sentimentos feridos desaparecem num passe de mágica.

> *Você está delicioso esta manhã. Quase esqueci o quanto você fica gostoso de terno. Claro, você fica gostoso sem terno também, Ás.*

> *Senti sua falta ontem à noite.*

Suspiro com essa mensagem.

> *Também senti sua falta. Dormiu bem?*

Abro o navegador de internet no meu computador para iniciar o trabalho que Nate pediu e então meu celular apita.

> *Não.*

Oh.

> *Que pena. Você tem algum tempo disponível por volta da hora do almoço? Eu perguntaria à Sra. Glover, mas esse não é um pedido profissional.*

Mergulho na minha pesquisa e percebo que se passaram, pelo menos, dez minutos desde minha última mensagem. Enrugo a testa, imaginando se ele vai responder, quando o celular apita.

> *Acabei de liberar trinta minutos às 12h30. Disse à Jenny que preciso de uma reunião com você na hora do almoço.*

O telefone sobre minha mesa toca.

— Jules Montgomery — respondo.

— Aqui é a Sra. Glover, Jules. O Sr. McKenna está solicitando uma reunião com você na hora do almoço às 12h30. — Ela é educada e sucinta.

— Obrigada, Sra. Glover. Vou estar lá.

Ela desliga e eu pego meu celular.

> *Está marcado.*

Tem como a manhã passar mais devagar, droga? Cada minuto foi insuportável enquanto eu fiquei sentada olhando para o relógio, desejando que o tempo passasse. Finalmente, às 12h25, desligo o computador e tranco a mesa, pego o iPad, e caminho com propósito para o escritório de Nate.

— Pode entrar, Jules. — A Sra. Glover sorri para mim e eu atravesso a porta da sala, agradecida por não existirem janelas com vista para a área de recepção, e fecho a porta atrás de mim. Silenciosamente, passo o trinco.

— Então. — Eu me viro para encará-lo e sorrio para ele, apreciando a visão de seu corpo sentado atrás da mesa. Seus olhos estão cálidos quando ele me vê atravessar a sala em direção à mesa.

— Então — ele responde.

— Só para esclarecer, você não é meu chefe agora.

— Tudo bem.

Dou a volta na mesa e ele gira na cadeira para ficar de frente para mim e poder me olhar. Um sorriso flerta com os cantos de seus lábios e eu não posso resistir. Eu me inclino para baixo, planto as mãos sobre os apoios de braço da cadeira e dou-lhe um beijo, empurrando a língua por seus lábios, provocando-o e puxando para trás, e, de repente, ele passa os braços em volta de mim e me puxa para seu colo.

Com um braço em volta da minha cintura e a mão no meu cabelo, ele me puxa com força para junto dele e assume o controle do beijo. Nate me beija como se precisasse disso, como se estivesse morrendo de sede e eu fosse o primeiro copo de água que ele vê em dias. É emocionante, inebriante, e eu envolvo os braços ao seu redor, me deixando levar. Após longos minutos nos braços de Nate, eu me lembro de qual era meu plano original para essa reunião, então, me levanto de seu colo.

— Aonde você pensa que vai? — Ele pega minha mão, mas eu a afasto para fora de seu alcance e me ajoelho no chão, entre suas pernas.

— Não vou longe.

Seus olhos se arregalam.

— Julianne...

— Shh. — Pressiono um dedo sobre os lábios dele para silenciá-lo. —

É só sentar e aproveitar, querido. Nada como uma chupada para iluminar uma segunda-feira.

Desabotoo suas calças, puxo o grande pau duro para fora da cueca boxer e imediatamente coloco os lábios ao redor da cabeça, usando a língua para brincar com o APA. Em resposta, os quadris de Nate se levantam da cadeira.

— Puta merda, linda! — Ele agarra meu cabelo nas mãos e se segura em mim conforme eu movo a boca para cima e para baixo pelo belo pau, apertando com meus lábios, sugando e depois afundando de novo até sentir aquele metal no fundo da minha garganta.

Solto um gemido ao redor dele, acompanho o movimento com uma das mãos, e aperto o escroto com a outra. Nunca me senti mais sexy, mais poderosa, mais no controle, e eu adoro tudo isso. Adoro deixar Nate louco de desejo por mim.

— Isso, que foda, Jules... chupa... Ah, caralho. — Seus palavrões me exortam a continuar e assim eu vou mais rápido, mais forte, até, de repente, ele parar, me pegar pelos ombros, me dobrar na linha dos quadris e, quando percebo, ele está dentro de mim. Agarra meu cabelo na mão, me puxando para trás até quase começar a doer, e agarra meu quadril com força, bombeando dentro e fora de mim, mais e mais, até grunhir quando o clímax o domina e me puxar para mais junto dele.

Nate sai de dentro de mim, recua e sinto o fluido escorrer entre minhas pernas. Nate suspira.

— Porra, linda, essa é a coisa mais sexy que existe.

Sorrio e me levanto, abaixando a saia. Beijo Nate no queixo quando ele ajeita as calças e fecha o zíper.

— Posso usar seu banheiro, por favor?

— É claro, fique à vontade. — Ele aponta para a porta que leva ao banheiro particular e eu entro para me limpar.

— Bem, parece que ainda temos uns dez minutos na reunião de almoço, Sr. McKenna. — Vou rebolando pelo escritório e o encontro na janela, braços cruzados, observando o Sound e o Space Needle. Paro atrás dele e passo os braços ao redor de seu corpo, pressionando um beijo em suas costas.

Ele cobre minhas mãos com a sua e nós ficamos assim por um longo instante até eu finalmente perguntar:

— Que foi?

— Absolutamente nada. — Ele se vira para mim e pressiona um beijo leve na minha bochecha. — Foi uma surpresa agradável.

— Se você continuar mandando mensagens de sacanagem desse jeito, vou te dar uma surpresa agradável todos os dias. — Dou uma piscadinha e ele sorri alegremente para mim.

— Como foi seu dia até agora, linda?

— Comprido. O seu?

— Também. Mas ficou melhor agora. — Ele me beija e se senta na cadeira, me puxando para seu colo. — Vou estar em reuniões durante o resto do dia, por isso não vou te ver até amanhã.

Passo o braço ao redor de seus ombros e enterro o rosto em seu pescoço.

— Tudo bem.

— Passa na minha casa depois do trabalho. Você pode passar a noite comigo. — Ele está acariciando minha lombar em um círculo rítmico. Minha vontade é de ronronar.

— Você tem reunião até tarde, lembra?

— Quero voltar para casa e encontrar você.

Eu me inclino para trás e mergulho em seus olhos sinceros. Não quero dizer não. Ontem à noite foi horrível sem ele.

— Não quero dormir sem você — ele sussurra. Como posso resistir?

— Está bem — sussurro e enterro o rosto em seu pescoço novamente, desfrutando dos últimos minutos com ele antes de ter que voltar para o trabalho. — Estarei lá.

Capítulo Nove

Hoje é meu aniversário.

Ligo o computador para começar o expediente e logo ouço uma batida na porta.

— Entre — chamo.

A Sra. Glover entra na minha sala a passos leves e eficientes, carregando um grande buquê de flores coloridas.

— Acabou de chegar para você, Jules.

— Ah, muito obrigada! — Ela coloca o buquê na minha mesa e sai da sala, fechando a porta atrás de si. Avidamente, puxo o pequeno cartão branco e abro, rezando para ser de Nate.

Não é.

Feliz aniversário, irmãzinha.
Tenha um bom dia.
Com amor,

Will

Ele é um amor. Will é o mais próximo de mim em termos de idade. Pego o celular e mando uma mensagem para agradecer pelas flores e, em seguida, volto ao trabalho.

Uma hora mais tarde, há outra batida, e a Sra. Glover entra de novo carregando um grande buquê de rosas.

— Acho que você deveria simplesmente deixar a porta aberta hoje, Srta. Montgomery. — Seu tom é irônico e cheio de humor. Acabo dando risada.

Luta Comigo   83

— Boa ideia.

Leio o cartão, sabendo que essas flores são de Natalie. Ela sempre me envia rosas cor-de-rosa.

Feliz aniversário, melhor amiga.
Nós te amamos, Nat, Luke e bebê.

Ah, isso me faz chorar. Eu também os amo. Dou uma olhada nas flores bonitas e coloco o buquê no peitoril da janela atrás de mim.

Ao meio-dia, tenho seis buquês de flores espalhados por todo o escritório, com cartões maravilhosos e docemente escritos, enviados pela minha família.

Nenhum de Nate.

Talvez ele vá me trazer alguma coisa hoje à noite. Dou de ombros. A verdade é que estamos nos vendo há quatro dias. Ele não é obrigado a me dar nada.

Ao meio-dia e meia, Nate vem andando pela minha porta, parecendo um homem de negócios bem-sucedido em cada centímetro de seu corpo, de terno preto e gravata vermelha. Seguro o sorriso quando olho para ele, e posso dizer que ele está fazendo o mesmo.

— Tem um momento, Srta. Montgomery?

— Claro. — Ele fecha a porta atrás de si, e eu nunca me senti tão grata por não ter janelas que deem para a parte principal do edifício.

— Oi — ele murmura e passa os olhos pela minha sala.

— Oi — respondo, levantando-me da mesa e dando a volta para encontrá-lo. Ele me aperta entre os braços e me beija profundamente. Em seguida, se afasta e passa os dedos pela minha bochecha.

— Como vai a aniversariante?

— Vou bem. Me sentindo um pouco mimada. — Dou um passo para trás, faço um gesto indicando todas as flores e ele sorri.

— Todos de admiradores seus? — Ele ergue uma sobrancelha.

— Sim, meus irmãos, meus pais e a Nat são os meus maiores fãs. —

Sorrio, e seus olhos ficam sérios enquanto ele roça a ponta do polegar ao longo do meu lábio inferior.

— Eu acho que entro nessa lista também — ele sussurra.

— Ah — respondo, hipnotizada por seu olhar sério.

— Tenho uma coisa para você. — Ele dá um passo para trás e tira um envelope do bolso do paletó. Minhas sobrancelhas disparam para o alto em surpresa.

— Por quê?

— Porque é seu aniversário, Julianne. — Ele me olha como se eu fosse idiota e eu fico vermelha de prazer.

— Obrigada.

— Você não abriu ainda. — Ele me passa o envelope e eu rasgo um pedacinho para abrir. Dentro, há um bilhete escrito à mão. Sorrio.

Julianne,

Estou muito contente por ter a honra de partilhar seu aniversário com você. Vou te dar o resto do dia de folga e abrir uma conta ilimitada na Neiman Marcus. Vá fazer compras. Substitua as roupas que eu arruinei no fim de semana, e certifique-se de encontrar uma jaqueta de couro, além de qualquer outra coisa que você quiser.

Feliz aniversário.

Seu,

Nate

Uau.

Sorrio e olho em seus olhos cinzentos divertidos.

— É aqui que eu devo dizer o obrigatório "não precisava". — Dou um beijo suave em seus lábios e esfrego o nariz contra o dele.

— E eu vou responder o obrigatório "mas eu queria". — Ele sorri, encantado comigo, e eu o puxo para perto num abraço. Ele passou a ser muito precioso para mim em muito pouco tempo. Ou será que ele sempre significou tanto e eu não conseguia admitir para mim mesma?

— Muito obrigada — sussurro.

— De nada. Eu queria te enviar flores, mas não seria apropriado aqui.

Ah, verdade! Não me admira.

— Compreendo. Este é um presente muito generoso. — Eu acaricio seu peito e o abraço mais apertado.

— Você vai ganhar seus outros presentes hoje à noite — ele murmura e beija meu cabelo.

— O quê? — Recuo um pouco e olho para ele. — Do jeito que está já é muito, querido.

— Não seja ingrata. Se não me falha a memória, você odeia essa característica na sua amiga Natalie.

Oh. Maldito seja ele.

— Não sou ingrata. Estou... emocionada.

Ele sorri calorosamente e me beija novamente.

— Tenho uma reunião. Vá se divertir. Estou falando sério, compre o que quiser.

Sorrio e dou pulinhos de emoção.

— Ok, foi você quem pediu.

Ele ri, uma gargalhada generosa, me beija outra vez e me deixa para voltar ao trabalho. *Puta merda, então foi assim que a Natalie se sentiu quando Luke nos presenteou com um dia de compras no aniversário dela. Não, Natalie odiou.*

Eu vou amar cada segundo.

Fecho a porta atrás de mim com o pé, meus braços e as mãos carregados de sacolas da Neiman Marcus. Subo as escadas para o meu quarto e jogo as sacolas em cima da cama.

Fui bem.

Hoje Nate foi muito generoso.

Não perdi o controle. Substituí a calcinha que ele rasgou e comprei algumas extras, porque eram sexy e muito provavelmente vão encontrar o mesmo destino que minhas calcinhas de renda tiveram no fim de semana passado. Escolhi duas camisolas bonitas, e o resto é uma jaqueta quente de couro preto, sapatos e bolsas.

Oh, os sapatos e as bolsas.

Dois pares de *Blaniks* e um par de *Jimmy Choos*, que são, francamente, lindos de morrer. Nate também me comprou uma bolsa da *Gucci* com carteira combinando.

Imagine, ele não precisava ter se preocupado.

Rio ao tirar tudo das sacolas e guardar no meu armário. A sacola menor tem uma caixinha embrulhada, amarrada com um laço vermelho, e eu me abraço em pensamento, animada para dar um presente a Nate.

Este foi pago por mim, é claro.

Ouço a campainha e corro pelas escadas para cumprimentar meu amor.

— Oi. — Sorrio para seu belo rosto. Ele deixou o cabelo solto (delícia!) e está segurando um grande buquê de rosas vermelhas numa das mãos e um saco plástico branco cheio de comida na outra.

— Oi, linda. Estas são para você.

— Obrigada. — Enterro o nariz nas flores macias, inalando o aroma doce. Sorrio. — Entre, fique à vontade.

Recuo um passo e o conduzo pela casa até a cozinha para poder arrumar as rosas lindas e as colocar na água.

— Pratos? — ele pergunta e eu aponto para o armário das louças. Amo essa casa, e sou grata à Natalie por cada dia que ela me deixa viver aqui sem pagar aluguel. É linda e tem uma vista fantástica do estuário Puget. A cozinha é de última geração, embora não tão sexy quanto a de Nate.

Organizo as flores e as coloco na ilha onde posso admirá-las.

— Elas são fantásticas, muito obrigada.

— De nada. — Nate se inclina e beija minha bochecha. Em seguida, enche nossos pratos com comida italiana. Nós nos acomodamos na mesa da sala de jantar e eu sirvo uma taça de vinho tinto para cada um.

— Então, você se divertiu hoje? — Nate começa a comer a lasanha.

— Hoje eu me esbaldei, obrigada mais uma vez.

Ele sorri, parecendo extremamente orgulhoso de si mesmo.

— De nada. O que você comprou?

— Ah, você sabe... lingerie, sapatos, bolsas... as coisas que as meninas mais amam. — Sorrio e tomo um gole do meu vinho.

— Fico feliz. — Ele pega minha mão na sua e beija meus dedos. — Eu adoraria ir com você da próxima vez. Você pode experimentar a lingerie para eu ver e eu posso te atacar no provador. — Seus olhos estão brilhando com humor e desejo. Minha barriga aperta.

— Está marcado. — Termino a minha comida e empurro o prato. — Como foi seu dia?

— Sem nada de especial, mas proveitoso. — Ele pisca para mim e sorri. Tenho certeza de que foi. Ele é muito bom no seu trabalho.

— Soa como um bom dia.

— Está muito melhor agora que eu estou aqui.

— Todo galanteador. — Pisco para ele e cutuco sua perna por baixo da mesa, fazendo-o rir. — Tenho uma coisa para você. — Limpo nossos pratos e os levo para a cozinha. Em seguida, pego a caixinha de cima da ilha da cozinha.

— É?

— Sim, aqui. — Ponho a caixa sobre a mesa e sorrio. — Isso não foi cobrado na sua conta hoje.

Ele franze a testa para mim e olha para a caixa.

— Você não precisa me dar nada. É *seu* aniversário.

— A gente nem sempre precisa de uma ocasião para comprar presente. — Reviro os olhos para ele.

Seus olhos suavizam por um instante e passam a arder com entusiasmo. Posso dizer que ele está morrendo de vontade de ver o que tem na caixa.

— Abre.

— Tá. — Ele tira a fita e desembrulha o papel branco. No interior, há uma caixinha de joia preta. Ele levanta a tampa e, aninhado no cetim de cor creme, estão duas abotoaduras de platina com suas iniciais gravadas nelas.

Seu rosto está completamente vazio. Não sei dizer em que ele está pensando. Ele detestou? Não faço ideia.

Então seu rosto muda para um grande sorriso derretedor de calcinhas e ele me puxa para seu colo, aconchegando-se ao meu pescoço.

— Obrigado, querida. Adorei.

— Você me deixou preocupada por um segundo. — Corro os dedos por seu cabelo e desfruto de estar em seus braços.

— Não estou acostumado a receber presentes.

— Se acostume com isso. — Eu beijo seu nariz e depois passo os lábios sobre sua boca, beijando-o suavemente.

— Bem, já que estamos trocando presentes... — Ele se mexe, me empurrando para trás em seu colo e puxa uma pequena caixa *Cartier* vermelha do bolso.

Meu Deus.

— Nate, você já gastou muito dinheiro comigo hoje.

— Para. — Ele pousa os dedos sobre minha boca. — Esperei muito tempo para te dar presentes, Julianne. Não corta meu barato.

Ah, ele é tão fofo.

Abro a tampa da caixa e, dentro, há um par de brincos de diamante de lapidação princesa. Brilham belamente, refletindo a luz do candelabro, e me deixam sem fôlego. Têm facilmente um quilate cada.

E são caros demais.

Eu não deveria aceitá-los.

Mas, quando olho nos olhos cinzentos de Nate, vejo apreensão e talvez um pouco de medo, e sei que não posso recusar.

— Obrigada — sussurro, emocionada. Lágrimas começam a correr sem controle pelo meu rosto e eu nem tento controlá-las.

— Ei, o que foi, querida? — Ele enxuga minhas lágrimas com os polegares.

— Eu apenas... — Engulo e volto os olhos cheios de lágrimas para os dele. Sei que estou apaixonada. Não por causa dos presentes caros, mas por causa de como ele é delicado, generoso, e gentil, para não mencionar sexy como pecado e mais inteligente do que qualquer homem tem o direito de ser.

Mas é muito cedo para dizer isso a ele.

— Só estou grata, e talvez um pouco comovida pela sua generosidade.

Ele beija minha bochecha, me puxa e apoia o queixo na minha cabeça. Acomodo-me no colo dele, curtindo a sensação de seus braços fortes ao meu redor, me segurando perto dele.

— Vá se acostumando, querida.

Capítulo Dez

— Oh! — Sento-me, dou um beijo rápido na boca de Nate e pulo para fora de seu colo. — Tenho outra coisa para te mostrar. Espere aqui.

Posso ouvir a risada de Nate enquanto corro escada acima até meu quarto e vou tirando as roupas ao longo do caminho. Tiro a saia preta, feliz por estar vestindo meias finas na altura das coxas, o sutiã e a camisa, e pego minha nova jaqueta de couro preto brilhante. Calço meus novos sapatos de salto agulha *Jimmy Choo* e dou uma olhada no espelho. Humm... o cabelo não está certo.

No banheiro, penteio o cabelo vigorosamente, dando-lhe uma aparência selvagem, e retoco a maquiagem, acrescentando um batom vermelho.

Pareço uma motoqueira roqueira sensual. É um novo visual para mim, por isso, estou improvisando e vendo como fica.

Desço as escadas com os sapatos, meias pretas e a jaqueta preta com o zíper aberto, e encontro Nate terminando com os pratos. Está de costas para mim; tirou o paletó do terno, enrolou as mangas da camisa branca — *que delícia aquela tatuagem* — e aquela bunda está simplesmente fantástica na calça preta.

— Precisa de ajuda? — pergunto, tentando captar sua atenção, e não sou desapontada, pois ele deixa cair o queixo quando se vira e me olha. Seus olhos ficam arregalados e suas pupilas se dilatam quando dou um sorriso presunçoso e apoio as mãos nos quadris.

— Vejo que você comprou uma jaqueta de couro — ele murmura, caminhando lentamente em minha direção.

— Eu tinha ordens. — Dou de ombros. — Sou boa em seguir instruções.

— E é mesmo. — Ele para a uns três passos de mim e passa aqueles olhos cinzentos sensuais pelo meu corpo, desde meus pés calçados nos sapatos sofisticados até o topo da minha cabeça loira, depois me olha nos olhos e respira muito, muito fundo. — Caralho, você está linda.

Não consigo falar. Não consigo me mover. Só posso olhar para aqueles olhos cheios de luxúria, e, na hora, todo o meu sangue desce para se acumular entre minhas coxas. Mordo o lábio inferior e estendo a mão para ele, amassando sua camisa nas mãos, sem desviar os olhos dos seus, e o puxo para frente, de forma que seu peito fique a apenas centímetros do meu. Suas mãos ainda estão soltas ao lado do corpo, em punhos cerrados; os nossos lábios estão a meros centímetros de distância e não consigo parar de olhar em seus olhos.

— Nate — sussurro.

— Sim, linda — ele sussurra também.

— Se você não me tocar imediatamente, não respondo por mim.

Seus lábios se curvam num meio sorriso e ele solta o ar, ao mesmo tempo em que seus olhos miram minha boca e depois voltam a me olhar. Seus dedos acariciam levemente minha bochecha. A ponta de seu polegar passa sobre meu lábio inferior, e eu dou uma mordidinha, agarrando o punho dele e sugando suavemente, passando a língua em volta. Seus olhos se fecham, seus dentes se apertam, e a próxima coisa que eu sei é que ele está me beijando como um louco e me empurrando de volta para a sala de estar.

— Jesus, você está tão gostosa. — Seu rosto está no meu pescoço, lambendo e mordendo, logo debaixo da minha orelha, o que dispara os mais deliciosos arrepios pelas minhas costas. Ele abre a frente da jaqueta, expondo meus seios, e apalpa um, passando o polegar sobre o mamilo, fazendo-o enrugar, e minhas costas se arquearem.

Nate me põe no sofá e cobre meu corpo com o seu, engancha minha perna direita ao redor de seu quadril e esfrega a ereção ainda coberta sobre meu núcleo.

— Ai, Deus. — Minhas mãos mergulham em seu cabelo e eu o seguro contra mim, friccionando o corpo no dele. Sentir os lábios e os dentes no meu pescoço é puro êxtase. — Nate.

— Oi, querida. — Ele se esfrega um pouco mais contra mim e me beija com ternura. Eu me desfaço debaixo dele, estremecendo e me apertando mais contra seu corpo.

Ai, gente.

Antes que eu possa me recuperar, Nate abriu o zíper da calça, e eu sinto a cabeça do seu glorioso pau e as bolinhas de metal magníficas na minha abertura. Com um movimento, ele se enterra dentro de mim.

— Argh! — eu grito, levantando meus quadris contra ele.

Ele para e levanta a cabeça, seus olhos cinzentos derretidos fixos nos meus.

— Machuquei você?

— Não, Deus, não, não para.

Ele rosna e puxa quase tudo para fora, e, em seguida, penetra de novo, mais e mais. Sinto meu corpo ficando tenso e tento me conter, querendo que dure mais.

— Caralho, como você é apertada — ele rosna entre a mandíbula cerrada.

A sensação é maravilhosa.

— Deixa vir, gata.

— Ainda não — sussurro.

Ele morde minha orelha e começa a bombear ainda mais forte, agarrando minha bunda em uma só mão e me puxando ainda mais firme junto dele.

— Sim, agora. Goza, querida.

Não consigo parar. O orgasmo empurra através de mim com tal intensidade que eu não consigo nem sentir os dentes. Aperto sua bunda nas mãos, e ele grita quando me penetra uma última vez e eu o sinto entrar em erupção dentro de mim.

— Caramba, feliz aniversário para mim — murmuro e sinto Nate sorrir no meu pescoço.

Ele recua e sai de dentro de mim, se levanta e me puxa em seus braços, me segurando no peito e me carregando escada acima.

— Para onde estamos indo? — pergunto, com os dedos em seu cabelo.

— Ainda não terminei. Nós vamos para a cama.

Ai, Jesus.

Há muitas coisas que eu amo no meu trabalho. Me faz pensar, é desafiador, estou cercada por pessoas incrivelmente inteligentes. O lado ruim é que a competitividade é feroz, e os colegas podem ser brutais. Pela minha experiência, as mulheres são especialmente maliciosas. Os homens com quem trabalhei iam com a maré e não envolviam muitos sentimentos no trabalho. Simplesmente não há tempo para isso.

Mas as mulheres são uma raça diferente. Por que elas gostam de drama?

Não estou aqui para fazer amigos, eu tenho amigos, mas é preferível ter um relacionamento amigável com os colegas de trabalho. Em geral, isso não foi um desafio para mim.

Até Carly Lennox.

Carly entrou para nossa empresa no verão passado, e me odeia a olhos vistos. É ótima em colar um sorriso falso no rosto bonito quando está na frente dos chefes, mas seus olhos são perfurantes. Ela daria o peito direito para me jogar debaixo de um ônibus. Consegui ignorá-la na maior parte do tempo porque ela trabalha numa equipe diferente, e sou grata por isso.

E então existem os dias em que simplesmente não consigo evitá-la.

Entro rápido no banheiro às cinco da tarde. É o fim do expediente, e Nate e eu vamos passar uma boa parte do fim de semana juntos, de novo. Passamos todas as noites juntos desde segunda-feira, alternando entre a casa dele e a minha. Vamos para o trabalho e voltamos em carros separados;

também saímos em horários diferentes para não atrair nenhuma atenção.

Fingir que Nate é apenas meu chefe, agir com neutralidade e ser profissional começou a me dar nos nervos. Nunca percebi antes quantas vezes eu o via durante todo o dia. Termos alguns dias longe do escritório para sermos apenas *nós* mesmos é um alívio bem-vindo.

— Jules — Carly diz de modo irônico quando entro no banheiro grande e luxuoso.

— Carly — respondo, sorrindo docemente. Minha mãe sempre diz: mate-os com bondade. Parece funcionar até bem com a vaca da Carly.

— Planos para o fim de semana? — ela pergunta e passa um brilho rosado sobre os lábios carnudos. É uma mulher impressionante com cabelos ruivos naturalmente encaracolados, grandes olhos castanhos e pele cor de creme. É supermagra, porém, sem tônus muscular e sem peito.

Isso é o que você ganha quando é uma vaca.

— Sim, tenho alguns — respondo, vaga de propósito. — Você?

— Ah, eu tenho um encontro. — Ela sorri e olha em volta, como se estivesse prestes a me fazer uma confidência profunda e quisesse ter certeza de que estamos sozinhas. — Com o Nate.

Que porra é essa?

Meu rosto não muda. Aplico o batom, passo a língua sobre os dentes da frente e sorrio para ela.

— Boa sorte com isso.

Saio do banheiro rebolando, mas minha mente gira. É óbvio que ela está mentindo. Não tenho dúvida alguma de que Nate não está saindo com ela; ele passa cada minuto livre comigo.

Então, qual é o jogo?

Dou de ombros, tiro Carly da cabeça e vou até a sala de Nate. Ele pediu outra "reunião depois do expediente" para que possamos fazer os planos de hoje à noite.

E assim ele poder me ver.

Chega a ser absurdo como ficamos viciados um no outro, mas é uma delícia.

Ao atravessar a porta que leva à antessala de Nate, vejo que a Sra. Glover não está na mesa dela, por isso simplesmente continuo até a porta, bato uma vez e, antes que ele possa atender, abro a porta e entro rapidamente.

— Desculpe o atraso, Sr. McKenna... — As palavras param e meu mundo sai do eixo.

Nate está sentado atrás da mesa, recostado na cadeira, olhando para uma linda morena empoleirada na beira da mesa, com as longas pernas cruzadas, balançando pés em salto agulha. Está com um maxi-dress preto casual. Nate a observa, de cara feia.

Ela está correndo os dedos pelo rosto dele.

Quero arrancar a porra dos olhos dela. O olhar de Nate encontra o meu quando ele me vê entrar na sala e, por um breve momento, há um olhar de surpresa, talvez de arrependimento, e então ele está de volta ao seu normal frio, calmo e profissional.

A Sra. Glover entra depois de mim.

— Perdão, Sr. McKenna, eu não estava na minha mesa para pedir à Srta. Montgomery que esperasse.

— Tudo bem, Jenny. Audrey estava de saída. — Ele se levanta da cadeira e dá a volta na mesa. A morena salta graciosamente e sorri para ele com adoração. Nate, porém, a ignora, os olhos cinzentos fixos nos meus.

Limpo a garganta e agradeço ao menino Jesus lá no céu por eu ter mantido uma expressão neutra e profissional, consciente de que a Sra. Glover continua parada atrás de mim.

— Desculpe a intromissão. Estou indo embora.

Viro-me para sair, mas ele me detém.

— Um momento, por favor. — E se vira para Audrey e diz com firmeza: — A resposta é não. Como sempre. Não volte mais aqui.

Frustrada, ela bufa e parece uma garota mimada que não gosta de "não" como resposta.

— Tá bom.

Ela lança um olhar fulminante para Nate e gira sobre os saltos para sair da sala, parando perto de mim. Ela me dá um sorriso frio.

— Não nos conhecemos. — Me oferece a mão e eu a aperto antes de ouvi-la dizer: — Sou a esposa do Nate, Audrey McKenna.

Capítulo Onze

Sinto o sangue drenar do meu rosto, mas não vacilo. É a coisa mais difícil que eu já fiz.

— Olá — murmuro e o cumprimento, depois dou um passo atrás, evitando o olhar de Nate. Posso sentir seus olhos em mim, silenciosamente me implorando para olhar para ele.

Nate que se dane.

— Tchau, querido. — Audrey acena para Nate e sai rebolando os quadris. Já eu, decido fazer uma fuga apressada enquanto a Sra. Glover assiste.

— Eu realmente tenho que ir. — Eu me afasto de costas em direção à porta. — Vamos remarcar nossa reunião para segunda-feira.

— Julianne. — Ouço-o vagamente dizer meu nome, mas ignoro e caminho depressa para fora da sala, com toda a dignidade que consigo reunir, de cabeça erguida. Sei que ele não vai me seguir, não com a Sra. Glover e qualquer outra pessoa ainda observando do escritório.

Usando o fato para minha vantagem, rapidamente pego a bolsa e o casaco e saio. Consigo pegar o elevador por pouco.

O que, em nome de tudo o que é santo, acabou de acontecer?

Nate casado? *Casado?*

Como é possível?

Minhas mãos começam a tremer com a adrenalina. Só preciso dar o fora daqui. Uma vez no carro, saio em disparada pelo estacionamento no subsolo e luto contra o trânsito no centro da cidade. As lágrimas começaram a cair, e começam também a me irritar, porque eu nunca choro, e ele me fez chorar duas vezes essa semana.

Luta Comigo   99

Ouço o iPhone tocar na bolsa e o ignoro. Não posso falar com ele. Não quero ouvir suas desculpas.

Arrisquei minha carreira por ele. Ainda pior: arrisquei meu coração.

Porra.

Meu telefone continua a tocar. Nate simplesmente desliga e liga de novo. Por fim, remexo na bolsa, pego o celular e desligo o aparelho.

Não quero ir para casa. Ele vai aparecer lá e eu não quero vê-lo. Decido ir para o único outro lugar em que posso pensar.

Preciso da Natalie.

Guio o pequeno Lexus vermelho através do portão deles e caminho até a bela e moderna casa branca. Toco a campainha e enrugo a testa. Espero não estar acordando a Nat de um cochilo; afinal, ela está muito grávida. Luke a fez parar de trabalhar há algumas semanas, e ela está pegando mais leve agora.

Natalie atende a porta, vê meu rosto coberto de lágrimas e dá um passo para trás.

— O que aconteceu?

— Não quero falar sobre isso. — Fecho a porta atrás de mim, e Nat abre os braços para me receber. — Como eu contorno isso? — pergunto e a abraço por cima da barriga de grávida.

— Onde há uma vontade, há um caminho, acredite em mim. — Ela me abraça apertado e acaricia meu cabelo. — O que está acontecendo, querida?

Balanço a cabeça de um lado para o outro, me afasto um pouco e acaricio a barriga.

— Ela está quase aqui.

Natalie dá um sorriso amplo e cobre minha mão com a dela.

— Estou apavorada.

— Você vai ficar bem. Luke e eu vamos estar lá. Chuto o traseiro do médico se alguma coisa acontecer com alguma de vocês.

— É por isso que eu tenho você. Você é a força nessa operação. — Rimos e eu vou atrás dela, cruzando a sala principal e entrando na cozinha. De costas, a gente nunca saberia que ela está grávida. Nat quase não ganhou peso, principalmente devido aos enjoos matinais terríveis que ela teve. É a mulher mais linda que eu já vi, e olha que vi muitas mulheres bonitas. Tem longos cabelos castanho-avelã, olhos verdes, e seu corpo é cheio de curvas sensuais.

Mas seu coração é o que ela tem de mais bonito. Nat é extremamente gentil e generosa. Ela acha que eu não sei que ela pagou a hipoteca dos meus pais no ano passado. Claro que eu sei.

— Chá? — pergunta e enche uma chaleira na pia da cozinha.

— Por favor. — Eu me sento num banquinho na ilha da cozinha e largo a cabeça nas mãos assim que meus pensamentos voltam para Nate.

— Oi, Jules. — Luke sorri para mim quando entra na cozinha, chegando do escritório. Ele me beija no rosto e, em seguida, segue para a cozinha e passa os braços ao redor de Natalie, e a beija profundamente, com as mãos acariciando a barriga.

— Jesus, gente, não precisa. Acabei de chegar.

Luke recua e sorri presunçosamente para mim quando Natalie volta a fazer o chá. Ele é mesmo um belo filho da puta com cabelo louro bagunçado e os olhos mais azuis do mundo. E ele trata Nat como uma deusa, por isso não posso deixar de amá-lo.

— O que foi, Jules? Você não parece muito bem. — Ele apoia o quadril na bancada e cruza os braços, com a testa franzida.

Dou de ombros e olho para a sala, cheia de coisas de bebê.

— Tem um monte de rosa por aqui.

Vejo que Nat e Luke trocam um olhar preocupado, depois olham para mim. Não vou sair daqui de jeito nenhum sem contar tudo, mas ainda não estou preparada. Talvez se eu não falar a respeito, não aconteceu.

— É menina, Jules. — Natalie sorri para mim e acaricia a barriga.

— Eu sei. Graças a Deus. Também estou ficando louca pelo rosa. — Sorrio e sinto os olhos se arregalarem quando Natalie se encolhe. — O que foi?

— Ela está me chutando muito forte.

— Oh, eu quero sentir! — Dou a volta na ilha e me ajoelho na frente da Nat. Ela guia minhas mãos para onde o bebê está, e eu encosto o rosto na barriga para escutar.

— Isso seria muito mais divertido se você duas estivessem peladas — comenta Luke, ganhando um tapa de Nat.

— Cale a boca, pervertido — murmuro e acaricio a barriga enquanto Nat passa os dedos pelos meus cachos loiros. *Ah, como eu senti falta deles.* De repente, a enormidade do que aconteceu no escritório de Nate me atinge, e a solidão causada pela minha melhor amiga me deixa devastada. Sinto as lágrimas começarem a rolar pelo meu rosto.

— Ei — murmura Nat, e continua a me acalmar. — Jules, o que foi? Você nunca chora.

Balanço a cabeça novamente e sinto o bebê chutar minha mão direita. Oh, mal posso esperar para conhecê-la.

— Você quer que eu vá embora? — Luke pergunta e começa a se afastar do balcão.

— Não, fica. — Suspiro e me sento sobre os calcanhares, ainda segurando Natalie. Sei que eles estão confusos e preocupados, mas apenas me observam com cautela. Por fim, sem olhar para cima, eu sussurro: — Ele é casado.

— Como é? — Natalie recua e pega minha mão, me puxando até eu ficar em pé. Tanto ela quanto Luke estão franzindo a testa.

— Nate é casado. — Eu me viro e volto para o meu banquinho na ilha.

Eles se entreolham novamente e, em seguida, de volta para mim.

— O que aconteceu? — Luke pergunta em voz baixa, e eu sei que ele está em modo irmão superprotetor.

Estou cercada por homens superprotetores.

— Entrei na sala dele hoje à tarde, e lá estava ela: pernas longas, atraente e perfeita, empoleirada na mesa e acariciando o rosto dele. — Eu me encolho e fecho os olhos com força diante da lembrança.

— O que o Nate fez quando você entrou? — Nat pergunta.

— Nada. O que ele poderia fazer? Ela se levantou para sair, se apresentou para mim como esposa e saiu. A secretária dele estava na sala e, para manter um mínimo de dignidade, eu saí e vim para cá. — Dou de ombros e agradeço o lenço que Luke me oferece.

— Ele tentou ligar? — Nat pergunta.

— Tentou, mas eu desliguei o celular.

— Olá, *déjà vu* — Natalie diz com ironia.

— Cala a boca. O Luke não era casado, pelo amor de Deus — respondo.

O homem em questão pigarreia.

— Estou bem aqui, sabia? Jules, você deve pelo menos ouvir o que ele tem a dizer antes que eu quebre a mandíbula dele, e Nate não possa mais falar.

— Ele era lutador do UFC. Mas obrigada pela oferta — murmuro.

— Tem certeza de que ela disse esposa? — Natalie pergunta, sua mente trabalhando.

— Tenho, e se apresentou como Audrey McKenna. — Dou de ombros e tomo um golinho do chá que Natalie coloca na minha frente.

— É difícil para mim acreditar que vocês compartilharam tudo ao longo da semana e ele nunca mencionou essa mulher. Você já foi ao apartamento dele, Jules.

— Eu sei, isso não faz sentido. Acredite em mim, não tem nenhuma mulher morando lá. É um apartamento totalmente masculino. — Dou de ombros novamente e balanço a cabeça. Não entendo.

— Talvez eles estejam separados? — Nat enruga a testa e acaricia de novo a barriga.

— Enquanto não houver um "ex" antes de "esposa", não dou a mínima para onde ela mora — murmuro. — Além disso, mesmo que existisse uma "ex", ele deveria ter me contado.

De repente, a campainha toca e nós três nos entreolhamos, de olhos arregalados.

— Por que eu sei quem é? — pergunto.

Luke pigarreia.

— Hum, o Nate ligou logo antes de eu sair do escritório e perguntou se você estava aqui, e eu achei que tinha ouvido sua voz. Aí, eu disse que sim, mas não sabia o que estava acontecendo, Jules.

Olho para ele.

— Fala pra ele ir embora.

— Não, não fala. — Natalie anda até mim e pega minha mão na sua. — Só ouça o que ele vai falar; aí, se você não gostar, vamos deixar o Luke acabar com ele.

A campainha toca de novo, duas vezes agora. Luke vai até a porta e a abre. Ele murmura para Nate, e eu não consigo ouvir o que estão dizendo. Após cerca de trinta segundos, Luke dá passagem para Nate entrar. Seus olhos procuram pela sala e me encontram. Apressado, ele cruza o ambiente e, de repente, está bem na minha frente, com os braços dos dois lados do meu corpo, apoiados sobre a ilha da cozinha, mas sem me tocar.

— Por que você fugiu? — Sua voz é fria, combinando com os olhos cinza-aço. Ele está sem fôlego e parece... muito irritado.

— Bem, vamos ver. — Eu me inclino no balcão e parto para o sarcasmo. — Eu tinha acabado de ser apresentada para a *esposa* do meu namorado, depois de tê-la flagrado com as mãos em cima dele, no escritório. E o fato de que estou usando os termos "namorado" e "esposa" na mesma frase realmente me deixa louca da vida.

— Ela é minha ex-esposa, Julianne.

Oh.

— Você realmente acha que eu iria querer ter um relacionamento com você se fosse casado com outra mulher? Pensa assim tão pouco de mim? Jesus, você me conhece melhor do que isso.

Eu olho desesperada ao redor da sala, mas Luke e Natalie desapareceram. Ótimo.

— Ao que parece, eu não sei muito — retruco. — Você nunca me disse que já foi casado. Ela se apresentou a mim como a porra da sua esposa, Nate.

— O que eu poderia fazer? A Jenny estava bem ali. Se eu tentasse dar explicações, acabaria revelando nosso relacionamento íntimo.

— Você não a corrigiu.

— Você não me deu a porra de uma chance de corrigir! — Ele se afasta de mim, raivoso, e anda pelo cômodo de um lado para o outro, esfregando a testa. Ele tira o paletó, joga no sofá e continua andando.

— Faz sete anos que estamos divorciados. Só fomos casados por dois. — Ele enfia as mãos nos bolsos e me olha feio.

— Você tem filhos com ela? — sussurro.

— Claro que não! — Ele balança a cabeça e olha para baixo, depois de volta para mim. — Naquela época, eu lutava, e ela era o que a gente chamava de coelhinhas do ringue.

Bile sobe pela minha garganta.

— Eu sei o que é uma coelhinha de ringue.

— Sim, bom, eu tinha vinte anos, era idiota e ela queria andar de braço dado com um lutador. — Ele dá de ombros. — Eu quase nunca falo com ela.

— Por que ela estava lá hoje? — pergunto.

— Ela aparece quando quer dinheiro.

— Você a sustenta? — pergunto, incrédula, e meu tom o faz se virar bruscamente para mim.

— Não, não mais.

— O que isso significa?

— Eu a ajudei por um tempo. — Nate franze a testa e olha para baixo de novo, claramente desconfortável.

— Quanto tempo é *um tempo*? — Será que eu realmente quero saber isso?

— Até conhecer você. — Seus olhos encontram os meus novamente e amolecem. Aí está o homem que eu conheço e amo.

— Por quê? — sussurro.

— Porque, se eu continuar dando dinheiro a ela, a Audrey nunca vai embora, e eu não quero nenhum esqueleto do meu passado nos atrapalhando. — Ele respira fundo e me olha com cautela.

— Bom, pelo visto, ela continua aparecendo — grito.

— Eu disse não pra ela. Você me ouviu. Eu disse na sua frente de propósito.

— Você também dormiu com ela até me conhecer? — pergunto.

— De vez em quando.

Porra.

— Querida, eu cortei todos os laços com ela quando conheci você. Eu te disse, você é a única mulher em quem eu estou interessado.

— Ela tem o seu nome — despejo antes de perceber que estou pensando nisso. Toda essa situação está me matando.

— Ela nunca mudou. — Nate dá de ombros novamente, parecendo perdido. Por um instante, eu apenas o observo: esse homem bonito, inteligente e sexy. Não quero que outra mulher tenha seu nome. Isso significa que ele pertencia a ela, legalmente, o que me machuca por dentro.

— Olha. — Ele esfrega a testa de novo e olha para mim com cautela. — Lamento por você ter descoberto sobre ela dessa forma. Foi uma merda. Mas não foi nada. Ela não é nada pra mim, e não é já faz muito tempo. Eu a ajudei um pouco porque me sentia responsável por ela, e dormi com ela porque era conveniente. Não sinto pela Audrey o que sinto por você. Nunca senti.

Observo seu rosto e seus olhos, e meu estômago começa a se assentar. Ele está dizendo a verdade. *Graças a Deus.*

— Vocês podem sair do esconderijo — chamo. Luke e Natalie surgem do corredor, de mãos dadas. Eu sorrio para eles.

— Ei, eu tinha que ter certeza de que você não precisaria que eu chutasse a bunda dele — diz Luke com um sorriso.

Nate ri.

— Você poderia tentar.

— Você está bem? — Natalie pergunta baixinho e eu confirmo com a cabeça.

— Então, o chá de bebê é amanhã à tarde na minha casa. — Eu me levanto e caminho até Nate. Depois, beijo seu rosto e passo os dedos por sua mandíbula, tranquilizando a mim mesma de que está tudo certo novamente.

— Você precisa de ajuda para organizar as coisas? — Natalie pergunta.

— Não, vai ser feito por profissionais. Contratei uma planejadora de festas.

— Para um chá de bebê? — Natalie pergunta, suas sobrancelhas arqueadas até a linha dos cabelos.

— Eu tenho um trabalho que exige muito de mim, Nat. E tem que ser perfeito, então, sim, eu contratei uma profissional. — Sorrio para ela e faço uma dancinha da felicidade. — Estou tão animada!

— Eu acho que eu devo ter trabalho a fazer. — Os olhos de Luke estão arregalados e ele passa a mão pelo cabelo.

— Ah, não, você vem. — Aponto o dedo e pisco para ele.

— Na realidade, isso é coisa de mulherzinha — diz Nate.

— De que lado você está? — pergunto.

— Do Luke — afirma com naturalidade. — É festa de mulherzinha.

— Ele é o pai. — Planto as mãos nos quadris e lanço um olhar fulminante para os dois homens teimosos enquanto Natalie ri. — Ele tem que ir. Além disso, meus irmãos e meus pais vão estar lá, junto com a família dele também, então é uma festa conjunta.

— Vai ser cor-de-rosa? — pergunta Nate.

— O bebê é menina; é claro que vai ser cor-de-rosa. — Olho-o como se ele estivesse sendo ridículo.

— Festa de mulherzinha — Nate zomba.

— Uma festa de mulherzinha para a qual agora você vai — interrompe Luke.

Ah, não. Meus olhos em pânico encontram os de Natalie e ela me oferece um pequeno sorriso.

— Não sei se isso é uma boa ideia... — Olho ao redor da sala, na direção de Nate, e ele está franzindo a testa para mim.

— Por quê?

— Não sei se estou pronta para te apresentar à minha família — sussurro.

— Por quê? — ele pergunta novamente.

Dou de ombros.

— É meio que muito cedo.

— Você acabou de me chamar de namorado, há dez minutos.

— Eu só não sei de que outra coisa te chamar. — Dou de ombros, me viro e então me encontro presa junto dele, uma de suas mãos enlaçada no meu cabelo e a outra na minha lombar, me pressionando firme, e sua boca... *ah, essa boca...* está sobre a minha, me beijando com urgência. E aí, tão rápido como começou, ele me solta e se afasta.

— Minha nossa — murmura Natalie.

— Esteja lá às duas — Luke diz para Nate, com um sorriso orgulhoso no rosto.

Capítulo Doze

Fiquei quieta durante todo o jantar. Nate e eu pedimos pizza quando chegamos em casa, depois de voltarmos da casa da Nat e do Luke. Colocamos um filme de ação e nos acomodamos no sofá do loft com a deliciosa pizza de queijo e algumas cervejas.

A questão é que não consigo parar de pensar na cena de hoje mais cedo no escritório dele. Se Nate não me contou sobre uma ex-mulher, o que mais ele pode estar escondendo?

Enquanto Nate assiste ao filme, eu limpo nossos pratos e guardo as sobras na geladeira.

— Vou tomar um banho — murmuro ao passar por ele, a caminho do quarto.

— O que foi, Julianne? — Ele me pega pelo pulso e me traz para sentar ao lado dele.

Dou de ombros e balanço a cabeça.

— Não sei se eu sei.

— Mentira. Você ainda está chateada por causa de hoje. — Ele franze a testa quando tiro minha mão da mão dele e me afasto, precisando de um pouco de distância.

— Não estou exatamente irritada, só ainda um pouco confusa e decepcionada. Por que você não me disse que tem uma ex-mulher? — Eu o observo, de um jeito especulativo, passar os dedos pelos cabelos pretos gloriosos e murmurar um palavrão para si mesmo.

— Sinceramente? Nem pensei nisso.

— Olha, eu entendo que o lance com ela foi há muito tempo, e também acredito que você não dormiu com ela desde que me conheceu.

Luta Comigo 109

Não estou te acusando de nada assim, Nate, mas não foi uma sensação boa entrar naquele escritório e ver uma mulher bonita com as mãos em cima de você; não depois de tudo o que fizemos juntos na semana passada. Então, sim, eu ainda estou com os nervos à flor da pele com tudo isso.

— Pedi desculpas e expliquei.

— Sim, você fez isso. Sobre o que mais você vai ter que pedir desculpas e dar explicações, Nate? Que outros pequenos segredos sujos você está escondendo? — Eu me levanto do sofá, sentindo uma necessidade de ir até o chuveiro e ficar longe dele por alguns minutos, mas Nate pega minha mão de novo.

— Não se atreva a fugir de mim outra vez, porra. Não tenho mais nenhum segredo de você. *Ela* não é um segredo, é só uma parte do meu passado.

Olho em seus olhos cinza-prateados e amoleço só um pouco. Seu rosto está constrito de preocupação.

Tiro a mão de seu alcance novamente, e ele faz uma careta, prestes a dizer algo, mas passo as pontas dos dedos de leve pelo seu rosto, seguro seu queixo nas mãos e o observo por um instante. Consigo sentir minha própria guerra de palavras e emoções passar na minha cabeça, transparecendo em meu semblante. Finalmente, Nate pega meu pulso em sua mão e planta um beijo na palma, erguendo os olhos para mim.

— Fale comigo — sussurra.

Monto em seu colo e descanso os quadris sobre os joelhos dele. Nate interliga nossos dedos e fica olhando-os, apoiados sobre seu colo, entre nós.

— Ei — ele sussurra novamente —, Julianne, fala comigo.

Olho em seus olhos e sussurro:

— Acho que hoje eu finalmente percebi o quanto você poderia me machucar.

— Ah, querida. — Ele me puxa para junto dele, me envolve nos braços, e eu enterro o rosto em seu pescoço, respirando seu aroma limpo e sexy. — Sinto a mesma coisa. Quando vi você sair do meu escritório hoje, sabendo que eu tinha te magoado, sem saber onde você estava... Fiquei devastado. Desculpa. Eu prometo, não tenho mais segredos.

Ele beija meu cabelo, e eu beijo seu pescoço. O cheiro do Nate me intoxica. Só sei que eu preciso dele. Agora.

Vou dando mordidinhas por um caminho até sua orelha, afastando seu cabelo bonito do meu caminho. Suas mãos deslizam pelas minhas costas até minha bunda e me puxam com mais força contra ele, apertando a ereção, ainda escondida nas calças, no meu centro de prazer.

— Eu preciso de você — sussurro em seu ouvido, e um fogo surge dentro de mim quando ele rosna em resposta. Passando os braços em volta do seu pescoço, dou mais mordidinhas, descendo até sua mandíbula, e finalizo com um beijo na boca; de leve, no início, apenas brincando com seus lábios. Meus olhos estão fixos nos seus, azul no cinza. Ele põe uma das mãos entre meus cabelos, deitando um pouco minha cabeça para trás e controlando o beijo, indo mais fundo, abrindo a mão espalmada na minha lombar, me pressionando mais firme contra ele.

Afasto um pouco o tronco e tiro minha blusa pela cabeça. Nate age rápido com meu sutiã. Quando meus seios ficam livres, ele pega na boca um mamilo inchado e rígido e o puxa suavemente. Em seguida, dá a mesma atenção para o outro seio. É mais forte do que eu: logo estou com o corpo inclinado para trás, pressionando meu núcleo contra o dele.

Enfim, ele se levanta, me coloca em pé e me livra da minha calça e calcinha fio-dental. Ajudo-o a tirar a camisa e a calça de treino. Nate me levanta, com as mãos debaixo da minha bunda. Coloco as pernas ao redor de sua cintura e continuo beijando-o com um fervor desesperado. Não me canso da boca desse homem. É mágica.

Nate nos leva até a parede e, quando minhas costas atingem a superfície fria, ele me levanta um pouco e coloca a cabeça do membro na minha abertura.

— Não vou conseguir ir devagar dessa vez, linda. Quero você demais.

Aperto as pernas em volta de seus quadris, puxo seu corpo para mim, e ele aceita o convite. Numa só estocada dura, a combinação do pau grande e do *piercing* são quase minha ruína.

— Caramba, Nate — eu sussurro. Ele sorri na minha boca, inclina o corpo para trás e olha nos meus olhos. Então, recua e dá outra estocada, depois para e fica olhando o meu rosto. Estou ofegante e minhas bochechas estão coradas de desejo. — Se você fizer isso de novo, eu vou gozar — sussurro.

Seu sorriso se alarga, ele recua de novo e dá uma estocada ainda mais forte, fazendo um movimento circular com os quadris, friccionando a base do pau no meu clitóris até que eu gozo e me despedaço, estremecendo inteira, o sangue fervendo, e gritando seu nome.

— Você precisava disso? — ele sussurra e dá beijinhos doces por todo o meu rosto, nas minhas bochechas, no meu maxilar, no meu nariz.

— Hmm — eu respondo.

— Abra os olhos.

Meu olhar encontra o seu, e vejo que Nate está sorrindo gentilmente, afastando das minhas têmporas as mechas soltas do meu cabelo.

— Você está bem?

Dou um beijo suave em seus lábios.

— Estou sim.

— Bom, porque eu não terminei. — Percebo que ele não apenas ainda está dentro de mim, como não gozou ainda e está tão duro como nunca. Meus olhos se arregalam. Aperto os braços e pernas em torno dele quando nos afastamos da parede e ele começa a subir as escadas, com as mãos ainda sustentando minha bunda.

— Deus, como você é forte. — Passo as mãos pelo seu cabelo, adorando o jeito como ele consegue me carregar sem esforço algum.

— Você é que é muito pequena, linda.

Ele me leva para o meu quarto e puxa o edredom. Sobe na cama comigo ainda nos braços e me apoia de costas nos lençóis limpos. Seu corpo paira sobre o meu.

— Você precisava que fosse forte, mas eu preciso desse jeito. — Ele entrelaça meus dedos nos seus, puxa nossas mãos acima da minha cabeça e começa a se mover dentro de mim de novo, lentamente, tirando tudo e depois penetrando até o fundo novamente num ritmo lento e calmo.

Seus lábios estão me deixando louca enquanto ele mordisca os cantos da minha boca, depois bem debaixo das minhas orelhas, enviando faíscas pelo meu corpo e espinha.

— Mais rápido — sussurro, mas ele apenas sorri carinhosamente para mim e balança a cabeça.

— Não, só assim.

Nate está me venerando com seu corpo, me mostrando sem palavras o que eu significo para ele, dizendo que está arrependido pelo que aconteceu mais cedo. Levanto as pernas ao lado de seu corpo e ele se arruma para colocá-las sobre os ombros, sem soltar minhas mãos, e se apoia no meu corpo para me penetrar mais fundo.

— Ah, Nate.

— Sim, linda.

Esse ritmo lento está me matando. Aperto meus músculos internos ao redor dele, e Nate cerra os olhos fechados. A cada estocada, eu o aperto mais, tão forte quanto possível, até que finalmente ele começa a acelerar os movimentos.

— Tão apertado, porra... — Nossas mãos ainda estão unidas acima da minha cabeça, minhas pernas estão em seus ombros, e ele vai ganhando velocidade, indo mais fundo e mais rápido, com suor escorrendo pelos lados do rosto. Sinto seu corpo ficar tenso e sei que ele está prestes a se render ao clímax que toma corpo dentro dele.

— Goza, querido — sussurro e seus olhos se abrem. Ele me beija forte e grita no auge do gozo, movimentando a pélvis contra a minha, e se liberta dentro de mim.

— Meu Deus, linda. — Ele solta minhas mãos, coloca minhas pernas para baixo, e enterra os dedos no meu cabelo. Passo as pernas em volta de sua cintura e acaricio suas costas umedecidas de suor. Ele está me beijando de leve, e nossa respiração vai voltando aos poucos ao normal. Nate recua só um pouco para conseguir se focar nos meus olhos e diz:

— É só você, Julianne. Sempre vai ser só você.

Nate está no quintal, supervisionando a montagem da tenda para a festa de hoje, e estou mais do que um pouco confusa. Como isso aconteceu? Como é que esse homem incrível entra na minha vida à força e começa a me ajudar com as coisas?

E por que isso não me deixa apavorada?

Faço os últimos retoques na maquiagem e aprovo minha pantalona cinza-clara de alfaiataria, camisa branca de botões e cinto preto largo na cintura. Estou calçando meus *Jimmy Choos* pretos, meu cabelo está preso num coque frouxo, e a maquiagem é simples. Os brincos de diamante que ganhei de aniversário reluzem nas minhas orelhas.

Menina, eu adoro moda.

Assim que desço, examino a cozinha e dou um sorriso. Sempre tem comida demais nas nossas festas de família — e hoje não é exceção —, mas toda a cozinha e a sala de jantar estão cheias de rosa-bebê e cinza. Pompons fofos de papel de seda rosa estão pendurados no teto, e as toalhas da mesa e da ilha da cozinha estão combinando. Minha mesa de jantar está com uma bela exibição de *cupcakes* com cobertura rosa, empilhados em várias camadas, sendo que a camada superior é um pequeno bolo redondo de vinte centímetros de diâmetro com cobertura branca e várias delicadas flores rosadas por cima.

Saio para a tenda que agora é uma extensão da casa e prendo a respiração. Nossa, como ficou lindo aqui fora.

A planejadora da festa trouxe aquecedores para a tenda. Afinal, é primavera em Seattle e ainda faz frio. Um piso falso foi colocado lá fora para o pessoal não ter que andar na grama úmida. Há mesas e cadeiras espalhadas, com mais toalhas cinza e cor-de-rosa, além de longos tecidos drapeados em cada canto da tenda e unidos no centro, também em tons rosa e cinza. Há mais pompons suspensos sobre as mesas em tom pastel; eles até mesmo pensaram em pendurar luzinhas brancas de Natal ao longo do tecido, conseguindo, assim, um brilho gostoso para o ambiente.

Alecia, minha nova organizadora de festas, vai receber um bônus generoso por tudo isso.

— Você está feliz? — Nate pergunta ao se aproximar por trás de mim, passar os braços pela minha cintura e beijar meu pescoço.

— Ficou muito lindo. A Natalie vai adorar.

Ele sorri encostado no meu pescoço.

— Você é que é linda.

Eu me viro e olho para ele, correndo os dedos pelo cabelo preto macio. Ele está vestindo uma camisa social cinza, ajustada no corpo, e calça preta. As mangas estão enroladas, o que dá vislumbres da tatuagem sexy.

Quero lamber esse homem.

— Você não está nada mal, sabia? — Sorrio e toco seus lábios com os meus. — Eles vão chegar em breve. Você está pronto?

Seu sorriso desaparece quando ele vê a apreensão nos meus olhos.

— Estou.

— Eles vão gostar de você. Depois de te encherem de porrada.

Isso traz seu sorriso de volta e ele ri.

— Por que eles vão tentar me bater?

— Porque você é um homem, colocou as mãos em mim, e eles me amam. E eu acho que tem algo a ver com ser dono de um pênis. Esse fato faz os homens quererem encher uns aos outros de porrada. Estou pensando em fazer uma pesquisa a respeito. — Dou de ombros, tentando parecer indiferente, mas estou muito nervosa.

Muito. Nervosa.

— Eles sempre batem nos seus namorados? — ele pergunta.

— Eu nunca dei oportunidade. — Dou de ombros novamente. — Não costumo levar homens para conhecê-los.

— Por que não? — Ele passa os dedos pela minha bochecha.

— Ninguém nunca mereceu conhecer minha família antes.

Seus olhos se incendeiam e seu aperto ao meu redor fica mais firme.

— Julianne, eu...

— Aí está você! — Minha mãe irrompe pela porta dos fundos e entra na tenda, de braços abertos para mim.

Gail Montgomery é uma mulher loira magrinha, não muito alta, com um coração grande e risada ruidosa. Ela é feliz, gentil, e quero ser como ela quando eu crescer.

— Oi, mãe! — Saio dos braços de Nate e envolvo minha mãe num grande abraço.

— Seu pai e eu chegamos ao mesmo tempo em que Will e Matt. Eles vieram juntos. — Ela desvia os olhos para Nate e dá um largo sorriso.

— Mãe, este é o Nate. — Mostro um sorriso encorajador para Nate, mas ele já está beijando a mão da minha mãe e esbanjando charme.

Por que estou surpresa? Esse homem encanta as pessoas de um jeito que as faz gastar milhões de dólares todos os dias. Ele vai ficar bem com a minha família.

— Sra. Montgomery, é um prazer.

Minha mãe se derrete e mostra um olhar todo meloso no rosto. Não consigo evitar um sorrisinho.

— Ah, oi, Nate. Por favor, me chame de Gail.

— Que porra de tanto rosa é esse aqui? — Will entra na tenda com as mãos nos quadris e um olhar fulminante para mim.

— Rosa, bobão, porque a Natalie vai ter uma menina. — Dou um soco no braço dele antes de beijar sua bochecha. — Estou te devendo uma — sussurro.

Ele olha para mim com a testa enrugada.

— Como é?

— Te explico mais tarde. Tem alguém que eu quero que você conheça, e quero que você seja legal.

Não é com Will que estou realmente preocupada.

— Will, este é Nate McKenna. — Dou um passo para trás e mordo o lábio. Meu irmão é quase dez centímetros mais alto do que Nate, tem ombros largos, musculosos e fortes. É um jogador de futebol americano com tudo o que tem direito, pelo amor de Deus.

E temos os mesmos genes, por isso ele é atraente de um jeito meio "ele é meu irmão e pra mim ele é nojento, mas o país inteiro quer transar com ele".

É algo que corre no sangue da nossa família.

— Gostei da última temporada — afirma Nate quando estende a mão para cumprimentar Will. *Oh, ele é bom.*

— Ah, é? Por quê? — Will pergunta durante o aperto de mãos.

— Bom, a gente detonou o Green Bay, você não se machucou, e me ajudou a ganhar um monte de dinheiro durante as eliminatórias. A próxima temporada parece promissora — Nate responde.

— Ele pode ficar — declara Will e volta para dentro, à procura de comida.

Um irmão já foi; faltam três.

E meu pai.

Preciso de uma bebida.

Nate pisca para mim e desliza o braço em volta da minha cintura.

— Pare de se preocupar — ele sussurra.

— Não estou preocupada — minto.

Ele ri, e eu nos levo de volta para dentro de casa para eu poder colocar música no ambiente. Will está comendo uma tigela de creme de espinafre com chips de milho e falando com nosso irmão Matt. Matt é o mais tranquilo dos meus irmãos, e eu sei que ele vai ser educado com Nate. Matt faz um gesto chamando Nate para se juntar a eles, e eu dou um suspiro de alívio quando conecto o iPod no sistema de som e escolho a *playlist* que fiz para hoje.

Adele começa a cantar sobre encontrar alguém como você, e eu me viro assim que Nat e Luke entram na sala.

Bem, Nat entra gingando.

— Eu amo essa música — diz quando entrega seu casaco a Luke e me abraça apertado. Ela está adorável num vestido de grávida preto e sapatilhas pretas.

Passo as mãos sobre sua barriga e dou uma risada.

— Você toca Adele demais pra esse bebê. Ela vai nascer amarga e com raiva dos homens. Dê à coitada da menina uma chance de lutar, Nat.

— Ei, a Adele é brilhante.

— Eu concordo, mas vê se inicia o bebê em alguma coisa mais otimista.

Natalie beija minha bochecha, e eu sorrio.

— Ficou lindo aqui dentro.

— Eu sei. Alecia, minha nova melhor amiga, é demais. Espere até você ver lá fora. — Dou uma olhada em Nate, para me certificar de que ninguém o matou e escondeu o corpo, mas ele está comendo e brincando com Matt e Will. Meu pai e Luke se juntaram a eles, e meu pai parece relaxado e tranquilo.

Talvez as coisas não vão ser tão ruins, afinal.

— Nate parece estar se divertindo — murmura Natalie.

— Por enquanto, tudo bem, mas Caleb ainda não está aqui.

— Ops — diz ela.

Sim. Ops.

— Vamos lá. — Pego sua mão e a puxo para a tenda.

— Oh, Jules, isso aqui ficou simplesmente... — Ela para, dá uma olhada na festa linda e explode em lágrimas. — Eu te amo tanto.

— Nat, não chora. Não chora. — Dou-lhe um abraço apertado e acaricio sua barriga.

— Não estou triste; é a droga dos meus hormônios, eu choro até no comercial de Doritos. — Ela funga e enxuga as lágrimas do rosto. — Ficou maravilhoso. Agora tenho uma queda pela Alecia.

— Eu também. — Dou risada.

Nós voltamos para dentro da casa e vejo que meu irmão mais velho, Isaac, sua esposa, Stacy, e minha sobrinha, Sophie, estão aqui. Pego a doce bebê nos meus braços e dou beijinhos em seu pescoço, fazendo-a rir.

— Ei, Nate! — chamo do outro lado da sala e faço um gesto para ele se juntar a mim. Nate pede licença para os rapazes e se junta a mim, apoiando a mão na minha lombar.

Isaac enruga a testa e mede Nate de cima a baixo. Eu reviro os olhos.

— Nate, queria te apresentar meu irmão mais velho, Isaac, a esposa dele, Stacy, e minha sobrinha linda, Sophie.

Sophie imediatamente estende os braços para Nate, pedindo colo, e ele responde sem hesitar, apoiando-a em seu antebraço, e abrindo a outra mão grande sobre suas costinhas para mantê-la estável.

Meu Deus.

— Uau — diz Stacy com uma risada, esfregando a própria barriga redonda. Ela vai ter o segundo bebê daqui a apenas alguns meses. — Essa foi a primeira vez. A Soph anda numa fase de estranhar as pessoas ultimamente. Não costuma ir com ninguém que ela não conhece.

— Sou bom com crianças. — Nate encolhe os ombros e sorri para Sophie. — Ei, linda. — Sophie dá um gritinho de prazer e dá um tapa no rosto dele.

Será que não existe mulher no universo que Nate não consiga encantar?

Provavelmente não.

— Onde estão Brynna e as meninas? — pergunto à Stacy. A prima dela, Brynna, e suas gêmeas de cinco anos se mudaram recentemente de Chicago para Seattle.

— As meninas estão resfriadas, por isso a Brynna decidiu ficar com elas em casa — Stacy responde.

Isaac não diz nada, ele apenas observa Nate com sua filha, mas, por fim, me olha e dá um leve aceno de cabeça.

Luta Comigo 119

Nate passou no teste com três irmãos e meu pai.

Talvez Caleb não apareça.

Os pais de Luke chegam junto com a irmã mais velha dele, Sam. O irmão mais novo, Mark, está numa viagem de pesca no Norte, por isso não vai se juntar a nós. Faço mais apresentações quando Natalie se junta aos meninos em volta das comidas para conversar e beliscar alguma coisa.

Nate mantém um controle firme sobre Sophie, que já colocou a doce cabecinha loira em seu ombro, enquanto ele troca apertos de mãos com todos.

— É um enorme prazer te conhecer, Nate — a mãe de Luke, Lucy, diz e pisca para mim.

— Sem dúvida é um grande prazer, Nate — Sam concorda e sorri para mim com um olhar que diz "depois você precisa me contar os detalhes".

— É um prazer conhecer todos vocês — diz Nate, e beija o rosto de Sophie antes de entregá-la de volta para Stacy. — Julianne, não é melhor levarmos a festa para a tenda? Lá fora tem mais lugar para sentar.

— Boa ideia. — Agora ele virou o anfitrião da festa junto comigo.

Ai, meu Deus, somos um casal.

— Vamos encher uns pratos e vamos para a tenda com vocês. É aquecida, e lá tem muitos lugares para sentar. — De alguma forma, a Deusa Alecia também conseguiu levar meu sistema de som até lá fora, na tenda, por isso a música nos segue.

A mesa de presentes está transbordando de caixas embrulhadas, sacolas e laços. Natalie cruza um olhar comigo e franze a testa. Eu apenas mostro um sorriso doce e desvio o olhar.

Estou mimando o bebê, droga!

— Julianne — Will diz num tom sarcástico, cantado —, você poderia, por favor, me passar um guardanapo? — Ele pisca e eu quero dar um soco nele. Nate dá uma risadinha perto de mim, nem um pouco incomodado pela provocação do meu irmão.

— Julianne. — O rosto de Matt é perfeitamente sério. — Como vai o trabalho?

— Ótimo — cuspo entre os dentes e meus irmãos riem.

— Então, Ju-li-an-ne — Isaac estende o meu nome, pronunciando cada sílaba, e ganha um tapa de Stacy. Quero matar todo mundo. Eles sabem que eu odeio quando as pessoas me chamam de Julianne.

Exceto Nate.

— Quê? — retruco. Nate entrelaça os dedos nos meus e os aperta firmemente por baixo da mesa, me fazendo olhar para ele. Seus olhos estão sorridentes.

— Não se preocupe com isso — ele murmura.

— Meninos, deixem sua irmã em paz — adverte minha mãe.

— Não estamos fazendo nada — Will murmura com mau humor e eu desato a rir. A gente tem o quê? Cinco anos?

Do outro lado da mesa, em frente a mim e Nate, Luke está sussurrando no ouvido da Natalie, e ela está dando um leve sorriso. Deus, eles são nojentos em público, mas tão apaixonados. Preciso parar de me preocupar com Nate e com minha família. Esta festa é para eles.

— Presentes! — Levanto do meu lugar num salto e bato palmas.

— Jules. — Nat franze a testa e engole em seco. — Posso apenas agradecer a todos vocês e abrir os presentes em casa?

— Não. — Faço beicinho. — Esta é a parte divertida.

— Não é má ideia. — Luke entra na conversa. — Tem muita coisa aqui. Vai levar a tarde toda.

— Não me importo — Stacy concorda, e há gente concordando por todo o recinto.

— Bom, droga — resmungo. — Tudo bem, mas será que você pode, pelo menos, abrir o meu? Quero ver seu rosto quando vir o presente.

— Tá. — Natalie sorri e eu bato palmas novamente. Meu presente não está sobre a mesa com os outros porque é grande demais.

— Já volto.

Corro pela casa e saio para a garagem. Graças a Deus eu tenho a força no tronco que o pai de Nate comentou no fim de semana passado porque essa droga é pesada.

Dou um jeito de voltar para a tenda, e Nate se levanta para me ajudar quando me vê entrar pela porta.

— Cristo, por que você não me pediu ajuda?

— Pode deixar.

— Jesus, Julianne, você vai se machucar. Dá isso pra mim. — Nate pega a grande placa de madeira das minhas mãos, e eu percebo os sorrisos de alegria no rosto da minha família quando nós damos a volta na mesa e vamos até Natalie e Luke.

— Ok, vire.

Natalie suspira e suas mãos voam para a boca quando ela lê as palavras que eu pintei na madeira áspera. Sei que ela tem uma queda por portas antigas de celeiro e por frases de efeito, por isso, decidi lhe dar as duas coisas.

Mandei cortar a porta numa medida de noventa centímetros por cento e vinte, depois lixei e pintei, e escrevi os dizeres por cima em cinza-escuro e rosa, as cores que Natalie escolheu para o quarto do bebê.

— Leia — murmuro.

Ninguém mais vai saber a força do meu amor por você.
Afinal, é você quem conhece, por dentro, o som do meu coração.

— Jules, de onde você tirou isso? — Luke pergunta.

— Eu fiz. — Dou de ombros e sorrio.

— Você fez? — Nate pergunta, surpreso.

— Fiz, tenho habilidades manuais quando preciso. — Fico vermelha e sorrio para Natalie. — Você gostou?

Ela começou a chorar de novo, e espero que seja um bom sinal.

— Oh, é perfeito. — Nat se levanta tão rápido quanto possível, o que não é muito, e eu vou até ela para abraçá-la. — Obrigada.

— De nada. Eu te amo.

— Eu também te amo.

— Caleb!

Eu me viro ao ouvir a voz animada da minha mãe, e encontro meu irmão encarando Nate da porta.

— Quem diabos é você?

Capítulo Treze

— Caleb! — Eu me viro e saio marchando até ele, mas Nate me para com a mão no meu ombro. Seus olhos estão fixos nos de Caleb, gelados, mas seu rosto é completamente inexpressivo.

Se é assim que ele olha para os oponentes no ringue, estou surpresa que eles não deem meia-volta e saiam correndo, chorando e chamando a mãe.

— Sou Nate McKenna. — Nate dá um passo à frente e estende a mão direita. Caleb não o cumprimenta, e continua olhando para ele.

Desesperada, olho em volta em busca de ajuda, mas todo mundo está apenas assistindo ao show, querendo saber o que vai acontecer agora.

— Por que você está com as mãos na minha irmã? — Caleb não se mexe, e seu rosto também é inexpressivo.

Merda, era disso que eu tinha medo. De todos os meus irmãos, Caleb sempre foi o mais protetor. Ele é um SEAL da Marinha, pode matar alguém e fazer com que pareça uma morte por causas naturais, e eu acho que, se a gente procurar "testosterona" no dicionário, vai encontrar uma foto do seu rosto bonito em vez da definição. Ele tem a mesma altura de Nate, e mais ou menos a mesma estrutura física.

Ele é assustador.

E me ama.

Não é uma boa combinação.

— Caleb — tento novamente, mas Nate ergue a mão para me fazer parar, e eu faço cara feia para ele.

— Hoje sou o acompanhante da Julianne — afirma Nate sucintamente.

Essa é uma boa maneira de apresentar a questão. Gostei.

Luta Comigo 125

Caleb não parece pensar o mesmo.

— Acho que devemos resolver isso lá fora. — Caleb se vira para a porta, e Nate segue.

— Com prazer.

— PAREM! — eu grito, e os dois homens param e se viram para mim. — A questão aqui não é você, Caleb. Pare de ser um idiota cheio de testosterona. — Ele franze a testa e faz menção de gritar comigo também, mas vou até ele, beijo seu rosto e sussurro em seu ouvido: — Pare. Eu amo o Nate. Ele é um bom homem. Se ele estragar tudo, você pode matá-lo.

Caleb se afasta para trás e olha nos meus olhos, então seu rosto suaviza e ele puxa minha orelha.

— Tá bom. — Ele olha de novo para Nate e depois para nossos irmãos, que parecem transmitir-lhe algum tipo de mensagem subliminar estranha que eu nunca consegui captar, e, em seguida, estende a mão para Nate. — Caleb.

Nate aceita e troca um aperto firme.

— É um prazer.

Caleb ri.

— Certo. Desculpe o atraso, pessoal. Eu estava fazendo as malas.

— Aonde você vai? — pergunta Natalie, com lágrimas em seus olhos outra vez.

Jesus, ela nunca desliga a torneira ultimamente. É isso que faz a gravidez? Deixa nossos movimentos lentos e nos transforma numa pilha de nervos? Ugh.

— Não posso falar. — Caleb sorri para Natalie e lhe dá um abraço, esfregando a mão sobre sua barriga. Ele sempre teve uma queda por ela. — Acho que não vou estar aqui quando o *bambino* chegar.

— Oh. — Natalie olha para mim e de novo para ele. Eu sei como ela se preocupa com todos nós. Depois de perder os pais de forma tão inesperada, há alguns anos, ela sempre se preocupa. — Por favor, tenha cuidado.

— Vou ficar bem. Não se preocupe comigo. Vou ficar animado para voltar para casa e conhecer... que nome você deu a ela, afinal?

Natalie e Luke se entreolham e sorriem.

— Não vamos dizer — Luke responde.

— Foda-se, ninguém vai conseguir falar comigo por uns bons três meses, então me diga. — Nate e eu nos sentamos, ele beija minha bochecha, e eu esfrego sua coxa debaixo da mesa.

— Olha a linguagem! — grita minha mãe, e Caleb revira os olhos para ela.

Ele vai ver só.

— É surpresa. — Caleb franze o cenho para Nat e todos riem. — Ninguém está autorizado a pegar o telefone e ligar para o canal de fofoca, entendeu?

— Tanto faz. Desembucha — Will fala alto.

Natalie olha para Luke. Ele sorri e faz que sim, demonstrando concordância.

— O nome dela é Olivia Grace. Grace é por causa da minha mãe. — Ela acaricia a barriga e sorri, e sinto lágrimas começarem a rolar.

— Ei, você está bem? — Nate pergunta e enxuga as lágrimas do meu rosto.

— Estou sim, os problemas hormonais da Natalie são contagiosos. — Eu rio e enxugo debaixo dos olhos com um guardanapo, tomando cuidado para não borrar a maquiagem. — É um nome bonito, querida.

— Então, Nate — meu pai começa da mesa ao lado da nossa, e Nate gira na cadeira para encará-lo. — O que você faz?

Estremeço por dentro. É claro que esta questão viria à tona. Natalie e eu trocamos um olhar antes de eu me voltar para Nate, que está sorrindo para o meu pai.

— Eu trabalho com a Julianne.

— O que você faz lá? — meu pai pergunta.

— Sou um sócio sênior, senhor.

Meu pai balança a cabeça e aperta os olhos para mim.

— Então, você é o chefe dela?

— Sou — afirma Nate, sem desviar os olhos do meu pai.

Toda a sala agora ficou em silêncio, e todos estão prestando atenção à conversa que está acontecendo entre meu pai e Nate. Meu pai não está sendo um idiota, mas todos sabemos que esta é a inquisição oficial.

Nate entrelaça meus dedos nos seus e os aperta gentilmente para me tranquilizar.

— E o que, exatamente, está acontecendo entre você e a minha filha, rapaz? — Papai se recosta na cadeira e cruza os braços sobre o peito. Seu belo rosto está neutro, mas seus olhos se estreitaram.

Sem perder o ritmo, Nate diz com uma voz forte e certa:

— Um relacionamento mutuamente respeitoso e carinhoso, senhor.

Uau.

— Vixe — murmura Matt, e eu olho ao redor da sala para ver as garotas sorrindo e os rapazes olhando para Nate com respeito nos rostos bonitos. Sinto um sorriso brotar nos meus lábios. Meu pai continua a observar Nate, avaliando-o, e finalmente assente uma vez e pega sua cerveja.

— Então está bem.

Ele pisca para mim, eu pisco de volta e todos nós retomamos o almoço. Entre meus irmãos começa uma conversa.

— Então, Jules, é a minha vez de te surpreender. — Natalie se levanta da cadeira com dificuldade, sorri, e eu olho em volta, confusa.

— Hein?

— Bom, essa semana foi seu aniversário, e nós não conseguimos te dar uma festa, por isso vamos comemorar agora. — Natalie dá um sorriso convencido e entra em casa. Luke e Will vão atrás. Eu olho em volta novamente e encontro todos sorrindo para mim.

— Vocês estão todos juntos nessa? — pergunto.

— Querida, você não pensou que a gente tinha se esquecido do seu aniversário, não é? — Minha mãe sorri para mim e eu enrugo a testa.

— Vocês todos me mandaram flores, mensagens, e me ligaram.

— Aquilo não era presente, menina, é só o que a gente faz no aniversário de uma pessoa — declara Will ao entrar na sala, carregado de sacos de presentes.

Puta merda.

— Esta é a festa da Nat e do Luke — declaro com firmeza e balanço a cabeça.

— Jules, cala a boca — murmura Natalie e se inclina para beijar minha bochecha, em seu caminho de volta para seu assento.

Olho para Nate, que está sorrindo alegremente para mim.

— Você sabia disso?

Ele dá de ombros.

— Claro.

Ah, droga.

Will coloca os presentes na mesa e pega seu lugar.

— Abre, menina.

— Para de me chamar assim — murmuro minha resposta usual ao apelido dele para mim.

— Não — ele responde com um sorriso.

Franzo a testa diante dos pacotes de presentes, olho ao redor para minha família novamente e encontro todos me observando. Por fim, Nate ri e me entrega um pacote.

— Abra, querida.

Vou mexendo nas sacolas de presentes, deliciando-me com a nova pulseira de prata que ganhei de Luke e Nat, uma echarpe linda, de Isaac e Stacey, e uma grande variedade de presentes generosos de toda a minha família. Quando chego ao fim, estou com lágrimas nos olhos e um sorriso largo no rosto.

— Obrigada, gente. Isso é fantástico e inesperado. — Passo minha linda echarpe vermelha ao redor do pescoço e prendo a pulseira no pulso.

— Temos mais uma coisa — diz Natalie e sorri para mim.

— O quê? — pergunto.

— Um dia no SPA, você e a Natalie, depois que o bebê nascer — diz Luke com um sorriso.

— Legal! Obrigada, esse eu não vou recusar. — Sorrio para Natalie e ela sorri de volta.

De repente, Nate coloca outra sacolinha dourada sobre a mesa na minha frente. Olho em seus olhos cinzentos lindos e faço careta.

— Você já me deu o presente de aniversário.

— Julianne, todo mundo está te dando presentes hoje. Acha que eu viria de mãos vazias?

— Mas...

— Para com isso — ele murmura e segura meu rosto nas mãos, me fazendo olhar em seus olhos. — Eu já disse como gosto de te dar presentes, Abra.

Sustento seu olhar por um momento e depois olho dentro da sacolinha dourada bonita. Acomodada, está uma caixa vermelha da Cartier.

— Nate...

— Só abra a caixa, por favor.

Dentro, está uma brilhante linda pulseira tênis de diamantes nas cores branco e rosa.

— Meu Deus — sussurro.

— Caramba, é lindo! — exclama Samantha.

— É adorável — minha mãe sussurra.

Nate tira a pulseira da caixa e a prende em torno do meu pulso, depois beija minha mão. Seguro seu rosto e o beijo com ternura, e suas mãos deslizam pelas minhas costas até a cintura.

— Cuidado com as mãos, McKenna — Caleb adverte, fazendo todos nós darmos risada.

— Obrigada — sussurro.

Bem, ninguém morreu. Ninguém sequer foi mutilado.

Todos os convidados finalmente se foram, e só precisaram de três carros para carregar todos os espólios de Olivia de volta para a casa de Natalie e Luke.

Eu fecho e tranco a porta da frente e vou procurar Nate. A casa está uma zona, o que eu já esperava, e é outro motivo por eu estar tão feliz por ter descoberto Alecia. Ela contratou uma equipe para vir amanhã limpar e tirar a tenda, as mesas e as cadeiras.

Deus a abençoe.

Encontro Nate na cozinha, jogando pratos de papel no lixo e arrumando as sobras na geladeira.

— Vamos comer sobras durante uma semana — comento ao entrar na cozinha e o ajudar a terminar de fechar as embalagens e colocar tudo na geladeira.

— Você se divertiu? — ele pergunta com um sorriso.

— Depois que você foi apresentado a todos, sim. — Nate me abraça por trás e beija meu cabelo.

— Você não tem que se preocupar comigo. Eu estava bem.

— Eu sei, mas é estressante. Meus irmãos são boas pessoas, mas são superprotetores demais, e eu não quero que sejam uns malas. — Ele sorri no meu cabelo e se inclina para beijar meu pescoço.

— Foi tudo bem com eles, linda.

— Bom, desculpa pelo Caleb. — Oh, Deus, eu adoro quando ele beija meu pescoço assim.

— O Caleb estava protegendo você. Eu faria o mesmo. Não foi nada. Além do mais, ele e eu tivemos uma longa conversa antes de ele sair, e está tudo bem entre nós.

— Vocês conversaram? — Giro em seus braços e analiso seu belo rosto. — Eu nem percebi.

— Você estava fazendo coisas de garotas — ele zomba e toca os lábios na minha testa. — Obrigado por me incluir no dia de hoje.

— Eu não tinha muita escolha, não é?

— Claro que tinha. — Ele franze a testa e, de repente, parece preocupado. — Se você não me queria aqui hoje, deveria ter me dito.

— Não. — Passo as mãos pelo seu peito e subo até os ombros, amando a sensação de seus músculos em minhas mãos. — Eu só estava nervosa. Estou feliz que você tenha conhecido minha família.

— Quero aprender tudo sobre você, Julianne. — Ele passa os dedos pelo meu rosto, e olha profundamente nos meus olhos. — Pretendo estar por perto durante um longo tempo.

— Oh. — O que mais posso dizer? Ele é muito mais do que eu jamais imaginei. Ele é o executivo controlado, o *bad boy* brincalhão, e ele é tão... doce.

Entrelaço os dedos em seus cabelos longos e macios, e o puxo para baixo, na minha direção, beijando-o suavemente. Suas mãos vagueiam pelas minhas costas antes de se acomodarem na minha bunda e me puxarem com força junto ao corpo dele. Solto um gemido e me aperto mais, posicionando os seios contra seu peito.

— Acho que você ganhou um prêmio por bom comportamento — sussurro sobre sua boca.

— Ah, é? — Ele sorri alegremente e se inclina para trás para me olhar. — Acho que gostei dessa ideia.

— Ah, você definitivamente vai gostar. — Me solto de seus braços, pego sua mão e o puxo pelas escadas. Quando chegamos ao meu quarto, ligo a luz lateral, me viro para ele e lentamente começo a tirar a roupa. Tiro primeiro o cinto preto largo e o jogo de lado, seguido pela minha calça. Os olhos de Nate estão em chamas. Com os braços cruzados sobre o peito, ele está segurando o lábio inferior entre o polegar e o indicador, enquanto observa minha nudez. Desabotoo a camisa, mas não tiro, fico com ela aberta na frente, mostrando meu sutiã nude e calcinha fio-dental combinando.

Caminho até ele, e Nate deixa cair os braços ao lado do corpo, sem me tocar, e não tem problema.

Isso é para ele.

Puxo sua camisa de dentro da calça e desabotoo. Em seguida, tiro por seus ombros largos e fortes e depois solto no chão. Com os dedos, sigo a tatuagem no braço direito e no ombro e me inclino para beijar a tinta escura de seu peito, sorrindo quando ele suga o ar bruscamente entre os dentes.

Estou apenas começando.

Minhas mãos deslizam pelas laterais do seu corpo e fazem um trabalho rápido de abrir seu cinto e as calças, deixando-a cair por seus quadris e pelas pernas até o chão. Hoje ele não está usando cueca.

Meu Deus.

Dou um passo atrás e deixo meus olhos fazerem um banquete em seu belo corpo. Seu cabelo está solto; seus olhos cinza-aço estão nos meus. Sua respiração se acelerou, suas mãos estão em punhos ao lado do corpo, e eu vejo que Nate está gastando cada grama de seu autocontrole para não me atacar.

Recuando até a cama, faço um gesto de "vem cá" com o dedo e aponto para a cama.

— Deita, por favor.

Um leve sorriso toca seus lábios quando Nate vem andando até mim. Ele para na minha frente e segura meu rosto entre as palmas, atraindo meus olhos para os seus, antes de roçar meu lábio inferior com o polegar. Eu beijo a pontinha macia e ele geme.

— Como você quer que eu deite? — pergunta ele, com a voz rouca de desejo.

— De costas.

Ele puxa as cobertas e se deita no meio da cama, apoiado nos cotovelos, me observando. Deixo minha camisa cair no chão pelas costas, tiro o sutiã e a calcinha, e subo na cama com ele, meus joelhos entre suas pernas. Beijo sua barriga e seu esterno, depois seus lábios, recuando quando ele tenta aprofundar o beijo. Na sequência, me inclino novamente e o provoco apenas com a pontinha da minha língua.

— Você está me deixando louco, gata — ele murmura e eu sorrio.

— Você ainda não viu nada, querido. — Belisco seu queixo, passo a língua por seu pescoço, e deslizo a boca e as mãos pelo seu tronco, me acomodando sobre meus calcanhares, entre as pernas dele. Seu pênis está cheio e duro, e eu circundo a ponta com o dedo, sobre as bolinhas prateadas.

— Eu gosto disso — murmuro e ele ri.

— Gosta, é?

— Uh-hum.

— Bom saber. — Passo o dedo por todo seu comprimento e sobre o escroto, depois volto para a cabeça. — Nossa, linda, que delícia.

Eu me inclino para baixo e sigo com a língua o mesmo caminho que meu dedo fez. Ele deita de costas, soltando um grunhido, e a cama balança.

— Ver essa boquinha rosa no meu pau é muito sexy.

Ah, mas vai ficar muito mais sexy.

Giro a língua ao redor da glande e afundo sobre ele. Logo sinto suas mãos fortes no meu cabelo, me guiando para cima e para baixo, ditando meu ritmo até onde ele quer que eu vá, e isso é *muito* excitante.

Seus quadris estão se movendo debaixo de mim, empurrando para cima, mais fundo na minha boca, e, bem quando penso que Nate está prestes a gozar, ele agarra meus ombros e, de repente, estou de costas, com ele por cima de mim, me abrindo toda e me penetrando com força.

— Deus! — Minhas costas se arqueiam, seus lábios encontram um mamilo, e seus braços enlaçam minha cintura, quando ele estoca dentro de mim de novo e de novo. Ele me levanta e, depois de um giro, estou montada em cima dele. Suas mãos encontram minha bunda, me levantam e me abaixam, num movimento contínuo e profundo, com a boca ainda no meu seio. Desço até o fim e o aperto dentro de mim, sentindo as bolinhas metálicas no meu núcleo, e chego ao clímax ao redor dele, estremecendo e convulsionando.

— Isso, caralho! — ele grita e me puxa para baixo mais uma vez antes de entrar em erupção dentro de mim.

Estou de costas, olhando para o teto. Nate está em volta de mim, seu rosto descansando na minha barriga, e seus braços ao redor da minha cintura. Ainda estamos ofegantes, nos recuperando dos orgasmos violentos.

— Foi divertido. — Sorrio e passo os dedos pelo seu cabelo. — Vamos fazer de novo.

— Jesus, Julianne, dê a um homem a chance de se recuperar.

— Deixa de ser bunda-mole. — Eu rio quando ele morde minha barriga e sobe pelo meu corpo, apoiado de lado sobre o cotovelo. Ele passa os dedos para afastar do meu rosto os cabelos que escaparam do coque, me beija docemente, e depois morde meu lábio. — Ai!

— Olha como fala, hein?

— Eu só dou nome aos bois.

Ele morde meu lábio de novo, mais suavemente desta vez, e eu suspiro em sua boca.

— E você acha que eu sou bunda-mole? — pergunta Nate, apenas fingindo um tom leve.

— Humm... talvez não.

Ele se inclina para trás e levanta uma sobrancelha.

— Talvez?

— Provavelmente não.

— Vou te mostrar como sou bunda-mole, gata.

Ele, de repente, está dentro de mim outra vez, e eu estou indefesa debaixo dele, e... *minha nossa.*

Capítulo Quatorze

Cozinhar com Nate nessa última semana foi muito divertido. A gente se distraiu bastante e chegou a carbonizar um lombo de porco perfeitamente inocente uma noite, quando perdemos a noção do tempo no chuveiro, mas é demais ser criativa com ele na cozinha. Até hoje, ou comemos fora ou cozinhamos juntos, e eu quero cozinhar *para* ele.

É o que estou fazendo.

É domingo à noite e estamos de volta ao apartamento de Nate para passarmos a noite. A equipe de limpeza de Alecia fez um trabalho ótimo em minha casa, mas decidimos vir para cá para ele poder trabalhar um pouco.

Já que eu prefiro cozinhar com música, ligo o iPod no sistema de som dele e ponho no último volume. Sim, minha trilha sonora de cozinha é um pouco... juvenil. Prefiro música pop para dançar pela cozinha. Britney Spears. Lady Gaga. Talvez um pouco de Carly Rae e seu *"Call Me Maybe"*. Na verdade, essa está tocando. Carly começa a cantar pelos alto-falantes ocultos por todo o cômodo, e eu começo a sacudir o esqueleto e a juntar o que eu preciso para fazer o jantar.

Humm... Como será que Nate ficaria de jeans rasgado? Boa ideia, Carly Rae.

Sirvo para mim uma taça de vinho branco frutado, tomo um gole e prendo o cabelo num coque confuso no alto da cabeça. Ainda estou vestindo a calça de ioga cinza e a blusa preta da nossa passagem pela academia hoje mais cedo. Deus, eu adoro ver Nate malhar. Aos trinta anos, seu corpo é incrível. Droga, seu corpo é incrível até mesmo para um rapaz de vinte anos de idade.

Continuo sem ganhar no ringue, mas derrubei Nate de bunda duas vezes, o que é uma vitória para mim.

Dou um sorriso convencido e corto batatinhas vermelhas em quatro

Luta Comigo   137

para assar, deixando-as de molho em água gelada até eu estar pronta para elas. O frango que vou assar com limão e manjericão entra no forno assim que a campainha toca para me avisar que a temperatura já está certa. Vou finalizar o prato com aspargos assados com alho.

Tenho tempo para um banho, por isso ajusto o *timer* na cozinha para uma hora, pego meu vinho, e caminho pelo corredor até o quarto principal, passando pelo escritório de Nate. Sua porta está aberta, e ele está na mesa com o telefone preso entre a orelha e o ombro, digitando furiosamente no teclado.

— Não, que se foda, eles nunca vão aceitar essa oferta — ele responde, enérgico, mas seus olhos suavizam quando me veem na porta.

— O jantar ainda vai demorar umas duas horas. Vou entrar no chuveiro — sussurro.

— Espera aí, Parker. — Ele encosta o fone no ombro para Parker não ouvir. — Tá bom, querida. Que barulho é esse saindo dos meus alto-falantes?

— Música de cozinhar. — Dou de ombros de um jeito inocente, sopro-lhe um beijo e saio rebolando até o banheiro, tirando a roupa enquanto ajusto a temperatura da água nesse chuveiro incrível. O banheiro é lindo, e o boxe é grande o suficiente para receber uma pequena orgia, com um grande spray de água no teto. É uma sensação incrível.

Felizmente, o sistema de som de Nate é interligado no apartamento inteiro, menos no escritório, então eu continuo balançando os quadris e cantando *"Pocket Full Of Sunshine"* enquanto passo xampu no cabelo. Deito a cabeça para trás e deixo o fluxo de água quente cair em cima de mim para enxaguar. A sensação da espuma caindo pelas minhas costas e sobre meus seios, minha bunda e minhas pernas é muito gostosa na minha pele, ainda sensível do treino de hoje. Minhas mãos deslizam sobre os seios e os mamilos ficam rígidos com o contato.

Humm... Que pena que Nate tem muito trabalho essa noite. Uma companhia não cairia nada mal. Ele é muito criativo no chuveiro.

John Mayer começa a cantar nos alto-falantes sobre meu corpo ser um país das maravilhas, e minhas mãos começam a deslizar por todo o meu tronco, até que uma foge para minhas partes baixas.

Apoio o pé num degrau feito entre os ladrilhos do boxe e deslizo a mão entre minhas pernas, empurrando os dedos entre as dobras, e imaginando que são os dedos de Nate me deixando louca. Minha outra mão puxa um mamilo e, de repente, Nate está atrás de mim, seu corpo pressionando o meu, seus braços em volta do meu corpo. Tenho um sobressalto. Eu estava tão envolvida na minha pequena fantasia que nem o ouvi se juntar a mim.

— Não para — ele sussurra no meu ouvido. — Continua se tocando.

Nego com a cabeça e me encosto em seu peito, de repente tímida. Ele mordisca meu pescoço e agarra minha mão na sua, guiando-a de volta para baixo, entre minhas pernas.

— Quer ajuda?

— Quero. — Suspiro e arqueio as costas enquanto ele enfia os dedos entre minhas dobras novamente, friccionando para frente e para trás e por cima do meu clitóris, depois outra vez sobre os lábios.

— Ai, Deus — gemo. É muito gostoso e um pouquinho atrevido. Tento tirar minha mão para deixá-lo continuar por conta própria, mas ele a segura firme.

— Você não sabe o que faz comigo te ver dar prazer a si mesma, Julianne. — Suas palavras são suaves, hipnotizantes e muito excitantes. Sinto seu pau duro na minha bunda. Nossas mãos continuam a invasão, e ele aperta minha mão sobre o clitóris e morde aquele ponto no meu pescoço, logo atrás da minha orelha, e eu sinto meu corpo começar a estremecer. Gozo sobre nossas mãos, balançando e me pressionando nelas, gritando "Nate".

Nate me gira e me aperta na parede fria de azulejos, apoiando o tronco sobre o meu, seu pau pressionado minha barriga, e seus lábios nos meus, me beijando vorazmente. Corro as mãos pela lateral de suas costas e desço por seu corpo, apertando sua ótima bunda firme.

— Preciso entrar em você — ele rosna e me segura pela bunda para me levantar. — Me abraça com as pernas, linda. — Faço o que ele pede, e Nate vai entrando em mim, devagar, a testa encostada na minha, olhos cinzentos ardentes de desejo e necessidade. Enrolo seu cabelo molhado nos meus dedos e seguro. Nate começa a entrar e sair de mim cada vez mais rápido, nossa respiração irregular e dura. Seus olhos nunca deixam os meus. Ele me penetra mais forte, mais rápido, e eu sinto minhas pernas o apertarem mais firme, conforme outro orgasmo começa a tomar corpo dentro de mim.

— Vamos, linda, dá ele pra mim — ele sussurra nos meus lábios, e suas palavras são minha ruína.

— Ai, Deus, Nate! — Eu pulso ao redor dele, ordenhando seu pau e as bolinhas prateadas incríveis com minha vagina. Ele morde o lábio e cerra os dentes; em seguida, sinto-o se entregar, seu quadril atritando o meu, mãos apertando minha bunda tão firmemente que deve estar deixando marcas. E então ele goza dentro de mim.

Ele me segura ali, encostada na parede por um longo minuto, ambos ofegando, recuperando o fôlego, olhando um para o outro. Ritmicamente, passo os dedos por seu cabelo e ele apoia os lábios de leve nos meus num beijo doce.

— Você é tão doce — ele murmura. — Você entende que é minha? Não importa o que aconteça. Você. É. Minha. — Seus olhos e sua voz estão cheios de emoção, e eu sinto as lágrimas se formarem no canto dos meus olhos.

— Eu sou — sussurro. — Eu sou sua, Nate. — *De onde saiu isso?*

Ele estremece mais uma vez e desliza para fora de mim, me abaixando com cuidado e me colocando em pé. Nate segura meu rosto nas mãos e passa o nariz no meu antes de me beijar castamente e se afastar, desligar a água, e me levar para fora do chuveiro esplendoroso para me secar.

— Em nome de Deus, que música é essa? — pergunta ele com uma careta. Fergie está cantando *"Glamorous"*.

— Ei, eu amo essa música. — Dou um tapa em sua bunda quando passo por ele em direção ao quarto, para encontrar alguma coisa para vestir na minha mala.

— Seu gosto musical é uma merda, linda. — Ele puxa uma camiseta preta sobre a cabeça, e depois entra numa calça jeans velha. Sem cueca.

— Gosto de ouvir música animada enquanto cozinho — explico tranquilamente.

— Rock é animado. — Ele planta as mãos nos quadris e me observa vestir a calça jeans e uma túnica azul.

— Essa também. — Dou de ombros e passo por ele a caminho do banheiro para secar meu cabelo e prender num rabo de cavalo.

— Por que você está me observando? — pergunto.

— Eu gosto de te olhar — ele responde, encostado no batente da porta, com os braços cruzados sobre o peito.

— Você terminou de trabalhar? — pergunto.

— Não, tenho mais alguns telefonemas para fazer.

— Precisa de alguma ajuda? — Eu me sinto culpada. Tenho certeza de que tem algo que eu posso fazer para ajudar. Ele é meu chefe, pelo amor de Deus.

— Não, deixa comigo. Tenho algumas coisas para você no escritório amanhã.

— Tudo bem. — Feliz com meu cabelo, eu me viro, encosto o traseiro no gabinete e olho para ele. — Isso está ficando estranho para você?

Ele franze a testa, perplexo.

— O que está ficando estranho?

— Nós dois trabalhando juntos, praticamente vivendo juntos. — *Droga. Agora, ele vai pensar que eu quero morar com ele.* — Quero dizer, a gente não mora junto de verdade, mas fica junto o tempo todo.

— Trabalho não é estranho para mim. Só nos vemos algumas vezes ao longo do dia. — Ele se afasta da porta e caminha até mim, apoiando as mãos sobre o gabinete, ao lado dos meus quadris, trazendo os olhos na altura dos meus. — Quero ficar com você o máximo possível fora do trabalho. É quando somos *nós*, sem fingimentos. É estranho para você?

— Não sei. — Dou de ombros e baixo os olhos para o peito dele, mas Nate segura meu queixo com os dedos e me faz encontrar seu olhar.

— Olhe para mim e seja sincera. Não quero que você não se sinta à vontade, Julianne. Não sobre nós.

— Eu me sinto à vontade. Não estaria aqui se não quisesse. Tem horas, no trabalho, que as coisas são estranhas, não vou negar. — Passo as mãos

por seus braços fortes e sobre os ombros, e apoio-as sobre o peito musculoso.
— Você é meu chefe. Se decidir colocar um ponto final nisso, pode também terminar com a minha carreira. Estou numa posição complicada.

Ele enruga a testa de novo e seus olhos estão sérios.

— Sei que você tem que confiar em mim, Julianne. Eu também tenho que confiar em você. É uma via de mão dupla, sabia?

Não tinha me ocorrido. Se eu escolhesse encerrar nossa relação, ou se fosse uma mulher amarga e maldosa, poderia arruinar a carreira dele num piscar de olhos. Não que eu pudesse fazer uma coisa dessas.

A confiança vem dos dois lados, na mesma proporção.

Acaricio seu rosto com a ponta dos dedos e ele fecha os olhos por um breve instante, depois me olha fixamente de novo com aqueles lindos olhos cinzentos.

Sim, eu confio nele.

— Não se preocupe — ele sussurra. — Eu não estava brincando quando disse que você é minha. Vou te proteger com todo o meu ser, querida.

— Ok — sussurro e observo seus olhos se arregalarem em surpresa. Ele me puxa para junto dele, envolvendo seus braços ao meu redor e pressionando minha cabeça em seu peito. Me sinto tão amada. Não tem nada de sexual, eu me sinto valorizada.

Por fim, me afasto e sorrio para ele, querendo aliviar o clima.

— Não quero queimar o frango. Já desperdiçamos comida suficiente essa semana. Você vai trabalhar e eu vou terminar o jantar.

— Tá bom. — Ele beija meu nariz e vai me empurrando na frente.

— Não vou estar no escritório essa semana. — Nate entra na cozinha a passos largos, o rosto tenso de frustração.

— O que foi? — pergunto e sirvo os pratos.

— Tenho que ir para Nova York. O Parker acha que eu preciso apresentar essa proposta pessoalmente. — Ele se junta a mim na mesa e começamos a comer.

— Ele deve estar certo — respondo. Parker é um associado no braço da empresa em Nova York e sabe dessas coisas. A proposta em que eles estão trabalhando nas últimas duas semanas é complicada.

— Viagens de negócio não têm mais o mesmo encanto de antes. — Levanto os olhos para ele e Nate está de cara fechada, olhando para o prato.

— Ei. — Pego sua mão e aperto os dedos. — É parte do trabalho. Você não poderia ter uma namorada mais compreensiva nesse quesito, Nate. Sei que é parte de quem você é.

— Não posso levar você comigo. Não preciso da sua ajuda nesse trabalho e levantaria suspeitas.

— Eu sei. — Dou de ombros e continuo comendo, orgulhosa de mim mesma por manter uma expressão calma no rosto. — Quando você volta?

— Na quinta. Viajo amanhã de manhã.

— Entendi. Precisa de carona até o aeroporto?

— Sim, obrigado. — Deus, ele está muito sério hoje.

— Imagina. — Dou um chutinho nele por baixo da mesa. — Vou estar aqui quando você voltar para casa.

Capítulo Quinze

Descobri que o trabalho é mais fácil quando Nate não está. Só estou no meio do dia e já me sinto mais tranquila. Não tenho que me preocupar com ninguém percebendo nada diferente entre nós; um olhar ou um sorriso faceiro. Rezo para que ninguém consiga ler minha mente, pois, se alguém pudesse, eu seria acompanhada pela segurança até a calçada com todos os meus pertences numa caixa, num piscar de olhos.

Nate mandou um e-mail com uma lista de coisas para eu fazer para ele aqui e enviar por fax e por e-mail para ele usar na apresentação de amanhã em Nova York. Ele vai estar no escritório de lá, se preparando por todo o dia.

Ele estava muito bonito hoje de manhã quando o deixei no aeroporto. Fico com uma alegria meio boba por ele não querer me deixar e porque disse que vai sentir minha falta.

Também vou sentir saudades dele.

A ideia de dormir sozinha pelas próximas noites não parece muito promissora de jeito nenhum. Tive sorte com Nate; ele não ronca na cama, e é bem gostoso de dormir encaixadinho.

Quem teria imaginado?

Mas, no escritório, me sinto mais relaxada quando ele não está por perto.

Termino de digitar um e-mail bem seco e profissional para meu homem lindo com as tarefas que ele me passou essa manhã, já resolvidas, na esperança de receber uma resposta com mais revisões e pedidos.

Enquanto isso, pego meu iPhone e envio uma mensagem de texto sexy e nada profissional:

Luta Comigo 145

> *Oi, bonitão. Fez boa viagem? Eu teria adorado ter um momento a sós com você no banheiro do avião hoje.*

Retorno a atenção para o relatório em que estou trabalhando, quando o celular apita com uma resposta.

> *Cheguei bem, linda. Queria que você estivesse aqui. Vamos fazer uma viagem logo, logo. Prometo.*

Gosto da ideia.

> *Está marcado. Fique bem, falo com você hoje à noite. Bj.*

A resposta dele é um simples "bj".

Quando foi que me tornei uma manteiga derretida? Já estou com saudades.

Há uma batida na minha porta, e Carly Lennox entra na sala com passos leves, deixando a porta aberta atrás, graças a Deus. Ela está vestida num *tailleur* preto com uma saia curta demais e uma camisa branca com botões demais abertos no decote, pro meu gosto. Isso é um escritório, não uma balada.

— Oi, Jules — ela diz com a voz macia.

— Carly. O que posso fazer por você? — *Que porra essa vagabunda quer?*

— Bom, eu preciso de ajuda com uma conta hoje. Estou tentando adiantar um trabalho porque não quero ficar até tarde. Tenho um encontro e penso que nós, garotas, temos que ser unidas. — Ela dá um sorriso doce, mas seus olhos estão afiados.

Não confio nessa mulher, mas estou curiosa para saber qual é o jogo dela. Ela me odeia. Então eu decido entrar na onda.

— Você tem um encontro? Que ótimo. Alguém que eu conheço? — Ponho no rosto um sorriso que uso para pessoas que me reconhecem da revista: atrevido e completamente falso.

— Bom, não conta pra ninguém. — Ela abaixa a voz para sussurrar e se inclina como se fôssemos velhas amigas trocando um segredo: — Eu ando saindo com o Nate. Ele vai me levar para jantar e dançar hoje à noite.

Quero rir. De verdade. Em vez disso, faço uma interpretação ganhadora de Oscar, franzindo as sobrancelhas com preocupação falsa.

— Nossa, Carly, ele deve ter se esquecido de te ligar hoje de manhã. O Nate teve que ir para Nova York a trabalho; vai ficar fora por uns dias. — Sou deliberadamente vaga nos detalhes, interessada em ver a reação dela.

Não me decepciono.

Ele fica vermelha, e seu sorriso desaparece por apenas um segundo enquanto ela processa a informação, depois seu sorriso falso está de volta.

— Ah, eu não olhei minhas mensagens essa manhã. — Seu telefone apita dentro do bolso do blazer, e ela pega o celular para olhar uma mensagem de texto. — Oh, agora chegou! Parece uma reserva de passagem para Nova York. Acho que vou me encontrar com ele. — Ela dá um sorriso doce. — Deixa pra lá. Tchau, tchau!

Ela faz um aceno e sai apressada da minha sala, me deixando pasma. Carly vai pra Nova York? Ela nem é da equipe dele. Se ele precisa de ajuda, eu é que deveria ir.

Talvez ele tenha mandado chamá-la porque sabe que eu tenho que estar aqui, caso Natalie entre em trabalho de parto?

E o que diabos acontece para Carly querer que eu pense que ela está saindo com o Nate? Não tem a menor possibilidade de ela saber que eu e ele estamos nos vendo, todos os dias, há uma semana e meia. Ela sabe sobre a política de não relacionamento afetivo na empresa; afinal, eles nos condicionam a isso já durante a integração. Por que ela diria a mim, a única pessoa que ela odeia aqui, que está namorando um dos sócios, quando sabe que eu poderia fazê-la ser demitida com essa informação?

Ou ela é muito idiota, o que eu sei que não é, ou está armando alguma para cima de mim.

Pego o telefone de cima da mesa com o objetivo de ligar para Nate e perguntar a ele sobre Carly, quando meu iPhone começa a tocar. Franzo a testa e vejo o nome de Luke no visor.

— Oi, Luke.

— Estourou minha mulher da bolsa! — ele grita ao telefone.

Luta Comigo   147

AimeuDeus!

— Quer dizer que estourou a bolsa da sua mulher?

— Foi isso que eu disse, Jules! Estourou a bolsa! — Ele está desesperado. Coitado do Luke. Pego minhas coisas de cima da mesa e tranco tudo. Pego o casaco e saio da minha sala em disparada. Vou ligar para a Sra. Glover no carro.

— Estou a caminho. Encontro você no hospital.

— Tá bom. Tá bom. Você está bem, querida?

Posso ouvir a voz calma de Natalie ao fundo:

— Estou bem. Acalme-se.

— Tô calmo. Tô calmo. — Cristo, ele não para de repetir tudo. Ele não está calmo.

— Luke — digo com a voz mais suave que eu tenho. — Ela está bem. Eu te encontro no hospital.

Ele respira fundo, e sua voz é mais normal quando ele diz:

— Tudo bem, estamos saindo.

Eu desligo e saio direto para o elevador. No carro, percebo que não enviei o último relatório de Nate, e que esqueci de desligar o computador. Ligo para a Sra. Glover rapidamente, mas cai na secretária eletrônica.

— Sra. Glover, aqui é a Jules. Tive que sair abruptamente por causa de uma emergência familiar, mas esqueci de enviar aquele relatório que o Nate mandou com cópia para a senhora hoje de manhã. Será que dava para terminar o e-mail no meu computador, depois desligar tudo e me mandar uma mensagem quando acabar? Eu agradeço.

Desligo, jogo o telefone na bolsa, e me concentro em chegar até minha melhor amiga.

— Apenas respire. — A mão de Natalie está agarrada à minha com uma força que eu não sabia que ela tinha. Jesus, ela é pedreira ou alguma coisa assim? Vai arrancar minha mão do pulso. — Respire, querida.

Estremeço ao vê-la respirar em meio à dor. As contrações estão ficando mais e mais rápidas, finalmente. Faz umas sete horas que estamos aqui, e o trabalho de parto parou de progredir depois de umas duas horas.

Luke está na sala de espera atualizando os pais dele e os meus, que estão ligando para todos os irmãos, atualizando todo mundo sobre a condição da Natalie.

— Pronto, passou — ela sussurra e respira fundo.

— Você está indo muito bem — digo com o melhor tom de apoio que consigo expressar. Estou morrendo de medo.

— Essa porra dói, Jules. Nunca faça isso com você. É sério.

— Vai valer a pena quando Olivia estiver aqui. — Afasto seus cabelos escuros do rosto e enxugo sua testa com um pano úmido frio. Seu belo rosto se transforma num sorriso largo à menção do nome da filha.

— A gente vai poder segurá-la hoje. — Nós duas viramos a cabeça na direção do monitor que está acompanhando as contrações da Nat. A linha começa a subir de novo e Natalie aperta minha mão outra vez, começando a respirar fundo.

— Ai, Jesus, Jules.

— Respira, querida. — Começo a respirar com ela. Nat ri.

— Você vai hiperventilar.

— Não, não vou. Respira comigo. — *Onde diabos está o Luke?*

— Oi, Sra. Williams. Sou Ashlynn, sua enfermeira da noite. Vou acompanhar a senhora agora. Vou dar uma olhadinha para ver como a senhora está progredindo, tudo bem?

A contração de Natalie alivia e ela sorri para a enfermeira bonita.

— Tudo.

Luta Comigo 149

Ashlynn calça uma luva e põe a mão entre as pernas da Natalie. *Jesus!*

— Eu geralmente exijo que me levem para jantar antes que alguém faça isso comigo — comento, tentando manter o clima leve.

Ela sorri para mim.

— Tudo bem?

— Bom, a senhora está com uns sete centímetros, e o colo está totalmente apagado, por isso, se continuar nesse ritmo, não vai demorar mais muito tempo. Acho que a senhora está pronta para uma epidural. — Ashlynn sorri e dá um tapinha na perna de Nat. — Vou avisar a médica e ela vai chamar o anestesista.

— Graças a Deus. — Natalie inclina a cabeça para trás na cama. — Vou ter que tomar anestesia. Desculpa, Jules, eu sei que dissemos tudo natural, mas eu não consigo.

— Querida, faça o que é melhor para você. Essas contrações são fortes, e minha mão não vai conseguir sobreviver a muitas mais. O que o Luke disse?

— Ele disse para usar anestesia se eu precisasse.

— Então temos um plano. — Estou enxugando sua testa com uma compressa novamente quando um homem com jaleco branco entra pela porta.

— Ouvi dizer que a senhora está pronta para uma medicação, Sra. Williams. — Ele é um homem mais velho, com olhos bondosos. E agulhas na mão.

— Essa é a minha deixa. — Eu me levanto, mas Natalie me puxa de volta para baixo.

— Você não pode me deixar aqui sozinha!

— Hum, Nat, ele tem agulhas. Vou procurar o Luke.

— Isso só vai levar um minuto — diz o médico, e Natalie está olhando para mim com grandes olhos verdes suplicantes.

Ai, meu Deus.

Certo. Eu posso fazer isso. Pela Natalie, eu consigo.

— Sente-se na beirada da cama, senhora Williams, e abrace seu travesseiro, curvando as costas para mim.

Natalie faz conforme as instruções, e eu me ajoelho diante dela, onde as agulhas estão fora do meu campo de visão, e esfrego as mãos por suas pernas nuas.

— Obrigada — ela sussurra, com os olhos um pouco assustados.

— Não tem problema. — Dou de ombros como se não fosse grande coisa e respiro fundo. *Ele tem malditas agulhas e está prestes a enfiá-las na espinha dela. Vou desmaiar.*

Natalie se encolhe quando, eu imagino, o médico enfia a enorme, gigantesca e extremamente maléfica agulha pela pele dela, mas logo depois já acabou.

— Prontinho — diz ele e guarda as ferramentas de tortura. — Fique à vontade, pode deitar. Vai fazer efeito logo, e a senhora não vai sentir mais nada da cintura para baixo.

— Obrigada. — Ela é a grávida mais educada que eu já vi. Ajudo Nat a se acomodar, e Luke volta pela porta.

— Ei, quem era aquele cara? — pergunta e se senta ao lado da Natalie, mãos descansando na barriga dela.

— O anestesista. Entrei na medicação, querido. Desculpe.

— Pare de se desculpar. Já conversamos sobre isso. — Ele beija a testa dela, e depois seus lábios.

— Como está todo mundo lá fora? — pergunto.

— Estão animados e nervosos. Eu teria voltado mais cedo, mas o Isaac e a Stacy apareceram, e depois o resto dos seus irmãos, a Sam e o Mark queriam ouvir a atualização de status diretamente de mim, por isso eu fiquei um tempo com eles no telefone. — Ele se acomoda para trás e observa o monitor de contração. A agulha começa a subir novamente, mas Natalie nem sequer pestaneja.

— Não está doendo mais? — pergunto.

Luta Comigo 151

— Sinto um pouco de pressão, mas a dor se foi.

— Que bom. — Sorrio para os dois, e percebo que eu não verifiquei meu celular o dia inteiro. Pego-o da bolsa e ligo, mas enrugo a testa quando vejo oito ligações perdidas e cinco mensagens de texto.

Olho as mensagens para começar. A primeira é da Sra. Glover.

> **E-mail enviado. Espero que sua família esteja bem.**

Suspiro de alívio, sabendo que Nate recebeu os documentos que precisava a tempo, depois vejo as mensagens dele.

> **Oi, linda. Parando para almoçar, pode falar um minuto?**

> **Vou para uma reunião, não vou estar disponível pelo resto da tarde.**

> **Você está bem?**

> **Me liga, por favor.**

Merda. Ele está preocupado. Eu nem sequer pensei em ligar para ele desde que recebi o telefonema sobre a Natalie. Eu deveria ter ligado. Ouço o correio de voz.

> "Estou preocupado. A Jenny disse que você saiu correndo do escritório hoje de manhã por causa de uma emergência, mas não teve notícias suas. Não consigo falar com você nem em casa, nem no celular. Por favor, tenha a consideração de me dizer que você está bem. Não posso arrumar as malas e ir para casa hoje à noite para ver como você está. Me liga."

Eu desligo e olho feio para o telefone. Não gostei do tom.

— Gente, vou procurar um lugar tranquilo para ligar pro Nate rapidinho. Ele está tentando falar comigo o dia inteiro. Não tenha esse bebê sem mim. Eu já volto. — Beijo o rosto de Natalie e saio pelo corredor até uma salinha de espera vazia. Nossa família deve estar na sala maior, perto da entrada do hospital.

Procuro na tela pelo nome do Nate e aperto SEND.

— Julianne. — Ele parece aliviado e chateado ao mesmo tempo.

— Oi, você pode falar?

— Posso, estou no hotel. Onde diabos você estava?!

— Não grite comigo. Estou no hospital.

— O que aconteceu? Você está ferida? — Sua voz subitamente mostra pânico, e eu me sinto uma merda.

— Não — respondo, agora de um jeito calmo e tranquilizador. — A Natalie entrou em trabalho de parto, Nate. Desculpa por não ter ligado. Recebi o telefonema hoje de manhã no escritório, depois que te mandei a última mensagem, e vim pra cá correndo para me encontrar com eles; estou com ela desde então. Foi um dia longo. Ainda nada de bebê.

— Ela está bem? — ele pergunta.

— Está sim, ela está muito bem. O Luke também, por incrível que pareça. Não vai demorar muito mais.

— Você deveria ter ligado. — Sua voz ficou fria novamente, e eu estou cansada; não preciso disso agora.

— Eu já pedi desculpas.

— Eu estava preocupado. Além do mais, o que diabos aconteceu com o relatório que eu te pedi para me enviar?

— Do que você está falando? Eu terminei, pedi para a Jenny te enviar por mim, porque deixei o e-mail aberto e esqueci de clicar em "enviar" antes de sair correndo do escritório. Ela me mandou uma mensagem de texto e disse que tinha sido enviado. — Que diabos aconteceu com o meu relatório?

— Eu recebi e estava meia-boca; não é típico de você.

— O relatório estava perfeito, Nate. Não sei de que merda você está falando. — Frustrada, passo a mão pelos cabelos.

— Quando eu estiver fora sozinho, preciso poder depender de que você faça o seu trabalho no escritório, Julianne.

— Você não está sozinho. Peça para a Carly consertar a porra do relatório, Nate. Ela deve estar ganhando o salário, mesmo aí com você. — Agora estou simplesmente irada.

Há um silêncio do outro lado da linha, e, finalmente, Nate responde com um tom enganosamente tranquilo:

— Do que você está falando? A Carly não está em Nova York.

— Mas você mandou chamá-la.

— Por que eu faria isso? — Sua voz está subindo o tom e eu respiro fundo.

— É evidente que houve um mal-entendido — digo com toda a calma possível.

— Obviamente.

— Olha, Nate, me desculpa. Eu preciso voltar pra junto da Natalie. Não tenho tempo para você dar uma de protetor, pra ficar mandando em mim e pra dar uma de carente hoje.

— Isso é o que você acha que estou fazendo? — ele pergunta e eu me assusto com o tom ofendido em sua voz.

— É exatamente o que você está fazendo.

— Não, Julianne, eu não estou mandando em você, nem dando uma de carente. Eu estava preocupado com a mulher de quem eu gosto porque não consegui falar com ela hoje. — *Eu o deixei magoado.*

— Nate. — Suspiro e esfrego a testa. — Talvez a gente devesse conversar quando você voltar para casa.

— O que você está dizendo? — Sua voz é abafada e nervosa.

— Eu preciso lidar com isso agora, e você precisa se concentrar na sua proposta aí. Vou estar no escritório amanhã para te ajudar de lá, e vou tentar corrigir a confusão da droga do relatório e te enviar o mais cedo possível. Sobre o resto, a gente conversa quando você chegar em casa. Não tenho tempo para essa palhaçada de DR agora.

— Isso é o que nós somos para você, Julianne? Palhaçada?

Porra. Não! Isso tudo está saindo errado demais e eu preciso voltar para a Natalie!

— Preciso desligar.

— Se é assim que você quer, tudo bem, mas saiba de uma coisa, linda: vou deixar passar porque estou a malditos quase cinco mil quilômetros de distância e não posso chegar aí agora.

— Jesus, você é um homem das cavernas, Nate.

— Me manda mensagem mais tarde pra me dizer que você está em segurança. Falo com você amanhã à noite.

— Pensei que você ia ficar até quinta-feira.

— Mudei de ideia. — A ligação é interrompida e eu baixo a cabeça. Não deveria ter sido tão cruel com ele.

Volto para o quarto de Natalie; virou uma loucura.

— Só saí por cinco minutos. Que diabos?

Os pés de Natalie estão em estribos, e a médica está sentada em um banquinho entre suas pernas. Há duas enfermeiras de um lado para o outro pelo quarto. Um berço de bebê com uma lâmpada de aquecimento foi levado para o quarto.

— Ela está prestes a fazer força — diz Luke, olhos desesperados com preocupação e medo.

— Nossa, essa epidural é um milagre.

— Puta. Merda. Tenho que empurrar. — Natalie está se contorcendo na cama, e, se não fosse minha melhor amiga, eu diria que parecia algo saído de um filme de terror.

— Ok, estamos prontos, Natalie. Se você sentir que tem de fazer força junto com a contração, pode fazer.

— Está muito quente aqui. — Ela puxa o cobertor que estava em cima dela e o joga no chão, sem dar a mínima para ficar nua na frente de todos nós. Bem, ela está vestindo um sutiã esportivo preto, por isso só a metade inferior está nua.

Eu olho para baixo, e logo sinto meu queixo cair. Não é o fato de que a "dita cuja" está à mostra, mas é o que está logo acima que me faz vacilar.

— Jesus Cristo, Natalie, você tem uma tatuagem na vagina!

Capítulo Dezesseis

— Três quilos! — a enfermeira Ashlynn declara orgulhosa enquanto a bebezinha Olivia, chorando ruidosamente, está deitada na balança. Levanto a câmera de Nat no meu rosto e tiro uma longa sequência de fotos, capturando a imagem do visor com o peso, caso alguém tenha a audácia de esquecer. Dando zoom em seus pezinhos e dedinhos, tiro mais fotos antes que as enfermeiras enrolem Olivia num cobertor de bebê rosa e azul do hospital.

Luke está ao meu lado, olhando para a filha de cabelos escuros, cheio de amor nos olhos. Quando o bebê nasceu e foi colocado na barriga da Natalie, ele e Natalie se debulharam em lágrimas, e, se eu for ser sincera, também chorei litros.

— Obrigada por me deixar estar presente — digo. Seus olhos azuis deslizam sobre os meus, e ele passa o braço em volta dos meus ombros, me puxando para o seu lado.

— Nós te amamos, Jules. Você tinha que estar aqui. É natural.

Oh. Bem, isso só me faz chorar de novo.

— Deus, estou me afogando nas minhas próprias lágrimas.

Luke ri de mim, pega o pacotinho dos braços da enfermeira e beija suavemente a testa minúscula de Olivia.

— Ela é tão linda — ele sussurra.

— Ei! Posso segurá-la? — Natalie chama da cama, toda coberta agora, graças a Jesus.

Nunca vou ter bebês. Meu corpo não pode aguentar isso.

Luke atravessa o quarto, coloca o bebê nos braços de Nat e a beija nos lábios. Ele acaricia a bochecha do bebê com o dedo e olha com amor nos olhos da esposa.

— Obrigado, querida.

— Eu te amo — sussurra Nat.

— Deus, eu também te amo.

Eu levanto a câmera no meu rosto e tiro mais fotos, capturando o momento mais bonito que eu já vi. Ando na beirada da cama, ainda tirando fotos, e tanto Luke quanto Nat olham para mim e sorriem amplamente, seus sorrisos apenas um pouco cansados, mas muito orgulhosos do que fizeram.

— Vocês são uma família linda — murmuro e os olhos de Nat se enchem de água.

— Vou avisar todo mundo — diz Luke. Ele beija Natalie apaixonadamente e ganha de mim um revirar de olhos. Depois, beija o bebê no rostinho e se afasta. — Jules, você vai ficar?

— Sim, vou ficar com nossas meninas até você voltar, aí eu vou te dar algum tempo sozinho com elas.

— Obrigado. — Ele caminha até mim e me abraça com força. Luke é carinhoso, mas isso é diferente. Especial. — Obrigado, menina doce — ele sussurra no meu ouvido, e depois sai para conversar com nossas famílias.

Bom, droga.

— Ei. — Vou até o lado da cama de hospital e tiro mais algumas fotos de Natalie e Olivia, em seguida, ponho a câmera de lado e me sento na cama ao lado delas. — Você se saiu bem, amiga.

— Obrigada. Você também. Obrigada por lembrar Luke de respirar antes de desmaiar.

Nós duas damos risadas, e eu sei que é um momento que eu nunca vou deixá-lo esquecer.

— É por isso que estou aqui. — Coloco uma mecha de cabelo atrás da orelha de Nat e sorrio para o bebê. — Ela é tão linda, Nat. Quero dizer, como ela poderia não ser com pais como vocês? Mas, sério, ela é linda.

— Eu também acho. Sou mamãe, Jules.

— E eu sou titia outra vez! Ai, meu Deus, que legal. — Sorrimos uma para a outra como duas bobas. — Tudo bem, então, quando você fez uma tatuagem na dita cuja?

Ela encolhe os ombros e arruma o cobertor em torno de Olivia.

— Faz uns dois anos. E não é na minha *dita cuja*, que eu tenho certeza que não é o termo médico oficial para essa parte da minha anatomia.

— Quer me dizer o que está escrito?

— Não.

— Algum dia você vai me dizer o que alguma delas significa?

— Talvez.

— Certo. — Chega de conversa de tatuagem. — Posso segurá-la por um minuto antes de ir embora?

— Claro! Aqui. — Ela me passa o pacotinho e se arruma um pouco na cama para podemos nos aproximar mais.

— Como você está se sentindo? — pergunto.

— Com dor, mas a medicação é maravilhosa. Estou ansiosa para voltar ao meu corpo antigo.

— Você não ganhou nenhuma estria, sua bruxa.

Ela sorri presunçosamente.

— Muita manteiga de karité e ioga. Lembre-se disso.

— Não vou fazer bebês. — Balanço a cabeça com firmeza. De jeito nenhum.

— Certo, diz a mulher que está se aconchegando com um bebê neste exato momento.

— Eu posso me aconchegar com os bebês. Eles não têm que vir do meu corpo. — Balanço a cabeça novamente e sorrio enquanto Olivia faz um movimento de sugar com os lábios.

— Ela pode estar com fome.

— Eu estou com fome — responde Nat. — Você pode chamar a enfermeira? Eu quero purê de batatas e molho de carne. Imediatamente.

— Belos planos de recuperar seu antigo corpo. — Sorrio e aperto o botão de chamada.

— Não seja chata. Acabei de ter um bebê. Eu posso comer o que eu quiser.

Luke volta com nossos pais, enquanto todos os irmãos ainda estão esperando a vez de fazer uma visita rápida, e eu decido que é um bom momento para sair de fininho. Sei que minha mãe vai se certificar de que todo mundo mantenha as visitas ao mínimo indispensável, para Luke e Nat poderem desfrutar de algum tempo sozinhos com a filha, e também para Nat poder descansar.

Chego até a salinha vazia de espera de onde liguei para Nate mais cedo e, de repente, sou inundada pela emoção. Não posso impedir as lágrimas de caírem pelo meu rosto, e estou chorando com tanta força, que meus joelhos fraquejam.

Desabo numa cadeira e seguro meu rosto nas mãos, cotovelos sobre os joelhos, e deixo as lágrimas fluírem.

— Ei, o que foi, feijãozinho? — Inspiro o ar com força e olho para cima. Ali está meu irmão Matt, na entrada. Ele me chama de "feijãozinho" desde que éramos crianças.

Não posso falar com ele. Ver seu rosto calmo e gentil me faz chorar ainda mais e, antes que eu perceba, ele está ajoelhado na minha frente e me puxando num grande abraço, acariciando minhas costas.

— Tudo bem. Pode chorar.

Não sou chorona, mas parece que é só o que eu fiz nessas últimas semanas. Não sei o que fazer com todas essas novas emoções percorrendo meu corpo.

Algum tempo depois, as lágrimas secam, e Matt me dá uma caixa de lenços que havia numa mesa próxima.

— O que aconteceu, hein? — ele pergunta quando assuo o nariz. Matt se senta na cadeira ao meu lado.

— Fiquei tão preocupada com a Natalie e o bebê hoje, e estou exausta, e fui grossa com o Nate no telefone, e eu amo tanto esse bebê, e eu odeio chorar.

Matt dá risada e esfrega minhas costas de novo.

— Ei, está tudo bem. Ter bebês é exaustivo, mesmo para quem ajuda. A Nat e a Olivia estão bem, o Nate vai superar e você só precisa dormir.

— É, você está certo. — Me arrumo na cadeira e olho para meu lindo irmão. De todos nós, ele é o único com cabelos mais escuros, mas é tão alto quanto meus outros irmãos, com o mesmo tipo físico robusto. É um policial de Seattle, muito durão de um jeito calmo e controlado. Não tem o temperamento de Caleb, nem a arrogância de Will. Ele é quieto, mas acaba com a sua raça, se precisar.

— O que você vai fazer? — pergunto.

— Eu ia dar uma passada para ver o bebê, dar os parabéns, e depois ir para o trabalho.

— Turno da noite? — pergunto.

— É, peguei uns turnos extras. — Ele se levanta e me ajuda a ficar em pé. — Está se sentindo melhor?

— Estou, obrigada. Vou para casa dormir, para acabar com esse humor esquisito.

— Tá bom, dirige com cuidado, feijãozinho.

— Você também. — Beijo-o no rosto e sigo para casa.

Luta Comigo   161

A sensação da minha cama é deliciosa. E vazia. Me arrumo, pronta para dormir cedo, e pego o celular. Devo ligar para Nate e pedir desculpas por ser uma cadela raivosa, ou mandar mensagem e falar com ele amanhã?

Escolho a mensagem e penso num jeito muito legal de me desculpar quando o vir.

> *Estou em casa. Bebê e mãe estão bem.*

Deito de novo e começo a cochilar quando o telefone apita.

Ok? É isso? Franzo a testa. Esse não é o Nate que eu conheço e que aprendi a amar. Ele está zangado comigo e, quando penso de novo na forma como falei com ele, não o culpo. Afinal, ele só estava preocupado comigo.

Decido ligar e pedir desculpas. Ele atende no segundo toque.

— Olá, Julianne. — *Não gosto do tom frio na voz dele.*

— Oi — murmuro.

— Oi.

— Nate, desculpa por hoje. É sério.

Ouço-o suspirar e me sinto ainda mais culpada, sabendo quanto estresse estava sobre os ombros dele no trabalho, e eu o deixei ainda mais preocupado hoje e magoado. Eu o amo, não quero deixá-lo chateado.

— Acho que a gente precisa discutir algumas coisas amanhã à noite. — *Oh, desculpas não aceitas.*

— Tá — sussurro e ouço-o suspirar de novo. — Estou com saudades.

— Está?

Deus, realmente pisei na bola.

— Estou.

Silêncio.

— Por favor, fala alguma coisa.

— O que você quer que eu fale?

— Não sei. — Sinto uma nova ameaça das lágrimas e tento deixá-las longe da minha voz. — Só não queria que você ficasse bravo comigo.

— Não estou bravo. Estou decepcionado e chateado, Julianne. Você conseguiu fazer isso duas vezes.

— Eu não queria te magoar, Nate. Hoje foi um dia difícil, e eu não sabia como lidar com isso tudo.

— Como eu disse, temos algumas coisas para conversar amanhã. Eu prefiro que não seja pelo telefone. Preciso ver seu rosto.

— Por quê?

— Porque você é boa demais em tentar esconder seus sentimentos atrás dessa sua máscara de mulher durona, mas seus olhos não mentem.

Droga.

— Não estou mentindo, Nate. Estou com saudades e arrependida por ter sido uma vaca hoje.

— Nunca mais se chame de vaca. — *Jesus! Não consigo falar nada direito!*

— Vou desligar, isso não está chegando a lugar nenhum. Precisa que eu vá te buscar no aeroporto amanhã?

— Não.

— Você virá pra minha casa?

— Não, vá para a minha depois do trabalho.

— Não tenho chave.

— Tem sim.

Oi?

— Tenho?

— Tem, olha junto com as suas. Eu coloquei uma no chaveiro, no fim de semana passado. — Sua voz é mais suave agora e estou chocada.

Luta Comigo

— Ah.

— Vejo você amanhã à noite.

— Boa noite.

— Boa noite, Julianne.

Capítulo Dezessete

Foi um dia infernal. Me atrasei para o trabalho hoje de manhã, depois de dormir como uma pedra noite na passada e não acordar com o despertador. A Sra. Glover não ficou feliz em me ver, mas, quando expliquei o que aconteceu e mostrei as fotos da bebê Olivia no meu celular, ela amoleceu um pouco e disse que entendia.

Graças a Deus.

Não que ela seja minha chefe, mas não quero tê-la como inimiga.

Nate se comunicou comigo hoje o dia todo, mandando e-mails para pedir documentos ou pesquisas, mas nada de pessoal. Assim que cheguei à minha sala, de manhã, abri o documento que pedi para Jenny enviar a Nate ontem, e fiquei pasma ao ver que Nate estava certo. Não estava pronto e estava cheio de erros. Esse *não era* o arquivo que eu finalizei, salvei e anexei ao e-mail. Não sei que porra aconteceu, mas espero que o trabalho extra que fiz hoje de manhã tenha ajudado a arrumar as coisas.

Estou me sentindo uma merda por fazer Nate pensar que nosso relacionamento não é importante para mim. Claro que é. Mas tem horas que ele é tão... mandão. Sei que é um homem forte e inteligente, e que deseja me proteger e cuidar de mim, mas sempre agarrei minha independência com unhas e dentes. Esqueço que não sou mais somente "eu" e, agora, parte de um "nós".

Preciso compensar as coisas com ele, mas como?

Estou ponderando a respeito quando chega outro e-mail de Nate.

Quarta-feira, 15 de maio de 2013, 14:28
De: Nathan McKenna
Para: Julianne Montgomery
Assunto: Partida

Julianne,

Estou embarcando no voo para Seattle. Assim que você terminar os relatórios que eu enviei mais cedo, está dispensada por hoje.

Nate

Ele ainda está muito frio, embora eu saiba que, em e-mails corporativos, ele não tem escolha. Mas poderia ter me enviado uma mensagem com algo mais pessoal; o fato de que ele não o fez me deixa muito nervosa.

Será que eu dei uma mancada tão grande ontem que ele vai terminar comigo?

Quarta-feira, 15 de maio de 2013, 14:35
De: Julianne Montgomery
Para: Nathan McKenna
Assunto: Re: Partida

Nate,

Boa viagem. Vejo você no escritório amanhã.

Julianne

Mas ele não vai se safar tão fácil. Pego meu celular e envio uma mensagem.

> Por favor, se cuida. Estou ansiosa para te ver amanhã.

Nada de resposta. *Merda.*

Demorei mais para chegar à casa de Nate do que eu realmente pretendia. Tive que parar no hospital para ver Natalie, Luke e Olivia, e, como não conseguia ir de mãos abanando, parei numa loja no caminho.

166 Kristen Proby

Acabei com uma girafa supermacia e um macacãozinho rosa com os dizeres: "Nascimento: tirei de letra".

Não faço ideia se Nate já chegou em casa, pois ele não me deu sinal de vida. Acho que vou descobrir quando chegar lá.

Estaciono na vaga de sempre, deixo a mala no carro, caso eu não seja bem-vinda para passar a noite, e pego o elevador até o andar dele. Conforme o elevador sobe, minha ansiedade sobe também.

Baseado em como as coisas se saíram ao longo das últimas vinte e quatro horas, estou inclinada a acreditar que tudo pode ter chegado ao fim entre nós. O pensamento me causa uma dor que nunca senti antes.

Chego à porta dele e coloco minha chave novinha na fechadura. Entro no apartamento de Nate e sinto imediatamente que estou sozinha.

Ele ainda não chegou.

Está frio aqui dentro, por isso aciono a lareira a gás para aquecer o ambiente, e acendo algumas luzes na sala e outra sobre o fogão da cozinha americana.

Será que devo cozinhar para ele? Queria saber se ele já comeu.

Estou no meio da cozinha sexy de Nate, me perguntando o que fazer comigo mesma, quando a porta da frente se abre e ele entra, puxando a malinha preta atrás de si. Nate está vestindo outro terno escuro e gravata e o cabelo está preso para trás.

Ele ainda está no modo executivo.

— Já volto — ele murmura e cruza a sala, em direção ao quarto, sem nem me olhar na cara.

Talvez eu devesse simplesmente poupá-lo do inconveniente de me dizer que acabou e ir embora agora. Sei que ele está bravo e eu não esperava uma cena de filme em que a gente saísse correndo um para os braços do outro em câmera lenta e nos abraçássemos eternamente. Nos vimos ontem de manhã, pelo amor de Deus, mas eu esperava algo um pouco mais caloroso.

Meus saltos fazem barulho no assoalho de madeira quando caminho até o sofá, pego minha bolsa e echarpe, e depois sigo para a porta da frente.

Estou com a mão na maçaneta quando ouço sua voz dura do outro lado do cômodo.

— Se você passar por essa porta, que Deus me ajude, Julianne, mas eu vou te amarrar na minha cama.

Abaixo a cabeça e suspiro. Estou tão confusa... Ele quer que eu fique?

— Olha pra mim. — Não é um pedido.

Dou meia-volta e o encaro. Nate se trocou e está vestindo uma camiseta cinza-clara e jeans preto. O cabelo está solto. Ele se livrou das roupas profissionais e é apenas um homem na minha frente.

Um homem zangado.

— Aonde você ia? — ele pergunta e cruza os braços sobre o peito.

— Para casa.

— Por quê?

— Você não parece feliz da vida em me ver. — Estou orgulhosa por conseguir manter a voz firme apesar das lágrimas que querem vir.

Deus, eu sou muito mulherzinha.

Arrependimento perpassa os olhos dele. Nate franze a testa e passa a mão pelo cabelo. Não diz nada por um longo instante, e, com isso, eu entendo que estava certa no meu palpite. Fecho os olhos e abaixo a cabeça, já me preparando para o adeus.

— Tudo bem, Nate. Eu entendo. Eu vou embora. — Me viro de novo para a porta e, antes que eu perceba o que está acontecendo, Nate me gira, agarra meus ombros em suas mãos grandes e fortes, me segurando em sua frente, seus olhos ferozes fixos em mim. Ele está ofegante e com muita *raiva*.

— Você não vai fugir de novo.

— Não vou ficar onde não me querem.

— Do que você está falando?

— Mal tive notícias suas desde ontem à noite. Você não fala comigo. Está frio e distante. Não sou idiota, Nate, eu sei quando alguém está tentando terminar comigo.

Ele trava os dentes e fecha os olhos. Depois olha para mim com olhos tão necessitados que meus joelhos amolecem.

— Não sei como lidar com as coisas que sinto por você. Ontem, fiquei uma pilha quando não consegui falar contigo. Ninguém no escritório sabia pra onde você tinha ido e você não me respondia. Quando finalmente entrou em contato, me dispensou e me disse que sou ridículo e que nossa relação era uma palhaçada.

— Não foi o que eu...

— Foi isso que você disse — ele me interrompe e me aperta mais. — Ninguém me ofende, Julianne. Ninguém. Não ligo a mínima para o que as pessoas pensam de mim. Foi assim que eu passei pela luta, e foi isso que me trouxe até onde estou hoje. E então aparece você na minha vida e me deixa cego. Estou tão envolvido que nem enxergo nada, e você me chama de homem das cavernas por querer te proteger, e diz que nossa relação é uma palhaçada.

Lágrimas estão rolando pelo meu rosto com o desespero e a derrota no semblante dele. Meu Deus, eu não fazia ideia de que os sentimentos dele por mim eram tão fortes. Que ele sentisse por mim o mesmo que eu sinto por ele.

Nunca fiquei tão aliviada e devastada ao mesmo tempo. Como vou resolver essa situação?

— Também não sei como lidar com tudo isso, Nate. — Seguro seu rosto em minhas mãos. — Estava muito certa de que você tinha terminado comigo, e que eu tinha te irritado tanto que não conseguiria consertar. Não quis dizer que nosso relacionamento é uma palhaçada. Não quis. — Enfatizo essa parte e olho bem nos olhos dele. Ele está me observando, ouvindo, e eu continuo:

— Tudo aconteceu rápido demais ontem. Fiquei confusa, exausta, e eu nunca fico confusa. Você tinha ido viajar, a Carly, do trabalho, estava se gabando para cima de mim, dizendo que estava transando com você e que ia te encontrar em Nova York. — Nate fica branco, mas continuo antes que ele possa falar: — E então Luke ligou, desesperado porque a bolsa da Nat tinha rompido. Eu simplesmente saí e fui para o hospital, esquecendo de todo o resto.

Respiro fundo e enxugo com os dedos as lágrimas ainda fluindo pelo meu rosto.

— Quando a Natalie finalmente concordou em tomar anestesia, eu olhei meu telefone e vi que você tinha tentado falar comigo. Te liguei na hora. Eu juro, eu não queria te chatear, mas estava irritada por você estar irritado comigo. Além do mais, tinha muita coisa acontecendo na minha cabeça. Disse tudo errado e peço desculpas de novo.

— Jules, tenho certeza de que eu também poderia ter conduzido melhor as coisas, eu só... — Ele engole em seco e olha para baixo, escolhendo cuidadosamente as palavras. — Só odeio ter dentro de mim essa necessidade primitiva de te proteger. Nunca senti isso por ninguém antes, e você nem precisa de mim. Tenho muito orgulho de você por ser a mulher independente, confiante e inteligente que é, mas você não precisa de mim, e eu quero cuidar de você mais do que você imagina.

Nate solta meus ombros, passa as mãos pelos meus braços e entrelaça os dedos nos meus. Ele está muito errado. Preciso demais dele.

Respiro fundo, reunindo forças para as palavras que estou prestes a dizer. Seguro firme os dedos dele nos meus, e percebo que ainda estamos parados na porta. Não quero terminar esse momento ao sugerir que a gente se sente, por isso olho nos olhos dele de novo e exponho minha alma.

— Você está muito errado — sussurro. Ele franze as sobrancelhas e parece apreensivo de novo. — Você me disse uma vez que, se eu estivesse prestando atenção nesse último ano, teria visto que sou a única mulher em que você está interessado. — Engulo em seco e olho para o peito dele.

— Olha para mim — ele sussurra e eu olho, enxergando esperança em seus lindos olhos cinzentos.

— Bom, se você estivesse prestando atenção, Nate, você teria visto que eu estou apaixonada por você desde muito antes de termos feito amor pela primeira vez nesse apartamento. — Os olhos dele ficam arregalados de surpresa e meu estômago se assenta conforme a calma me inunda. Sei que é a coisa certa. — Eu preciso de você. Odiei que você estivesse longe ontem. Eu queria voltar para casa e encontrar você ontem à noite e te contar tudo sobre o bebê e o parto. Preciso da sua força. Sim, sou durona, mas tem horas que eu também preciso de alguém para me abraçar. Eu não sabia, até encontrar você, que isso não me torna fraca; significa que eu encontrei meu companheiro.

— Julianne. — Sua voz é carregada de emoção, e ele apoia a testa na minha, envolve os braços ao meu redor e me abraça apertado.

— Fala de novo.

— Qual parte? — pergunto rindo.

— A parte boa — ele sussurra.

— Preciso de você.

— A outra parte boa.

Passo os dedos pelo seu rosto suave e toco os lábios nos dele, inalando seu cheiro.

— Eu te amo.

— Ah, querida, eu também te amo.

Nate me pega nos braços, me carrega para o quarto, acendendo as luzes laterais, e me põe em pé com cuidado. Ele tira meu cabelo do elástico que o prendia e passa os dedos entre os fios.

— Adoro a maciez do seu cabelo. — Ele abre meu vestido preto simples, deixando-o cair pelos meus braços e sobre o chão. Meu sutiã e calcinha caem na sequência e ele se afasta um passo para apreciar a vista.

— Gosta do que está vendo? — pergunto e sorrio.

— Nossa, você é gostosa demais.

Oh. Quando ele diz desse jeito, fico toda molhada e simplesmente tenho vontade de lambê-lo.

— Quero você pelado, Nate. — Ando até ele e puxo sua camiseta sobre a cabeça. Ele levanta os braços e facilita para mim. Desabotoo o jeans e o deixo deslizar pelas pernas, junto com a cueca boxer, e tiro pelos pés quando ele dá um passo para sair de dentro da roupa.

Nate me levanta e me deita na cama. Beija minha barriga, meus seios, os ossos dos meus ombros ao subir sobre o meu corpo e acomodar o pau grande e grosso entre minhas dobras. Passo as mãos por suas costas até a bunda e sorrio para aqueles olhos cinzentos.

Ele me beija, suavemente, com carinho, tocando meus lábios daquele jeito que ele sabe. Levanto as pernas e o enlaço ao redor dos quadris. Na hora, sinto o *piercing* roçar meu clitóris e perco o fôlego.

Nate sorri de encontro aos meus lábios.

— Gosta do *piercing*? — ele pergunta.

— Deus, e como!

— Se não gostar, eu tiro. — Meus olhos arregalados encontram os dele e eu sustento seu rosto nas mãos.

— Não precisa fazer isso por mim.

— Eu faço tudo por você.

E aqui surgem mais lágrimas. Deus, quando isso vai parar?

— Julianne, eu faço tudo para te deixar feliz. — Ele afasta meus cabelos das têmporas e me olha com tanto amor, que rouba meu fôlego.

— Você me faz muito feliz. Fique com o *piercing*. Eu gosto. — Sorrio e empino os quadris, friccionando meu corpo no dele e soltando outro gemido. — Eu adoro.

Nate ri e começa a balançar os quadris para frente e para trás só um pouco mais rápido, deslizando a bolinha de metal sobre meu clitóris a cada estocada.

— Nossa, não para. — Levo minhas mãos aos seus cabelos pretos e seguro seu rosto no meu, beijando-o apaixonadamente, ao mesmo tempo em que as bolinhas fazem coisas maravilhosas comigo. — Nossa, querido...

— Isso, linda, goza. — Ele faz um movimento uma vez, depois mais duas, morde com cuidado meu lábio inferior e eu despenco do abismo. Nate se abaixa entre nós e guia o membro para dentro de mim, me esticando devagar, e meus músculos já sensíveis se apertam firme ao redor dele.

— Nossa, não faz isso, vou gozar rápido demais.

— Não posso evitar, você é uma delícia.

Ele encaixa meu seio na mão e massageia o mamilo ao entrar e sair de mim naquele ritmo lento e fácil, observando meu rosto, sorrindo de leve.

— Você é incrível. Adoro ver seu rosto lindo quando estou dentro de você.

Deus, eu amo quando ele fala assim.

— Mais rápido, Nate — sussurro, mas seu sorriso se alarga e ele continua no mesmo ritmo cuidadoso.

— Não, isso vai ter que ser lento e constante, linda. — Sua boca encontra a minha de novo e sua língua me provoca. Os lábios se movem sobre os meus. Todo o seu corpo faz amor comigo muito, muito lentamente.

— Senti tanto a sua falta — sussurro sobre seus lábios.

— Odiei ficar tão longe de você. — Seus quadris começam a se mover só um pouquinho mais rápido, e eu cravo as unhas pelas suas costas até a bunda e seguro.

— Você vai me deixar louca.

— Que bom. — Sinto meu corpo ficando mais tenso, outro orgasmo se aproximando, e me agarro a Nate, me envolvendo ao seu redor. Meu corpo estremece no clímax. Nate trava o maxilar, apoia a testa na minha e se entrega ao próprio prazer, sussurrando meu nome.

Capítulo Dezoito

— Como você conseguiu ter *cheesecake* de chocolate fresco na geladeira enquanto estava viajando? — Estamos sentados na ilha da cozinha; eu de calcinha e com camisa cinza dele, e Nate só de jeans preto, com o botão aberto.

Ele parece delicioso como esse bolo maravilhoso.

— Pedi para a empregada trazer. — Ele sorri e me oferece uma porção de seu próprio prato, o que eu aceito alegremente.

— Não sabia que você tinha empregada. Nunca a vi aqui.

— Ela só vem uma vez por semana enquanto estou no trabalho. Não preciso de alguém a semana inteira. — Coloco a perna sobre o colo dele, e Nate começa a acariciar o arco do meu pé.

— Bom, estou no paraíso. Chocolate e massagem nos pés. Os homens acham que nós, garotas, somos tão complicadas, mas, no fim das contas, tudo se resume a isso. — Fecho os olhos e aproveito a sensação do polegar para cima e para baixo na minha sola do pé.

— Percebi. — Ele ri e recolhe os pratos. — Vem.

Aceito a mão estendida e ele me leva até o sofá, senta no meio e faz um gesto para eu me sentar na ponta. Coloca minhas pernas nuas sobre seu colo e eu me viro para minhas costas ficarem encostadas no braço do sofá. Nate continua massageando meus pés.

Ah, eu amo esse homem.

— Então, me conta sobre ontem.

Suspiro em contentamento e sorrio para meu homem sexy.

— O bebê é incrível. Foi um trabalho de parto até que rápido, para um primeiro bebê, e Nat foi superbem. O Luke quase desmaiou quando a cabeça da Olivia apareceu, mas eu fui conversando com ele.

Rio da memória.

— A Natalie foi incrível. Ela é muito forte. Nunca vi nada igual. Foi a maior demonstração de controle que eu já vi. A partir de agora, vou dobrar minhas pílulas. Não me importo se virar uma mutante por causa dos hormônios.

— Linda, você é tão forte que vai tirar o parto de letra.

Por que ele está sentado aqui falando comigo calmamente sobre ter bebês?

— Até parece. — Balanço a cabeça vigorosamente. — Nenhum bebê vai sair desse corpo.

Ele me olha de um jeito especulativo.

— Está dizendo que não quer ter filhos?

Paro de falar. Ele está falando sério.

— Não sei. — Franzo a testa e olho para sua mão forte no meu pé. — Nunca pensei nisso.

— Pense nisso — ele sugere.

— Um dia. — Dou de ombros.

— Gostaria de fazer uma visita a eles amanhã depois do trabalho. — Ele guia a conversa de volta para Natalie e começa a esfregar o outro pé. Solto outro gemido.

— Eles adorariam.

— Você vem comigo. — Seus olhos cinzentos encontram os meus com um sorriso suave.

— Tudo bem.

Ele sobe e desce a mão sobre minha perna nua, acompanhando o movimento com os olhos.

— Sua pele é ótima.

— A Natalie tem uma tatuagem na dita cuja dela — digo de repente.

— O quê? — Nate me olha boquiaberto.

— Eu não fazia ideia, mas vi com meus próprios olhos. É bem aqui. — Aponto para meu púbis recém-depilado, coberto pela calcinha.

— Não sei se eu preciso saber disso. Se o Luke soubesse de algo assim sobre você, eu dava uma surra nele.

— Tenho que contar pra alguém, e pra você eu posso. — Ele ri e eu entrelaço os dedos com os dele.

— E o que é? — ele pergunta.

— Alguma coisa escrita em outra língua; todas as tatuagens dela são assim, mas ela não me disse o que significa. — Dou de ombros.

— Todas as tatuagens dela? Quantas ela tem? Nunca vi nenhuma.

— Não sei quantas. Não sei se já vi todas. Ela tatua onde não dá para ver quando está vestida. A questão é — traço a tatuagem no antebraço dele com a ponta do dedo —: qual é a de vocês para deixarem algum lunático colocar agulhas na sua genitália?

— Achei que você gostava. — Ele me mostra um sorriso de lobo e eu dou risada.

— Eu gosto, mas o que passou pela sua cabeça para fazer isso?

— Eu tinha vinte anos e queria impressionar as garotas. — Ele dá de ombros e sorri.

— Por que ficou com ele todo esse tempo? — pergunto.

— Porque fazer foi um inferno. Doeu até minha alma.

— Coitadinho. — Dou um tapinha no rosto dele e rio baixinho quando ele pega meu pulso e morde minha palma.

— Certo, se a gente já terminou de falar sobre bebês e agulhas em lugares sensíveis, me fala exatamente o que a Carly te contou ontem. — Seu rosto está completamente sério, e seus olhos parecem um pouco zangados.

Não queria ter deixado essa escapar.

— Não foi nada, sério. Sei que ela fala mais que a boca. — Tiro os pés de cima do seu colo, mas ele agarra minha panturrilha e me segura no lugar.

— O que ela disse, Julianne?

Suspiro.

— Ela me disse duas vezes que está namorando você. Uma no dia em que sua ex estava na sua sala e de novo ontem. Sei que é mentira, por isso não dei importância da primeira vez, mas ontem parecia que ela estava fazendo questão de me contar sobre vocês dois, e até me pediu para trabalhar nas contas dela para ela poder sair mais cedo porque tinha um encontro com você.

Nate faz uma carranca e cerra a mandíbula.

— Continua.

— Ela pareceu constrangida quando falei que você tinha ido viajar, mas depois o celular dela apitou com uma mensagem e, quando ela olhou, disse que era você, com a reserva de passagem para ela ir a Nova York também. Não entendo. Ela tem sido uma megera desde que começou nesse emprego, mas não entendo o que ela pretende com essa história elaborada. — Observo as chamas na lareira e puxo meu lábio inferior com os dedos.

— Como assim ela tem sido uma megera? — pergunta Nate, com uma voz enganosamente calma.

— Ah, ela me odeia.

— Ela parece profissional nas reuniões.

Rio alto.

— Querido, claro que ela parece. É quando se está sozinha com ela que ela põe as garrinhas de fora.

— Por que você nunca disse nada?

— O que eu vou dizer? "A Carly não joga limpo e eu não gosto dela"? Não é tão sério; tenho lidado com gente otária a minha vida inteira. — Balanço a cabeça.

Seus olhos se estreitam e ele segura meu rosto nas palmas.

— Ela tem inveja de você.

— Não vejo por quê. — Beijo a palma de sua mão e apoio o rosto nela. — Ela não sabe sobre nós, claro, e faz o mesmo trabalho que eu.

— Você é linda e inteligente, e a Carly sabe que você é muito superior a ela e que sua carreira vai progredir na nossa empresa muito mais rápido. — Ele passa o polegar sobre o lábio inferior e eu faço um beicinho para beijá-lo.

— Bom, vai ser interessante ver até onde ela vai levar essa história.

— Julianne, se ela disser qualquer coisa assim de novo, você tem que me contar. Se ela começasse a espalhar um rumor desses pelo escritório, significaria uma averiguação em cima de mim, e, embora eu saiba que não vão encontrar nenhuma falha da minha parte, é um drama desnecessário.

— Quero chutar aquele traseiro ruivo dela.

— Bom, isso eu gostaria de ver. — Nate ri e dou-lhe um tapa no ombro.

— Você é um pervertido.

— Sou homem, linda.

— Então... — Monto sobre o colo dele e entrelaço os dedos nos seus cabelos macios e grossos. As mãos dele deslizam pelas minhas pernas e apalpam minha bunda. — Quer ver outras mulheres peladas, é?

— Não disse isso. Disse que queria ver você chutar o traseiro dela. Se vocês ficarem peladas, quem sou eu para reclamar?

Rio encostada ao lábio dele e dou uma mordidinha no canto de sua boca. Ele pega meus quadris e puxa minha pélvis mais junto da dele; já consigo sentir a ereção através do jeans.

— Quero você — murmuro. Nate solta um rosnado e de repente estou de costas no sofá e ele está sustentando o corpo acima de mim.

— Nunca parei de querer você — ele responde. Ele me levanta por tempo suficiente para tirar a camisa que estou vestindo, e desce numa trilha de beijos pela minha garganta e meus seios.

Nossa, esses lábios são mágicos.

Ele suga e puxa meus mamilos, tanto com os lábios quanto com os dedos, e estou estremecendo debaixo dele. Passo os dedos por seu cabelo e o seguro conforme ele desce mais um pouco, morde meu umbigo e afasta minhas pernas com os ombros. Ele arranca minha calcinha e a joga no chão.

Ai. Meu. Deus.

— Você tem a bucetinha rosa mais linda. — Ele lambe meu núcleo, do ânus até o clitóris, e eu arqueio as costas de cima do sofá.

— Porra!

— Calma. — Nate segura minhas nádegas nas mãos e levanta minha pélvis na direção de seu rosto bonito. Ele planta um beijo doce e casto no meu clitóris e outro nos meus lábios, depois começa a me beijar mais profundamente, girando a língua dentro de mim, sugando um pouquinho.

É a coisa mais deliciosa que eu já senti.

— Ai, Nate. — Ainda estou agarrando seus cabelos nos meus dedos. Ele sobe a boca para meu clitóris e apoia a língua em cima ao mesmo tempo em que enfia dois dedos dentro de mim, apertando de leve. — Puta que pariu.

Sinto Nate rir encostado em mim, e estou completamente perdida na sensação entre minhas pernas. Uma leve cobertura de suor cobre minha pele e eu convulsiono com o orgasmo que me parte de dentro para fora e me devasta.

Nate me vira de bruços sem esforço e puxa minha cintura para levantar minha bunda no ar. Levo uma palmada e então ele guia o pau grosso e duro dentro de mim. Grito de choque.

Ele me bateu, porra!

Espero que bata de novo.

Está me segurando firme pelos quadris, enquanto estoca com força, de novo e de novo.

— Adoro como você é apertada — ele diz num grunhido e continua o ritmo constante e punitivo. Ele está tão fundo dentro de mim e o *piercing* está friccionando naquele ponto sensível, que sei que esse orgasmo vai me consumir.

— Ah, Nate. — Sinto meus músculos se apertarem ao redor dele. Ele ergue meu tronco, segurando meus seios nas mãos e enterra o rosto no meu pescoço, me beijando.

— Cavalgue-me, querida.

Rebolo os quadris de encontro aos movimentos dele, e era o que faltava. Me enterro nele, tomada pelo clímax intenso, e ele grita quando convulsiona e encontra seu próprio orgasmo.

— Eu te machuquei? — Ele sai de dentro de mim e me vira nos braços, me embalando, tirando meu cabelo do rosto.

— Não, por quê? — Estamos os dois ainda ofegantes.

— Eu te bati. — Seus olhos cinzentos estão muito abertos e arrependidos; se eu não o amasse antes, teria me apaixonado agora.

— Você me deu uma palmada, querido. É diferente.

— Desculpa, fui levado pelo momento. Sei que eu sou forte. Poderia te machucar.

— Ei. — Tomo seu rosto nas mãos e o beijo para tranquilizá-lo. — Você não me machucou. Foi excitante.

— Foi?

— Ah, foi. Pode me bater a qualquer momento, delícia.

— Sério?

— Sim, por favor. — Mordo seus lábios e sorrio para ele, amando o jeito como ele está passando as mãos para cima e para baixo pelas minhas costas.

Ele beija minha testa e respira fundo.

— Eu te amo, Julianne.

Capítulo Dezenove

— Você comprou sapatos *Christian Louboutin* para a Olivia? — Natalie pergunta, incrédula. É sexta-feira à noite, e Nate e eu estamos na casa de Luke e Natalie para o jantar. O resto da nossa semana de trabalho foi muito cheia para conseguirmos encaixar uma visita ao hospital, por isso Luke ligou e nos convidou para o jantar.

Nate e Luke estão na cozinha, cozinhando alguma coisa de aroma delicioso, e Natalie e eu estamos acomodadas no sofá com o bebê, observando nossos homens.

— Claro. — Dou de ombros como se não fosse grande coisa, mas não consigo conter o enorme sorriso que surge quando olho para os pequenos sapatos de oncinha com solado vermelho. — Daqui a alguns meses vão servir.

— Sim, por uma semana. Jules, isso é muito caro para ela usar por tão pouco tempo.

— Mas a gente não consegue parar de olhar para eles, não é? Natalie, com você de mãe e eu de tia, o bebê vai *adorar* sapatos.

— Deus me ajude. — Ouço Luke murmurar na cozinha e dou risada.

— Pode entregar os pontos, cara — Nate murmura para ele e fico impressionada com esses dois homens incrivelmente sexy transitando com tranquilidade pela cozinha.

— Homens na cozinha são sexy — sussurro para Natalie e ela sorri.

— Eu sei.

— Ok, minha vez com o bebê. — Natalie passa Olivia para mim e eu a abraço juntinho a mim, beijando a cabeça de cabelos escuros. — Oi, amorzinho. Sentiu minha falta? — Beijo sua bochecha e passo os dedos por seu cabelo macio e fininho.

Luta Comigo   183

— Você já a está mimando demais — murmura Natalie e me olha com olhos verdes felizes. Ela está com uma aparência fantástica para quem teve bebê essa semana. Seus cabelos escuros estão presos num coque casual, e ela está de jeans e camiseta. Já não está mais usando roupas de grávida. Talvez ioga seja mesmo a solução.

— Nunca. Nós, meninas, temos que nos unir, não é, Livie? Nossa, como você é fofa. — Este bebê é lindo. Claro, a Natalie é lindíssima, e o Luke é uma estrela, não tinha como os genes nesta sala não serem fantásticos. — Posso andar com ela?

— Claro.

Eu me levanto e ando até as janelas, balançando um pouquinho, embalando-a para frente e para trás, tão apaixonada pelo doce bebê nos meus braços.

— Você é maravilhosa — sussurro. — E inteligente e forte e importante. Vou te dizer isso todos os dias, para você nunca esquecer.

— O jantar está pronto — murmura Nate atrás de mim. Me viro ao ouvir sua voz e sei que ele me ouviu falar com Olivia, mas ele não diz nada, apenas sorri para mim e olha para o bebê, o rosto suavizando um pouco.

— Aqui. — Coloco o bebê em seus braços e beijo a cabecinha dela.

— Caralho, como ela é pequena.

— Olha como você fala na frente da bebê — aconselho.

Nate ri e nós caminhamos para a sala de jantar.

— Certo. Vou te lembrar disso, boca suja.

Natalie pega o bebê dos braços de Nate e a coloca na cadeirinha de bebê no fim da mesa.

— Então, algum plano para o fim de semana? — Natalie pergunta.

— Não — respondo ao mesmo tempo em que Nate diz:

— Sim.

— Temos? — Olho para ele com surpresa e ele sorri presunçoso.

— Temos.

— E quais são? — pergunto quando Natalie me passa o salmão. Hum... salmão com alho e molho de creme de leite e coentro, batatinhas vermelhas assadas e salada verde.

Nossos homens sabem cozinhar.

— É surpresa — Nate responde e me dá uma garfada de salmão de seu prato.

— Eu não gosto de surpresas.

— Sim, você gosta.

Ok, eu gosto.

Natalie ri na minha frente e eu olho para ela.

— Do que você está rindo?

— De você.

— Por quê?

— É divertido ver você assim. — Ela toma um gole de vinho e pisca para mim e eu não posso deixar de sorrir. Sei o que ela quer dizer. Ela nunca me viu com homem nenhum.

— Então, Luke — Nate muda suavemente de assunto. — Quando é que o novo filme de Hugh Jackman vai sair?

— Em duas semanas — Luke responde e sorri. — Vai ser um dos bons. Muita ação.

— Noite de filme! — Salto na minha cadeira, animada. A gente sempre sai na noite de estreia de um dos filmes do Luke. Ele não é mais ator, mas ainda trabalha na indústria como produtor, garantindo o apoio de estúdios e atraindo atores e diretores. E ele é incrível no que faz.

— Não sei se a gente vai nesse — Luke diz hesitante e olha para Olivia dormindo profundamente na cadeirinha de bebê.

— Oh, ela vai ficar bem. Vamos levar a Olivia com a gente. Ela vai dormir o filme todo. — Faço um aceno e Natalie concorda com a cabeça.

— Ela é dorminhoca, vai ficar bem — Natalie concorda comigo. — Ou sua mãe vai ficar feliz em vir cuidar dela por algumas horas. Vamos dar um jeito.

— Ok, noite de filme. — Luke sorri como uma criança.

Olho para Nate e esfrego a mão por sua coxa debaixo da mesa.

— Gostou da ideia?

— Está marcado.

— Boa. Agora... — Olho para Luke e mostro meu sorriso doce, o que eu uso quando quero alguma coisa. — Quando você vai fazer um filme de menina?

— Hum, não é muito o meu estilo, Jules.

— Eu quero um filme de menina. — Faço beicinho. — Alguma coisa com o Zac Efron. Tem visto ele ultimamente? — Olho para Nate e vejo que ele está de cara feia para mim.

— Por que eu estou perguntando para você? — Olho para Natalie. — Tem visto ele ultimamente?

— Ele estava bonito em *Um homem de sorte*. — Ela suspira e eu concordo. Vimos esse juntas mês passado na minha casa.

— Queremos o Zac Efron. — Me viro para Luke e sorrio.

— Você vai levar umas boas palmadas quando a gente chegar em casa — Nate sussurra sobre o prato e minhas coxas se apertam.

Puta merda.

Os olhos de Natalie se estreitam no rosto de Nate, mas eu balanço a cabeça para ela, silenciosamente dizendo-lhe que não tem problema nenhum. *Mesmo.*

— Você nem gosta dessa merda romântica — Luke comenta e franze a testa.

— Eu não gosto de assistir *você* dar uma de romântico em cima da minha melhor amiga, cara. É nojento. Isso — faço um gesto ao redor da sala de jantar — não é um filme. Mas eu gosto de assistir ao Zac Efron, ao Channing Tatum e uma série de outros atores lindos darem uma de românticos nos filmes. Eu tenho uma vagina.

— Estou ciente — comenta Luke, ganhando um olhar fulminante de Nate. — Embora não em primeira mão — ele rapidamente acrescenta.

— Então — continuo. — Se você pudesse trabalhar essa ideia, eu gostaria muito.

— Vou ver o que posso fazer. — Luke sorri e bebe vinho. Natalie pisca para mim. Olivia dá um gritinho, e eu me inclino automaticamente sobre ela para pôr a chupeta de volta na sua boquinha.

— Aqui está, bonequinha.

Natalie sorri para mim e eu olho para ela.

— O quê?

— Nada de bebês, hein? — ela murmura e os três olham para mim. Os olhos de Nate são cinza líquidos.

— Não enche, Nat.

— Foi só um comentário.

Nate e eu fomos para a casa de Luke e Natalie vindos direto do trabalho, por isso, viemos em dois carros. Agora, estamos indo para o apartamento dele e ele está me seguindo. Pensei que a gente devesse ficar na minha casa, que é mais perto, mas ele insistiu em irmos para a dele; assim, paramos primeiro para eu poder pegar umas roupas limpas na minha casa.

Estaciono na minha vaga na garagem e espero que ele estacione ao meu lado.

Nate pega minha mala de mim e eu alcanço sua mão livre, entrelaçando nossos dedos enquanto caminhamos para o elevador.

— Você se divertiu? — ele pergunta.

— Claro. Eu sempre me divirto com eles. Você? — Quando as portas do elevador se fecham, ele me toma nos braços e segura meu rosto nas mãos, puxando meus lábios até os seus.

— Sempre me divirto com eles também, mas estou muito feliz por ter você só para mim.

— Ah é? O que você vai fazer comigo? — pergunto em seus lábios.

— Vou tomar banho com você, depois vou te amarrar na minha cama e te foder.

Minha nossa.

— Você vai me amarrar? — sussurro, olhando em seus olhos cinzentos brilhantes, segurando seus braços em minhas mãos. Ele tirou o paletó e a gravata na casa de Nat, e desabotoou a parte de cima da camisa. As mangas estão enroladas até os cotovelos.

Ele é tão sexy.

— Vou. — Ele morde o canto dos meus lábios, disparando arrepios imediatos até minha virilha, e eu solto um gemido. — Vou te amarrar e tocar você inteira. Beijar você inteira. Você. — Beijo. — É. — Beijo. — Minha.

Respiro fundo, trêmula, e solto seu cabelo do elástico, correndo os dedos pelos fios.

— Adoro quando você fala assim comigo.

— Adora? — ele pergunta quando as portas do elevador se abrem e ele me leva pelo corredor para dentro do apartamento.

— Você sabe que sim.

— Sei que você é sexy pra caralho e me faz sempre querer mais. Sei que eu amo o quanto você é inteligente e sei que eu nunca vou saber o que vai sair dessa boquinha gostosa. — Ele fecha a porta da frente, tranca, e deixa minha mala aos nossos pés, me puxando através da sala de estar em direção ao quarto.

Desabotoo sua camisa, andando de costas. Tiro-a por seus ombros, deixando-a cair no corredor. Ele abre o zíper da minha saia e ela segue o mesmo caminho. No momento em que cruzamos a porta do quarto principal, estamos nus e deixamos um rastro de roupas atrás de nós.

— Coloca seu cabelo para cima — ele murmura nos meus lábios e se afasta para ligar o chuveiro na suíte. Pego um elástico de sua gaveta e torço o cabelo para cima para não molhar. Nate sai do chuveiro, pega minha mão e me puxa para dentro com ele.

Ele derrama gel de banho nas mãos, esfrega uma na outra para ensaboar, e começa a me limpar, primeiro na frente, pelos meus seios, minha barriga, entre as minhas pernas, mas só um pouco. Em seguida, ao lado do corpo, nas axilas. Apoio as mãos nos quadris dele e observo seu belo rosto enquanto seus olhos seguem suas mãos percorrerem meu corpo nu.

— Que gostoso — sussurro.

— Uh-hum — ele concorda. — Vira, por favor.

Faço o que ele diz e ouço-o colocar mais gel nas mãos, antes de esfregar pelas minhas costas, meus ombros, meu pescoço, fazendo massagem.

— Oh, Deus, Nate, que gostoso.

Ele ri atrás de mim.

— Você está um pouco tensa, querida.

— Tenho um emprego estressante. Meu chefe é um tirano.

Ele dá um tapa minha bunda com a mão ensaboada e eu grito de surpresa antes de rir.

— Ok, ele é um tirano sexy.

Nate começa a massagear minha lombar e eu apoio as mãos na parede de azulejo. *Deus, ele é bom com as mãos.*

Ele desce até a minha bunda e massageia minhas nádegas; em seguida, desliza a mão entre elas e pelas minhas dobras.

— Caralho, querida, você está tão molhada.

— Me deixa te dar banho. — Ele baixa a mão e eu me viro. Deixo a água me enxaguar enquanto passo sabão nele e retribuo a massagem, primeiro nas costas. Quando ele se vira, eu ensaboo a barriga, o peito, o abdome tanquinho, o lado esquerdo do corpo, traçando a tatuagem que desce sobre o quadril estreito e a coxa. A tatuagem no braço direito também recebe atenção especial, e vou subindo até chegar ao ombro, sobre o peito, ao redor do mamilo. Deslizo a mão até seu pênis, amando a sensação em minhas mãos escorregadias, para cima e para baixo, observando as bolinhas prateadas sexy na ponta, conforme o membro cresce na minha mão.

— Chega. — Sua voz é baixa e áspera. Ele rapidamente enxágua a pele na água quente, desliga o chuveiro, e me leva para fora do banheiro para secar nós dois. Nate está muito focado em mim esta noite; me lavando, me secando, como se não conseguisse parar de me tocar.

Por favor, nunca pare de me tocar!

— Vamos. — Ele pega minha mão, tira a faixa de um roupão de veludo branco pendurado atrás da porta do banheiro e me leva para a cama. A cabeceira branca tem fendas, e eu sei que ele está prestes a me amarrar.

— Eu nunca fui amarrada antes — sussurro.

— Olhe para mim. — Ele ergue meu queixo para me olhar profundamente nos olhos. — Isso é novo para mim também, linda. Vamos tentar. Se você não gostar, é só dizer, e eu te desamarro. Prometo que não vou te machucar.

— Você nunca me machuca. — Estou na ponta dos pés para beijá-lo suavemente. — Onde você me quer?

Capítulo Vinte

Nate passa os braços em volta dos meus ombros e me puxa firmemente contra si, nossa carne nua unida, e me dá um beijo carinhoso. Seus lábios começam suaves, roçando os meus, e logo o beijo se torna mais profundo, quando Nate provoca minha língua com a sua. Abraço sua cintura e fico ali, curtindo seu calor, fascinada com a dura ereção pressionando minha barriga.

Adoro deixá-lo excitado desse jeito.

Suas mãos deslizam pelas minhas costas até minha bunda, e sou levantada sem esforço para seu tronco. Enlaço-o com as pernas no caminho até a cama, sustentada pelo braço dele na minha bunda. Com a ajuda da outra mão, Nate sobe de joelhos na cama.

— Adoro sua força — sussurro sobre sua boca.

— Vem a calhar, não é?

— Uh-hum.

— Também ajuda que você é tão pequenininha — ele murmura.

Ele me põe sobre os lençóis frios e segura minhas duas mãos em uma sua, entrelaçando os dedos, e as puxa acima da minha cabeça. Abro os olhos e o encontro me observando do alto, olhos cinzentos incandescentes, cabelo escuro glorioso caindo ao redor do rosto.

— Tudo bem?

Concordo com um movimento de cabeça; ele se abaixa e planta um beijo casto nos meus lábios. Ainda me segurando com uma das mãos, com a outra ele puxa a tira do roupão na minha cintura.

— Não se esqueça, se você não gostar, é só me pedir que eu paro.

— Não precisamos de uma palavra de segurança? — pergunto com sarcasmo.

— Não, querida, essa noite não.

Oh. Isso significa que no futuro a gente vai precisar?

Antes que eu possa fazer a pergunta, Nate amarra uma extremidade da faixa em torno do meu pulso, apertando o suficiente para eu não conseguir tirar a mão, mas não tão firme que eu não consiga me mexer. Num vão da cama, ele passa a outra extremidade por trás da cabeceira e puxa para amarrar meu outro pulso do mesmo jeito, cuidando para que eu não consiga puxar as mãos abaixo da linha da cabeça.

— Deus, você é tão linda — murmura e se senta sobre os calcanhares entre minhas pernas. Me sinto completamente exposta, muito vulnerável. Isso tudo é novo para mim, e, embora eu não esteja tão certa da firmeza das amarras, o olhar quente de Nate me mantém bem onde estou.

Sua mão acaricia meu braço, segurando minha face com a palma e traça o polegar sobre meu lábio inferior. Mordo a parte fofa de seu dedo. Seus olhos se estreitam e ficam mais escuros de desejo.

— Quer com força, linda? — ele pergunta.

— Achei que era o que a gente ia fazer — respondo com um sorriso.

— Ah, vamos chegar lá. Primeiro, vou demorar o quanto eu quiser com você. Quero tocar cada centímetro seu, linda.

Nate se apoia nas mãos ao lado do meu corpo, sem me tocar com o tronco, e se abaixa, num movimento de flexão de braços, para sugar meus mamilos. Seus ombros e braços flexionam com o movimento, e fico hipnotizada com seu corpo incrível. Ele se sustenta ali, sem esforço, beijando e chupando meus seios, me fazendo arquear em cima da cama, tentando chegar mais perto de seu peito, mas ele não deixa; em vez disso, se afasta e balança a cabeça.

— Não, querida, *eu* é que estou tocando em *você*.

— Também quero te tocar — sussurro.

— Essa noite não.

— Nem um pouco? — Ouço a decepção na minha voz, mas não me importo.

— Não até eu me saciar de você, por isso, fique parada.

Deus, eu adoro quando ele está no controle. Não fazia ideia de que poderia ser tão sexy. Sinceramente, não acho que alguém mais poderia fazer isso ser sexy. Só ele.

Ele trilha minha barriga com aquela boca incrível, brinca com meu umbigo, salpicando beijos doces e molhados pelas minhas costelas, fazendo eu me contorcer. Suas mãos estão nos meus quadris, me segurando no lugar, conforme os beijos vão descendo bem mais. Ele salpica dois beijos castos no meu púbis, depois afasta minhas coxas ainda mais, e eu espero que comece a lamber meu sexo, mas não é o que ele faz. Seus lábios dão mordidinhas no topo das minhas coxas, muito perto de onde eu quero, me deixando ainda mais excitada. *Nossa, como eu quero essa boca em mim.*

— Nate. — Minha voz é um gemido.

— Fala — ele sussurra.

— Eu preciso de você.

— Estou aqui, querida. — Suas mãos massageiam minhas coxas, seus lábios estão fazendo coisas incríveis no interior da minha perna direita, por cima do meu joelho... *Caramba, é um ponto sensível que eu nem sabia que tinha!* E depois, da minha panturrilha até meu pé. Ele senta sobre os calcanhares, dobra minha perna na altura dos joelhos, levando meu pé aos lábios. Beija a ponta de cada dedo, da planta até o calcanhar, e começa toda a sequência na outra perna, mordiscando, beijando e massageando o caminho de volta até o ápice das minhas coxas, salpicando mais beijos molhados ao redor do meu núcleo, me deixando louca.

Meu corpo está em chamas. Sou apenas sensações. Uma corrente elétrica dispara por cada terminação nervosa. Nunca me senti assim tão... *viva.*

— Querido, preciso de você dentro de mim — imploro e sinto seu sorriso sobre meu quadril, começando a subir de novo para o meu tronco.

— Ainda não, amor.

— Por favor — imploro sem hesitação. Eu preciso dele.

Eu preciso dele.

— Não, querida, eu não terminei. Vou virar você de bruços. — Ele me vira, cruzando a tira do roupão acima da minha cabeça, e montando sobre minhas pernas para me prender no lugar. Estou completamente à sua mercê.

Sim, eu amo essa força. Amo que só consigo me mover se ele deixar. É um tesão só.

Nate afasta algumas mechas do meu cabelo que escaparam do elástico e dá mais mordidinhas pela base do meu cabelo, pela minha coluna, até onde começam minhas nádegas.

— Suas costas são maravilhosas, Julianne. Adoro que você seja tonificada, adoro ver os músculos flexionados com seus braços para cima desse jeito. — Suas mãos deslizam para cima e para baixo pelas minhas costas dos dois lados da minha coluna e eu gemo de prazer.

— Deus, como você é bom com as mãos. — Minha voz sai áspera, minha pele está formigando debaixo de suas mãos experientes.

— Amo sua bunda firme. — Ele beija cada nádega, mordendo e chupando, e eu empino mais a bunda no ar. Ele segura meus quadris com mais força nas mãos fortes e me mantém firme no lugar. — Fica. Parada. — Sua voz é dura e eu atendo imediatamente.

Nossa...

Como ele fez antes, morde e beija cada perna, dando atenção especial à parte de trás dos meus joelhos, me fazendo gemer de prazer. Finalmente, está beijando todo o caminho de volta até em cima, e eu mal posso esperar para sentir o que ele vai fazer a seguir.

De repente, com as pernas ainda me enlaçando, segurando minhas coxas juntas, ele afasta minhas nádegas, expondo meu ânus e minha vagina, e seu rosto pressiona meu corpo, lambendo minhas dobras, pressionando a língua fundo dentro de mim. Tento empinar a bunda novamente, mas Nate me mantém firme no lugar, segurando minha bunda, com a cara deliciosamente plantada nas minhas dobras, e tenho um orgasmo forte e rápido, gritando seu nome. Minhas mãos estão agarradas firmemente à faixa do roupão, me puxando para cima, mas meus braços continuam presos, e eu gozo na boca de Nate, com meu rosto enterrado no travesseiro.

Ele para tão rápido quanto começa, puxa meu corpo para cima, ainda afastando minhas nádegas e com uma perna de cada lado do meu quadril, conduzindo o lindo pau, grosso e grande para dentro de mim.

— Caralho, Julianne, adoro sua boceta apertada. — Sinto meus músculos apertarem em resposta a essas palavras excitantes, e ele começa a se mexer, mexer mesmo, entrando e saindo de mim, penetrando mais fundo com cada flexão dos quadris, me segurando pela bunda com dedos tão firmes que até doem; mas doem de um jeito tão delicioso que nada no mundo vai me fazer mandá-lo parar.

As estocadas de Nate vão ficando mais e mais rápidas, e eu sinto a tensão se acumular de novo. Arqueio, cerro os punhos, e todos os músculos do meu corpo estão rígidos quando o sinto dizer:

— Isso, querida, goza comigo.

Suas palavras me jogam daquele precipício imaginário e eu explodo debaixo de seu corpo, ao mesmo tempo em que ele encontra o alívio para seu prazer dentro de mim, entoando meu nome durante nossos espasmos trêmulos.

Nate desaba sobre os cotovelos nas laterais do meu corpo, sai de dentro de mim e se abaixa, finalmente me tocando, com o peito sobre minha bunda, e beija minha coluna bem entre minhas escápulas. Por fim, apoia a face ali, soltando o corpo sobre o meu.

Depois que nossa respiração fica mais lenta e que nossos corpos relaxam, Nate sai de cima de mim e desamarra meus pulsos, depois me vira de novo, afasta o cabelo do meu rosto e me dá beijos doces e suaves.

— Você está bem? — ele pergunta, se acomodando ao meu lado e me aconchegando nos braços. Ele puxa o edredom ao nosso redor.

— Uh-hum... — respondo.

— Preciso de alguma comunicação verbal, linda. — Ele ri. — Preciso saber que você está bem.

— Estou bem. — Abro os olhos e olho para cima, em seu belo rosto.

Deslizo a mão por seu braço tatuado, por cima do ombro, e corro os dedos por sua bochecha com uma sombra de barba. — Mais do que bem.

— Você não me pediu para parar.

— Eu poderia ter te matado se você parasse.

— Não te machuquei? — pergunta ele, preocupado, tentando me decifrar com seus olhos cinzentos.

— Para de se preocupar se está me machucando, Nate. Não sou feita de vidro. Você não me machucou. — Eu o beijo suavemente, depois mordo seu lábio e dou uma lambidinha por cima. — Acho que tenho uma nova preferência por ser amarrada. — Sorrio para ele timidamente. Nate ri.

— Acho que tenho uma nova preferência por te amarrar — ele responde com um sorriso encantador.

— O que vamos fazer neste fim de semana? — pergunto com um bocejo.

— É surpresa.

— Me dá uma dica? — Droga, ele me deixou exausta. Não consigo manter os olhos abertos.

— Não vamos ficar aqui — responde e me abraça mais juntinho dele.

— Para onde vamos? — sussurro.

— Você vai descobrir amanhã. Agora durma, querida. — Ele beija minha testa e eu caio num sono revigorante.

— Você não precisa levar esse monte de tralha. — Nate e eu estamos em pé em seu quarto, com minha mala aberta sobre a cama.

— Vai me dizer para onde estamos indo? — pergunto com as mãos nos quadris.

— Não.

— Então, eu preciso de toda essa tralha. — Lanço-lhe um olhar fulminante, secretamente deliciada com ele, e fico curtindo a visão. Ele prendeu o cabelo para trás, está vestindo uma camiseta branca debaixo de um suéter preto, e um jeans azul-escuro. Seus braços estão cruzados sobre o peito, fazendo seus bíceps flexionarem.

Delícia.

— Julianne, quero ir de moto.

— Ok, me fala aonde a gente vai e eu reduzo a bagagem.

— Não vou te contar.

— Então, como é que eu vou saber do que eu preciso? Vamos de carro. Isso se chama entrar num acordo, Ás.

Ele suspira, esfrega o rosto com as mãos, exasperado, e me olha quando vê meu sorriso.

— Por que você está rindo?

— Porque você fica sensual quando está frustrado comigo.

Nate ri e balança a cabeça.

— Tudo bem, pode levar toda essa merda. A gente vai com a Mercedes.

— Está vendo? Não foi tão difícil. — Dou um tapinha de brincadeira em sua bochecha, quando passo por ele a caminho do banheiro para recolher meus artigos de higiene.

— Espera aí, tem mais merda pra guardar?

— Tem — respondo alto de longe, por cima do ombro.

— Jesus — ele resmunga para si mesmo e eu dou risada.

— Tá bom. — Enfio tudo na mala e fecho. — Estou pronta.

Nate pega a mochila com as suas coisas para passar a noite, muito menor e muito mais leve do que a minha bolsa, pega a alça da minha mala de rodinhas com a outra mão, e me leva para fora do quarto.

— Vamos.

Capítulo Vinte e Um

Nate coloca a SUV Mercedes preta reluzente no estacionamento da academia do seu pai e para o carro.

— O que estamos fazendo aqui?

— Tenho que entrar rapidinho para falar com o meu pai. Espera aqui?

— Espero.

Ele se inclina e me beija rapidamente, depois pula do carro e deixa o motor ainda ligado. Observo sua boa forma entrar pela porta da frente do prédio, e fico sentada esperando.

Aonde ele vai me levar?

É evidente que não vamos longe, porque estamos de carro e nós dois temos que trabalhar na segunda de manhã. Talvez ele esteja me levando para um fim de semana em Portland? É uma viagem de só três horas. Ou talvez seja a cidadezinha resort de Leavenworth? Ou as ilhas de San Juan?

Há tanta coisa para fazer aqui que poderia ser em qualquer lugar.

Verifico meu telefone e mando uma mensagem para Natalie avisando que vamos sair da cidade, caso ela tente falar comigo e eu fique sem sinal de celular.

Assim que termino, Nate entra de volta no carro.

— Ok, pronta?

— Claro. Está tudo bem?

— Está sim, só precisava falar com meu pai um minuto. — Ele sorri para mim ao sair da vaga, e pega a rodovia.

Luta Comigo 199

— Certo, então, você vai me dizer para onde estamos indo? — Puxo a mão dele sobre meu colo e entrelaço nossos dedos.

— Para a praia.

— Sério? — Sinto um sorriso enorme dividir meu rosto. — Eu amo praia!

— Que bom. — Nate beija minha mão e a coloca sobre o meu colo novamente. — Tenho uma casa de praia numa cidadezinha nova chamada Seabrook. Fica a mais ou menos meia hora ao norte de Ocean Shores.

— Você é dono da casa?

— Sou, meu pai e eu. Ele também usa.

— Eu gosto do seu pai. — Estou falando sério. Rich não tem sido nada além de doce comigo desde a primeira vez que Nate me levou à academia.

— Ele também gosta de você.

— Posso fazer uma pergunta? — Mordo o lábio inferior, nervosa para falar. Nate me olha e depois retorna o foco para a rodovia. O tráfego está bastante leve esta manhã na Interestadual 5 Sul.

— Claro, qualquer coisa.

— Onde está sua mãe?

Nate dá seta e muda de faixa.

— Ela morreu quando eu tinha sete anos.

— Sinto muito — sussurro.

— Não precisa. — Ele aperta minha mão e dá um sorriso encorajador. — Foi há muito tempo. Ela tinha câncer de mama. Somos só meu pai e eu desde então.

— Ele nunca se casou de novo?

— Não. — Nate balança a cabeça e franze a testa. — Sei que mulheres passaram pela vida dele, mas meu pai nunca me fez conviver com elas. Achei que ele poderia se casar novamente depois que eu crescesse e saísse de casa, mas ele parece satisfeito com a academia, namorando aqui e ali.

— Qual era o nome dela? — pergunto baixinho.

— Julie — Nate responde suavemente, e eu suspiro. — Meu pai a chamava de Jules. — Seus olhos brilhantes me observam.

— É por isso que você não me chame de Jules?

— Em parte. — Ele encolhe os ombros e muda de pista novamente. — Não tenho uma fixação estranha pelo seu nome ou nada do tipo, linda. Já derrapei e te chamei de Jules algumas vezes.

— Eu sei, e isso me faz sorrir, mas gosto que você me chame de Julianne.

— Gosta? Pensei que odiasse.

— Odeio quando outras pessoas me chamam assim, mas é diferente com você.

— Sinceramente, querida, eu só acho que seu nome é bonito e combina com você. — Ele beija meus dedos novamente, e eu me derreto.

Droga, às vezes, ele diz as coisas mais doces do mundo.

— Você está ficando todo meloso comigo, Ás? — pergunto, tentando aliviar o clima.

— Nunca. Sou homem.

Eu rio e aperto sua mão.

— Você é o meu homem.

— E só seu, linda.

— Nossa, é incrível! — Desço do carro e fico de frente para o lindo sobrado azul-claro, cheio de janelas grandes, e com uma varanda que dá a volta na construção. Há pinheiros altos cercando a casa, e consigo ouvir as ondas quebrando na praia, do outro lado.

— Eu estava esperando um chalezinho. — Viro para Nate e sorrio quando ele tira nossas malas do porta-malas do carro.

— Sei que é maior do que eu talvez precise, mas entrou à venda no ano passado e eu fisguei. É um loteamento recente, por isso o mercado imobiliário aqui é um bom investimento. — Sigo Nate até a porta da frente. Há lindos móveis de exterior na varanda, e a porta é larga, de pinho, com uma janela de vidro fosco oval com uma cena de praia gravada nela.

— Eu trabalho com uma imobiliária que aluga aqui e ali para mim, e também faço doação de temporadas para leilões de caridade.

Ele destranca a porta e entra na minha frente.

— Fique à vontade.

— Uau. — O ambiente é grande e aberto, e foi claramente decorado por profissionais, num tema praiano, mas de uma forma sutil, não irritante. Os móveis e as peças de arte são em tons de branco, azul e cinza. Há uma magnífica lareira de pedra no centro do ambiente, com lenha arrumada, pronta para acender.

A cozinha e a sala de jantar ficam na parte de trás da casa, de frente para uma visão incrível do oceano. Está nublado, mas o clima está ameno, e a água está num matiz azul-acinzentado profundo, quebrando na costa. Mal posso esperar para ir até lá.

— Vem, vou te mostrar o lugar rapidamente.

— Qual é a sua com as cozinhas sexy? — pergunto, apontando para a cozinha muito, muito sexy. Há armários brancos com tampos de granito preto e aparelhos top de linha de aço inoxidável. É espaçosa, com muita área de trabalho nos balcões. A sala de jantar adjacente tem uma mesa comprida preta para dez pessoas.

— Preciso de cozinhas boas para eu cozinhar. — Ele dá de ombros e eu sorrio. — Vamos subir.

Há três quartos de bom tamanho com uma suíte privativa em cada um, além de um loft espaçoso onde há uma mesa de bilhar, e a suíte principal, pela qual eu me apaixonei imediatamente.

— Isso é espetacular. — Vou direto até as portas francesas que se abrem para uma varanda coberta, e saio para respirar o ar salgado e olhar para o oceano. Temos uma vista panorâmica de cento e oitenta graus. — Essa aqui é a minha parte favorita.

Nate sai atrás de mim, envolve seus braços na minha cintura e beija meu pescoço.

— Também foi o que me ganhou na casa. Dá para fechar com vidro, mas eu gosto de ouvir o mar e sentir a brisa.

— Ah, não feche. É perfeito. — Ele sorri no meu pescoço e eu me viro em seus braços, abraçando-o apertado. — Amei.

— Eu amo você — ele responde e levanta meu queixo para me olhar nos olhos. — Eu amo você — repete, com a voz e os olhos cheios de emoção, e eu sinto as lágrimas brotarem do canto dos meus olhos.

— Eu também te amo.

Nate me beija, movendo suavemente os lábios sobre os meus, de novo e de novo, dando mordidinhas nos cantos da minha boca. Ele finalmente se afasta e beija meu nariz, depois minha testa.

— Me deixa te mostrar a suíte principal, antes que eu faça amor com você nessa varanda.

— Mais tarde? — pergunto, e meu estômago se aperta com a ideia de fazer amor com Nate na sacada incrível.

— Veremos. — Ele sorri e pega minha mão, me levando de volta para dentro. O quarto é muito bonito, com uma cama *king-size* e as mesmas cores branco, cinza e azul que decoram toda a casa.

A suíte principal é simplesmente de tirar o fôlego.

— Oh, vou me mudar pra cá — murmuro, sem olhar nos olhos surpresos de Nate quando volto para o quarto. — Amei esse banheiro.

O azulejo é cinza e azul, e a banheira é grande o suficiente para dois: branca, com pés e torneiras cromadas reluzentes. Há duas pias de pedestal brancas com espelhos ovais pendurados acima delas.

A banheira fica dentro de um boxe de vidro, com a mesma vista da varanda.

— Adoro como a vista também é parte da decoração — comento e me viro para encontrar Nate encostado na parede, me observando.

— O quê? — pergunto.

— O que você disse quando entrou aqui? — Seu rosto é sério, e seus braços estão cruzados.

— Hum, que eu amei esse banheiro? — Estou completamente confusa.

— Antes disso.

— Não sei. — Balanço a cabeça, franzindo o cenho, então minha face incendeia. — Oh.

— O que você disse? — ele pergunta novamente.

— Eu disse que vou me mudar pra cá. — Sorrio timidamente, depois estremeço. — Foi só uma reação instintiva de garota a esse banheiro, Nate.

Ele balança a cabeça e olha para baixo, fechando bem os olhos. Que diabos?

— Ei, desculpa se eu disse alguma coisa errada. — Vou até ele e pego seu rosto nas mãos.

— Você não disse. — Ele engole em seco e passa os braços ao meu redor, me puxando para junto dele ao se inclinar na parede.

— O que foi?

— Vem morar comigo?

— Aqui? — Minha voz sai estridente com o choque, e eu sei que meus olhos estão arregalados.

— Não, no apartamento. Onde eu moro.

— Nate... — Olho para seu peito, tentando organizar meus pensamentos. Meu estômago de repente dá um nó, e eu não consigo respirar.

É muito cedo.

— Olha para mim — ele sussurra, e eu olho.

— É meio cedo, você não acha?

— Não dou a mínima pra isso.

— Vamos aproveitar nosso fim de semana, e falamos sobre isso quando voltarmos. — Preciso de tempo para processar tudo, mas, quando seu rosto mostra decepção e seus olhos ficam frios, sei que foi a coisa errada a dizer.

— Desculpa ter trazido isso à tona. — Ele começa a me afastar de seus braços, mas eu seguro firme.

— Para com isso. — Minha voz é dura, surpreendendo a nós dois. — Eu não disse não, Nate, eu disse que é bom a gente conversar um pouco mais. Eu quero ficar com você. Vamos aproveitar esta sua casa linda e relaxar, só nós dois, sem nos preocuparmos com mais nada pelas próximas trinta e seis horas.

Seu rosto relaxa num sorriso, e ele me abraça, apoiando o queixo na minha cabeça.

— Não se preocupe, linda, eu vou te convencer.

Eu só rio e o abraço firme.

— Vamos correr na praia.

— Correr? — Nate pergunta quando me afasto de seus braços e vou em direção ao quarto para desfazer as malas.

— É. Não malhei muito essa semana. — Sei que Nate vai à academia todas as manhãs antes de me seguir até o escritório. — Preciso de uma corrida.

— Tá bom. — Pegamos roupa de treino, nossos tênis e moletons, e descemos para a varanda dos fundos.

— Uau. — A varanda realmente dá a volta na casa, e se prolonga num deque nos fundos e num declive acentuado no terreno que conduz até a areia lá embaixo. Há uma cozinha ao ar livre, e móveis felpudos no espaço coberto. O corrimão é feito de troncos rústicos grossos, muito provavelmente nativos da região, e há uma longa escada que leva até a praia.

Na metade do caminho pelo declive, as escadas param num grande coreto com mais móveis felpudos e uma lareira. Seria um ótimo local para se sentar à noite com um copo de vinho, assar alguns *marshmallows* e assistir ao pôr do sol.

Nate me leva até a areia.

— Bom, a subida de volta vai ser uma bela de uma malhação — comento ironicamente.

Ele ri.

— Por que você acha que o coreto fica ali? Não preciso de ninguém tendo um infarto na minha propriedade.

Caminhamos até a costa, onde a areia é compacta e molhada. Em silêncio, começamos a correr, estabelecendo um ritmo constante, regular, ouvindo o mar, os pássaros, e nossos pés batendo na areia ritmicamente.

Corremos desviando de troncos caídos, sobre conchas e até vemos uma carcaça de leão-marinho, provavelmente trazido durante a maré alta.

— Se você quiser correr na minha frente, tudo bem — digo, quebrando o silêncio. — Sei que as suas pernas são mais longas do que as minhas.

— Não precisa.

Olho para ele. Nate agarra meu cotovelo, me puxando para a direita.

— Cuidado.

Ele me ajudou a desviar de um tronco trazido pelo mar.

— Obrigada.

Após uns vinte minutos, decidimos dar meia-volta. Fizemos um longo caminho até a praia, o que significa que temos de correr tudo de novo para voltar.

Diminuo o ritmo para uma caminhada quando vejo o leão-marinho morto.

— Julianne? — Nate está sem fôlego.

— Estou bem, hora de caminhar. — Eu também estou ofegante. Voltamos para a casa andando.

— Eu adoro aqui. — Os olhos de Nate estão fixos nas ondas quebrando em nossa direção. — É como se, quando eu estou aqui, nada mais importasse.

Eu também amo a praia, e sei exatamente o que ele quer dizer.

— Estar na praia faz eu me focar em mim mesma. Eu esqueço de me preocupar. — Aperto os olhos na direção do mar, tentando articular meus pensamentos. — Acho que é meu lugar feliz.

— Você é meu lugar feliz, querida.

Ouvindo as palavras gentis, minha cabeça vira de repente, e eu encontro seus olhos. Ele apenas sorri e pega minha mão na sua, para continuamos o caminho pela costa.

— Vamos, vou te dar almoço.

Capítulo Vinte e Dois

— Que gostoso.

Nate está passando os dedos pelo meu cabelo. Estamos descansando no sofá verde-musgo da sala de estar. Nate acendeu o fogo na lareira bonita de pedra, então, o ambiente está quentinho e confortável. Depois da nossa corrida na praia, tomei um banho enquanto ele cuidava do almoço; depois disso, ele se juntou a mim.

— Como sua cozinha ficou abastecida? — pergunto e fecho os olhos, amando a sensação provocada pelos seus dedos no meu cabelo.

— Dei alguns telefonemas — ele murmura.

— Deve ser bom ter rios de subalternos.

Ele ri e dá um pequeno puxão de brincadeira no meu cabelo.

— Eu não tenho rios de subalternos. Tenho rios de dinheiro.

Ouço o tom brincalhão em sua voz, mas mantenho os olhos fechados. Não quero saber quanto dinheiro ele tem. Sei que ele é excelente no seu trabalho, e que sem dúvida é abastado.

— Não é da minha conta — sussurro.

— Não vá dormir e me deixar falando sozinho.

— Você gosta quando eu durmo. — Hmm... ele ainda está brincando com meu cabelo, e a lareira está quente. — Não me lembro da última vez que eu me senti tão relaxada. Precisamos vir pra cá com frequência.

— Podemos vir sempre que você quiser, linda.

Nate ligou o rádio por satélite enquanto estava preparando o almoço, e a música está soando por toda a casa através do sistema de som. Está tocando "*I Won't Give Up*", de Jason Mraz, o que me faz sorrir.

— Eu amo essa música.

— Sério? — Sinto-o estender a mão para o controle remoto, a fim de aumentar o volume.

Abro os olhos para o rosto dele. *Como foi que tive tanta sorte?*

— Você me deixa mimada, sabia?

— Espero que sim. Esse é o objetivo. — Seu polegar passa pelo meu rosto.

— Não precisa. Estou feliz só de ter você.

— Este sou eu, linda.

Seguro seu rosto nas mãos. Seu cabelo ainda está preso, e meus dedos estão coçando para se enredarem com os fios.

— Posso soltar seu cabelo? — pergunto. Os olhos dele se incendeiam.

— Pode fazer o que quiser.

Puxo o elástico e passo os dedos pelas mechas grossas, macias e muito pretas.

— Não corta.

— Tá. — Seus braços estão em volta de mim, e seus olhos percorrem meu rosto, me observando, pacientes, enquanto eu toco seu cabelo, seu rosto, seus ombros.

— Você é tão bonito — sussurro.

Nate se inclina e toca os lábios sobre os meus; ficamos só encostados, ele me respirando. Nunca soube que um toque tão leve pudesse ser tão íntimo. E então, ele me beija docemente e se afasta para trás.

— Tenho uma coisa para você — sussurra, e eu sorrio.

— Já estava na hora, amigão. — Eu rapidamente monto sobre seus quadris e encosto meu núcleo sobre o dele. — O que aconteceu hoje de manhã parece que foi há dias.

Nate ri para mim ao me segurar pelas nádegas e me puxar para mais perto.

— Bem, isso não foi exatamente o que eu quis dizer, linda, mas adoro sua maneira de pensar.

— Oh. — Beijo seu rosto e dou uma mordidinha no lóbulo da orelha. — O que você tem para mim?

— Pensando bem. — Ele envolve os braços na minha cintura e, antes que eu perceba, estou de costas do outro lado do sofá, debaixo dele. — É uma excelente ideia.

— Tenho boas ideias, não é? — pergunto com um sorriso convencido, e ele sorri alegremente para mim, com os olhos cinzentos brilhando de felicidade.

— Ah, linda, você tem. — Nate passa os dentes ao longo do meu queixo, entrelaça as mãos nos meus cabelos, me segurando no lugar, e me devora com um beijo que me deixa zonza. Minhas mãos deslizam para dentro do cós de sua calça jeans e cueca boxer, e eu agarro sua bunda dura e firme nas mãos.

— Nate — murmuro sobre seus lábios.

— Fala, gata.

— Dentro. — Beijo. — De. — Beijo. — Mim. — Beijo. — Agora.

Ele se afasta um pouco para me olhar, olhos em brasas como os meus, e eu mexo com sua braguilha. Meus dedos parecem desajeitados e preciso de algumas tentativas, mas consigo puxar o zíper e baixar sua calça e cueca o suficiente para libertar o lindo membro, já duro, e roçar o polegar sobre a glande e o *piercing*.

— Caralho — ele diz num grunhido. Nate prefere rasgar minha calça de ginástica na virilha em vez de se dar ao trabalho de tirá-la, e enfia dois dedos dentro de mim. — Nossa, querida, você está tão molhada.

— Agora. Eu preciso de você agora.

— Isso vai ser rápido, Jules.

— Sim, rápido. — Eu o guio por entre os lábios para dentro da minha

Luta Comigo

abertura, e ele me penetra até o fim. Está tão fundo, é tão grande, e eu sei que isso não vai durar muito tempo, para nenhum de nós.

Jesus, dois minutos atrás, eu estava prestes a dormir no colo dele!

— Tão linda. — Seus quadris estão se movendo depressa, e ele está bombeando forte. Nate puxa minha perna por cima do ombro, para me invadir ainda mais fundo.

— Puta merda, querida. — Agarrada a seus braços, eu me seguro com todas as minhas forças, como se minha vida dependesse disso, e vou sendo penetrada fundo, forte e depressa. Suas mãos seguram meus cabelos e ele apoia a testa na minha, e vou sentindo seu orgasmo tomar corpo.

— Comigo — ele sussurra, e faz aquele movimento que faltava para eu me estilhaçar ao redor dele.

— Uau — sussurro e beijo seu nariz.

— Deus, Julianne, nunca paro de te querer. — Ele sai de dentro de mim e inverte nossa posição para que eu fique por cima dele, minha cabeça em seu peito. Suas calças ainda estão abaixadas, e as minhas viraram retalhos. Mesmo assim, nenhum de nós se importa.

— Digo o mesmo. Você é tão lindo; por dentro e por fora. — Coloco a mão sobre seu coração e sorrio suavemente. — Obrigada, aliás.

— Não precisa me agradecer por isso, linda. O prazer é meu.

Eu rio e me levanto nas mãos para poder olhar no rosto dele.

— Não por isso, Ás. Obrigada por este fim de semana. A gente estava precisando.

Ele prende meu cabelo atrás da orelha e suspira.

— Sim, a gente precisava.

Bocejo e me acomodo de novo sobre seu peito, ouvindo seus batimentos cardíacos constantes e desfrutando do sobe e desce rítmico de seu peito a cada respiração.

— Vamos dormir — ele sussurra e beija meu cabelo.

Acordo sozinha. Um tronco novo de lenha foi jogado na lareira, e estou sentindo o cheiro de algo delicioso vindo da cozinha. O rádio ainda está ligado, mas não reconheço a música que está tocando.

Eu me sento e me espreguiço. Não há nenhum sinal de Nate, por isso eu me levanto e dou uma corridinha lá em cima para tirar minha calça arruinada e vestir um jeans. Pego o iPhone e ligo enquanto desço a escada.

Hmm... aonde o Nate foi?

Sentada de novo no sofá, esfrego minhas mãos sobre o rosto, tentando acordar. Sonecas me deixam sempre muito grogue.

O celular começa a tocar na almofada do sofá ao meu lado. Não reconheço o número.

— Alô?

— Jules? — pergunta uma mulher.

— Sim.

— Oi, aqui é Marie Desmond, da revista *Playboy*. Desculpe te incomodar num sábado.

— Não tem problema, o que foi? — Enrugo a testa e me levanto. Ando de um lado para o outro enquanto a ouço falar. O que eles poderiam querer?

— Bom, estou ligando porque vamos fazer um ensaio de aniversário para a edição de julho, e estamos trazendo de volta algumas das nossas meninas mais populares. Você tem fotos suas recentes?

— Sim, tenho fotos recentes, Marie, mas nenhuma nua. — *Puta merda!*

— Tudo bem, eu adoraria se você pudesse me mandar algumas por e-mail.

Luta Comigo 213

— Mas ainda nem sei se tenho interesse em posar para uma edição de aniversário. — Paro de andar na frente de uma grande janela e fico olhando o mar quebrar na areia, lá embaixo.

— Bom, vamos pagar cinquenta mil dólares, Jules.

— Cinquenta mil dólares? Caramba, Marie, isso é o dobro do que eu recebi no mês que fui o destaque. Por que tanto?

— Fomos autorizados a oferecer isso para vocês, meninas veteranas, nessa edição especial.

— Eu não sei, Marie. Essa parte da minha vida foi há muito tempo, e eu não tenho tanta certeza se o coração do meu pai vai sobreviver a eu posar nua de novo — digo com uma risada, e ouço a risada de Marie, do outro lado da linha.

— Compreendo. Pense durante o fim de semana e me ligue na segunda-feira.

— Está bem. Obrigada pela oportunidade, Marie.

— De nada. Nos falamos em breve.

Desligo o telefone e apoio a testa no vidro frio da janela.

Puta que pariu.

— Nem pensar.

Giro bruscamente ao ouvir a voz irada de Nate e o encontro em pé ao lado do sofá, apoiando o quadril nele, com os braços cruzados sobre o peito.

— Vou considerar que você estava ouvindo.

— De jeito nenhum, Julianne.

— Eu não disse que ia aceitar.

— Você não recusou. — Seus olhos são glaciais, sua mandíbula está apertada, e ele está muito aborrecido.

— Ela me ofereceu cinquenta mil. Isso é o dobro do que os destaques recebem. — A questão aqui não tem nada a ver com o dinheiro. Eu não preciso dele. Mas é uma boa massagem para o ego saber que eles ainda me querem!

— Eu deposito cem mil na sua conta quando chegarmos em casa. A resposta é não. — Sua voz é muito calma, mas ele está irradiando raiva, o que realmente me irrita.

— Eu não perguntei pra você — respondo com uma carranca.

— Julianne...

— Para. — Levanto a mão e balanço a cabeça. — Não sou sua filha nem sua esposa. Esta decisão é minha, Nate.

Vejo um músculo se contrair em sua mandíbula, e seus olhos se estreitam nos meus.

— Então, o que você está dizendo é que, quando a minha namorada, a pessoa que eu amo, recebe uma proposta para posar nua na revista *Playboy*, eu não tenho direito a dar minha opinião?

— Você não está me dando sua opinião. Você está batendo o pé e dizendo que eu não posso aceitar. Tenho 26 anos de idade. Vou fazer o que eu quiser. — Cruzo os braços sobre o peito e devolvo o olhar fulminante.

— Sem discutir? — ele pergunta baixinho.

Suspiro profundamente e olho para meus pés descalços. Eu sei que estou sendo teimosa e estúpida, mas, porra, ele não é meu dono!

— Nate... — Ele atravessa a sala rapidamente e agarra meus braços, me segurando no lugar.

— Não posso suportar essa ideia, Julianne. Nenhum outro homem nunca vai ver você nua novamente, me entendeu? — Sua voz é cheia de emoção e seus olhos estão me implorando; meu cérebro simplesmente para.

— Nate... — tento novamente, mas ele me interrompe mais uma vez.

— Não. — Mais uma vez, ele balança a cabeça, em negação. — Quero construir uma vida com você. Não encaro isso aqui como só um caso. E você recebe uma ligação de alguém que não conhece e que quer você posando nua numa revista de alcance nacional. Você nem quer saber da minha opinião para tomar a decisão? Como você acha que eu me sinto?

Merda.

— Nate. — Dou um passo adiante, e Nate afrouxa seu aperto ao meu redor. Seu rosto, porém, está duro e seus olhos são suplicantes. Respiro fundo e envolvo os braços em torno de sua cintura, pressionando o rosto em seu peito e segurando firme. — Para, querido.

Seus braços me envolvem pelos ombros e me puxam para seu peito.

Acaricio suas costas na tentativa de tranquilizá-lo, beijo seu peito e me afasto, porém, ainda dentro do círculo de seus braços. Olho para cima e encontro seu rosto incerto, cauteloso; já não sinto mais irritação. Ele me ama. Ele quer me proteger.

— Eu nunca ia aceitar a oferta, Nate.

— Por que você não simplesmente recusou? — ele pergunta baixinho.

— Dois motivos: um, porque me senti bem em receber a oferta; e dois, porque, ironicamente, eu não tinha falado sobre isso com *você*. Nate, você sabe que eu não estou interessada nisso. Mesmo assim, é um elogio saber que eles pensaram em mim entre tantas mulheres que poderiam escolher. — Dou de ombros e olho para seu peito. — Eu esperava que você fosse ficar orgulhoso de mim.

— Ah, querida, eu estou. — Ele beija minha testa e eu sinto sua tensão se esvair. — Estou muito orgulhoso de você, mas não consigo lidar com a ideia de você posar novamente. Por favor, não aceite.

— Como eu disse, eu não ia aceitar a oferta. Mas, Nate, você não pode simplesmente me dizer o que eu posso ou não fazer. Não sou o tipo de garota que simplesmente aceita ordens.

— Eu sei, mas, porra, me deixou muito nervoso.

— Você deixou isso claro.

— Você não vai fazer? — ele pergunta num quase sussurro, inclinando a cabeça para trás, com os dedos embaixo do meu queixo, prendendo-me com seu olhar cinzento.

— Não. — Passo os dedos por sua bochecha suave. — Além disso, meus irmãos e meu pai iriam enlouquecer.

— Eles não estão sozinhos nessa. — Ele beija minha testa mais uma vez e sai dos meus braços, pega minha mão e me leva para a cozinha. — Vem, tenho uma coisa pra você.

— Espero que seja comida, estou morrendo de fome.

Ele sorri.

— Você vai ver.

— Tantas surpresas nesse fim de semana, Sr. McKenna.

— Gosto de te surpreender. Nós vamos sair ao ar livre.

Olho para meus pés descalços.

— Devo pegar sapatos e um casaco?

— Não, você vai estar aquecida o suficiente. Aqui. — Ele me levanta sem esforço e me embala em seu peito. Passo os braços em volta do seu pescoço e beijo seu rosto, respirando o cheiro tão limpo, tão Nate.

— Seu cheiro é gostoso. Eu gosto quando você me carrega no colo.

Ele sorri para mim, abre a porta de correr, e sai para o deque nos fundos. O sol está se pondo sobre o mar, tingindo o céu de alaranjado, vermelho e roxo. É impressionante.

Ele caminha para as escadas que levam até a praia e começa a descê-las.

— Não precisa me levar por todos esses degraus.

— Você está bem comigo — ele responde e desce facilmente pela escada. Chegamos ao coreto e eu suspiro.

— Surpresa.

Capítulo Vinte e Três

Nate me coloca sobre meus pés e eu fico na frente dele, paralisada. Suas mãos repousam sobre meus ombros. O coreto foi transformado num belo refúgio romântico. A lareira no centro do espaço rústico está acesa e há uma mesa posta, com pratos cobertos por cúpulas de prata. Há também uma garrafa de champanhe gelando num balde de prata. Um pufe foi encostado numa das namoradeiras que ficam do lado de fora, e há grandes almofadas coloridas e cobertores por cima.

Luzes brancas de Natal foram espalhadas ao longo do espaço, tanto pelo teto, como no entorno, proporcionando um brilho suave.

Somado a isso, há um pôr do sol incrível em tons de laranja, vermelho e roxo sobre o oceano azul-profundo; nunca vi nada tão lindo na vida.

— Fale alguma coisa — Nate sussurra.

— Uau — murmuro.

Nate me gira no lugar e fico de frente para ele. Seus lindos olhos cinzentos estão bem-humorados.

— O que você achou?

— Você ficou todo meloso e romântico para cima de mim. — Seguro sua bochecha na palma da minha mão.

— Luke pode te oferecer gente melosa e romântica nas telonas, mas é meu trabalho te dar tudo isso na vida real, querida. É melhor se acostumar. — Ele se inclina e coloca suavemente os lábios nos meus, beijando-me da maneira única que só Nate consegue, e eu suspiro.

— Vamos te alimentar.

Saímos para a mesa lindamente posta, e Nate tira as tampas de cúpula que estavam sobre as travessas. Os pratos têm comidinhas para comer com os dedos. Ficou tão lindo que dá dó de comer.

— Bom — diz Nate, apontando para cada prato. — Temos Mariscos com chouriço e salada Caprese em miniatura sobre crostini — ele sorri para mim —, o que significa queijo, tomate e manjericão no pão torrado; bolinhos de caranguejo e bife embrulhado em bacon.

— Caramba, parece delicioso. — Nate me entrega um prato, e começamos a nos servir. Depois, ele serve a cada um de nós uma taça de champanhe e me leva para a namoradeira felpuda. Estamos sentados lado a lado, em estilo indiano, pratos no colo, de frente para o oceano.

— Um brinde. — Nate segura a taça e eu faço o mesmo. — A você, Julianne. Por me fazer sentir vivo e feliz, não importa onde a gente esteja.

Sorrio para ele, ainda comovida pelo gesto incrivelmente romântico. Nunca me fizeram nada assim.

— Obrigada — sussurro.

— O prazer é meu.

Fazemos tim-tim e bebemos um gole do maravilhoso espumante rosado, e depois partimos para o jantar.

— Como você fez isso? — pergunto com um pedacinho de bife na boca.

— Subalternos — ele responde com um encolher de ombros, e eu rio.

— Sério, quando? Essas coisas não estavam aqui quando saímos para correr de manhã.

— Pedi que fizessem durante a tarde, enquanto você tirava um cochilo.

Dou uma mordidinha no crostini Caprese e observo Nate enquanto mastigo. Seu cabelo está solto, e ele está vestindo uma camiseta preta, mostrando a tatuagem bonita, e sua calça jeans tem um caimento perfeito no corpo. Nate olha para mim e vejo seus olhos suavizarem. Depois, ele tira uma migalha do canto da minha boca e passa o polegar sobre meu lábio inferior.

— O que foi?

— Você fica linda com a luz da lareira tremeluzindo na sua pele, e seus belos olhos azuis parecem felizes.

Ah. Sim, ele está em modo ultrarromântico esta noite.

— Obrigada — sussurro, me deixando levar totalmente por ele.

Dou outro gole no champanhe delicioso e termino a comida do meu prato.

— Estava delicioso.

— Uh-hum... — ele responde ao terminar de comer também. Nate leva meu prato e meu guardanapo, e os coloca de lado com os dele; então se vira para mim, abrindo os braços. Deslizo facilmente entre suas pernas, inclinando a cabeça em seu peito, para apreciar a vista.

— É muito bonito aqui, Nate.

— Fico feliz que você goste. — Ele beija meu cabelo e passa os braços em volta dos meus ombros, me puxando para mais junto dele.

— Se a gente não tivesse trabalho, eu nunca ia querer sair.

— Como eu disse antes, a gente pode vir para cá sempre que você quiser.

— A gente deveria tentar vir uma vez por mês. E trazer a Nat, o Luke e a bebê. Eles também vão adorar.

— Acho uma boa ideia. — Ele beija meu cabelo de novo e eu sorrio. Nate é tão carinhoso; adoro que ele goste dos meus amigos.

O sol está se escondendo no mar agora, disparando reflexos alaranjados por toda a superfície da água. O céu é roxo-escuro e, ao longe, posso ver algumas nuvens escuras surgindo no céu.

— Podemos ter sorte de haver uma tempestade de inverno esta noite. — Esfrego seus braços onde tocam meu peito.

— Você gosta de tempestades?

— Na praia, eu gosto. São fantásticas.

— Quer a sobremesa?

— Eu sempre, sempre tenho espaço para a sobremesa, querido.

Nate ri, vai até a mesa e volta com dois pequenos *cheesecakes* de chocolate.

— Minha nossa. Mesmo aqui você consegue me trazer *cheesecake* de chocolate.

— Claro. É o seu favorito.

— Qual é o seu favorito? — pergunto, mergulhando na sobremesa suntuosa. — Ai, meu bom Jesus Cristo, que delícia.

— Você — ele responde, com os olhos em chamas enquanto me observa lamber o chocolate dos lábios.

— Você está romântico esta noite. — Pego outra garfada e solto um gemido.

— Te incomoda? — pergunta com um sorriso.

— Não. É legal. Não conta pra Natalie. — Nate ri e me oferece um pedaço de *cheesecake* de seu próprio prato, o que eu felizmente aceito, e lhe ofereço também um pouco do meu.

Terminamos nossas sobremesas assim, na boca um do outro, e depois resolvemos voltar para as almofadas, bebendo uma taça de champanhe.

— Tenho uma coisa pra você. Estou tentando te dar o dia todo, mas você fica me distraindo. — Ele sorri lamentosamente e põe a mão no bolso do jeans.

— Você não tem que me dar nada, Nate. Todo esse fim de semana está sendo incrível.

— Bom, isso é especial para mim, e quero que você fique com ele. É por isso que parei na academia do meu pai, hoje de manhã. — Ele tira a mão do bolso, mas deixa, seja lá o que for, dentro do punho.

— Certo — murmuro, incentivando-o a continuar falando.

— Eu já te disse que minha mãe faleceu quando eu era muito novo. Não me lembro muito sobre ela, basicamente apenas o que meu pai me contou, mas eu me lembro que ela era muito bonita e muito carinhosa.

— Tenho certeza de que ela era linda, Nate. Um olhar para você, e ninguém duvidaria disso.

Ele sorri para mim e passa o dorso dos dedos pelo meu rosto.

— No ano em que ela se foi, eu dei isso a ela de presente de aniversário, que é hoje. — Ele abre o punho, e dentro está uma corrente de prata com um lindo pingente em forma de coração, também de prata.

Ele olha para mim, ainda sorrindo.

— Eu gostaria de te dar.

Sinto meu queixo cair, ao ver como ele pega o coração entre os dedos, faz uma concha com a minha mão e deposita dentro o metal morno.

— Nate...

— Ela teria amado você — continua. — Queria que ela pudesse ter te conhecido. Quero que você fique com isso.

Meus olhos procuram os dele; estou totalmente comovida. Ele está me dando algo que era da sua mãe. Se isso não gritar "compromisso!", não sei o que seria.

— Vira — ele sussurra.

Gravado na parte de trás está:

Com amor, Nate.

As lágrimas brotam em meus olhos quando passo a ponta do dedo sobre as palavras doces. Sou tomada pela emoção.

— Eu sei que não são diamantes, nem caros demais...

Antes que ele possa terminar as palavras, subo no seu colo e passo os braços em torno de seus ombros, enterrando meu rosto em seu pescoço, segurando firme, deixando as lágrimas rolarem.

— Ei, querida, está tudo bem... — Suas mãos acariciam minhas costas para cima e para baixo, calmamente.

— Muito obrigada — sussurro em seu pescoço, incapaz de o olhar nos olhos e deixá-lo ver minhas lágrimas. — Este é o presente mais lindo que alguém já me deu.

— Julianne. — Ele me afasta pelos ombros para que eu possa olhá-lo e sorri ao enxugar as lágrimas das minhas faces com os polegares. — Posso colocá-lo em você?

— Pode, por favor. — Ofereço-lhe um sorriso molhado, levanto o cabelo do pescoço, e espero pacientemente enquanto ele prende o fecho. O pingente fica a poucos centímetros da linha dos meus ombros e brilha na luz suave da lareira.

— É lindo, Nate, obrigada.

— De nada.

De repente, ouvimos um trovão à distância, e olhamos para a água quando um raio rasga as nuvens escuras que se aproximam de nós.

— Parece que vamos ter aquela tempestade.

— Bem, por mais que eu queira fazer amor com você aqui, parece que vamos ter um plano B. — Nate fica de pé e estende a mão para mim, me ajudando a levantar. Ele me entrega nossas taças e uma garrafa de champanhe; em seguida, me ergue nos braços e sobe as escadas.

— Sério, Nate, eu consigo andar.

— Você está descalça.

Ele não está ofegante por causa do esforço.

Minha nossa.

— E a comida e a lareira?

— A empresa de buffet volta daqui a algumas horas para limpar.

— Ah.

Ele me põe no chão no alto das escadas e beija minha bochecha, depois pega a taça e a garrafa das minhas mãos e me leva para dentro, subindo as escadas para a suíte principal. Entramos no banheiro, Nate liga a água para encher a banheira e acende velas por todo o cômodo espaçoso; em seguida, apaga as luzes e deixa o ambiente iluminado só pelo brilho suave das velas.

Ele pega um controle remoto do bolso de trás — *eu não sabia que ele estava com isso!* — e liga o sistema de som. Os alto-falantes começam a tocar a música de Jason Mraz, *"I Won't Give Up"*.

— Você fez isso de propósito?

— Não, foi só coincidência — ele murmura.

Ele abaixa nossas taças e champanhe até o chão, ao lado da banheira, e, quando tudo está pronto, ele se vira para mim e vem andando devagar, no ritmo da música. Então, ele começa a cantar, baixinho:

— *Não vou desistir de nós, mesmo que os céus fiquem violentos, eu te dei todo o meu amor, ainda estou olhando para o alto...*

Ele me puxa contra seu corpo, com um braço na minha lombar, e pega a minha mão na sua. Começamos a balançar com a música, conforme ele vai me fazendo dançar pelo banheiro bonito e espaçoso, à luz das velas, com o céu explodindo num raio lá fora. Ele abaixa o rosto junto ao meu, mal me tocando com a bochecha, e vira depois o rosto e roça minha face com o nariz, disparando arrepios na minha espinha, nos meus braços e pernas.

— Eu não vou desistir de nós — ele sussurra no meu ouvido e eu sinto as lágrimas brotarem nos meus olhos novamente. *Onde foi que eu encontrei esse homem lindo? E como eu resisti a ele por tanto tempo?*

Quando a música acaba, Sade começa a cantar sobre aquilo não ser um amor comum, e Nate recua um pouco, os olhos vivos de amor, e afasta delicadamente meu cabelo do rosto.

— Eu te amo, querida.

— Eu te amo, Nate.

A água está quente e tem perfume de lavanda. Nate está sentado numa extremidade da banheira, comigo entre as pernas, apoiada em seu peito.

O céu lá fora está dançando na luz e nuvens negras que se transformam, refletindo sobre a água agitada da praia. Eu adoro que a banheira fica num nicho de vidro, para que possamos assistir ao show.

— Onde você aprendeu a dançar assim? — pergunto. Nate esguicha meu gel de banho nas mãos e esfrega uma na outra até estar contente com a espuma.

— Senta um pouquinho mais pra frente. — Eu me afasto e ele começa a esfregar minhas costas e meus ombros, massageando os músculos, e eu me derreto nele.

— Deus do céu, Nate, você é bom com as mãos.

Ele ri atrás de mim e continua a deliciosa massagem.

— Eu nunca fiz uma aula de dança. Acho que as artes marciais me ensinaram ritmo. — Suas mãos deslizam abaixo da linha de água e ele esfrega a base das minhas costas em círculos lentos e relaxantes.

— Hum... Adoro o jeito como você se move — murmuro.

— Sério? — Ouço o sorriso em sua voz.

— Uh-hum... eu poderia observar você se movendo durante todo o dia. — Ele beija meu pescoço e me puxa de volta contra ele, suas mãos circulando até meus seios.

— Adoro seus seios — ele sussurra.

— Já pensei sobre aumentá-los quando eu era jovem e posava para a revista, mas agora fico feliz por não ter feito isso.

— Você não precisa aumentá-los, amor. Eles são perfeitos como são. — Ele passa os polegares sobre meus mamilos, deixando-os enrugados, e eu apoio as mãos em suas coxas, arqueando as costas e apoiando mais os seios em suas mãos.

Com a palma esquerda, Nate desliza pelo meu tronco, entre as minhas pernas, e passa o dedo levemente sobre o meu clitóris.

— Nossa, amor.

— Shh, eu cuido de você — ele sussurra na minha orelha e puxa o lóbulo entre os dentes. Posso sentir sua ereção nas minhas costas, as mãos causando estragos na minha pele sensível, na água quente e perfumada. Árvores balançam com o vento lá fora, e a chuva agora bate contra as janelas, refletindo o raio que rasga o céu tempestuoso.

Eu me viro nos braços de Nate e monto sobre seus quadris. Beijo-o delicadamente no início, minhas mãos em seus cabelos, e depois vou mais fundo, entrelaçando nossas línguas. Suas mãos me levantam pela bunda, e ele se afasta um pouco para trás, olhos nos meus, sua boca aberta enquanto ele ofega.

— Eu preciso entrar em você, amor.

Eu ponho a mão entre nós e seguro seu pênis, bombeio uma vez, posiciono a glande entre as minhas dobras, e abaixo o corpo em cima dele.

— Caralho, como você é pequena — ele rosna.

— Caralho, como você é grande — respondo e sorrio, apoiando a testa na dele. Com um sorriso lupino, ele começa a subir e a me levantar e abaixar num ritmo regular, e nos deixamos levar por um redemoinho de luxúria. Nunca me sinto saciada com Nate. Aperto meus músculos sobre o comprimento de seu membro, sentindo o *piercing* roçar aquele meu ponto mais sensível, e o aperto familiar dos meus músculos ao redor dele.

— Vou gozar — sussurro.

Ele agarra meus quadris e me puxa contra ele, movimentando os quadris, seus olhos cinzentos feéricos nos meus.

— Se liberta — diz entre os dentes.

É o que eu faço.

Capítulo Vinte e Quatro

Acordo cedo, antes de Nate, para variar. Estamos nus, emaranhados em lençóis brancos e macios. Nate está de costas, uma das mãos jogada sobre a cabeça, e coberto da cintura para baixo. Apoio a cabeça sobre meu cotovelo, admirando a visão das incríveis tatuagens, dos cabelos longos, e do queixo levemente barbado. Seus braços, peito e barriga são deliciosamente tonificados, mesmo durante o sono.

Caramba, ele é um banquete para os olhos.

Eu me sento na cama e me espreguiço, olhando para fora. A tempestade passou, deixando a praia apenas um pouco confusa com galhos e coisas trazidas pelo mar. Levanto-me e vou atender os chamados da natureza, visto um jeans capri e um moletom, prendo o cabelo num coque, pego meus chinelos e sigo para a praia.

Eu deveria avisar Nate de que vou sair, mas ele está dormindo tão pesado, que decido deixá-lo na cama e preparar o café da manhã quando eu voltar.

Quando chego ao coreto, fico espantada ao descobrir que o buffet, de fato, voltou para limpar. O lugar foi reconfigurado na disposição original. Incrível, eu nem ouvi nada.

Chego ao fim da escada e chuto os chinelos dos pés, mexendo os dedos na areia e respirando fundo, muito fundo. O ar é salgado e um pouco pegajoso da tempestade. Gaivotas estão voando por perto, vasculhando a areia em busca de alimento. As ondas quebram na praia como se fossem nuvens brancas, e depois varrem pela areia em camadas de espelhos molhados.

Mal posso esperar para colocar meus pés ali.

Caminho até a beira da água e paro, esperando a água vir e engolir meus pés e tornozelos. Jesus, que gelo! Eu rio e brinco um pouquinho no lugar, espirrando água, me acostumando ao frio, olhando para os meus pés.

Preciso de uma pedicure. Talvez eu ligue para a Nat e veja se ela quer ir comigo essa semana, depois do trabalho.

Trabalho. Não estou pronta para voltar.

— Aí está você.

Ouço Nate chamar atrás de mim e me viro para ele sorrindo. Ele vestiu a calça jeans e um moletom, mas não está sorrindo. Parece irritado.

Ótimo.

— O que foi? — pergunto e caminho em direção a ele.

— Você tinha sumido de novo quando eu acordei.

— Ah, você estava dormindo, Nate. Eu só vim até a praia um pouquinho. Aonde mais eu iria?

— Odeio acordar e descobrir que você se foi. Lembranças ruins. — Ele me abraça e beija meu cabelo. — Desculpa.

— Não tem problema. Eu te acordo da próxima vez para dizer que eu acordei. — Saio dos seus braços, mas entrelaço os dedos nos seus. — Tira os sapatos. Eu ainda não terminei de brincar na água.

— Está frio. — Ele franze a testa para mim. — Não quero que você fique doente.

— Ah, para com isso, não vou ficar doente. Vamos, é divertido.

Nate tira os sapatos, enrola as calças até os joelhos e nós caminhamos na beira da água, acompanhando a praia.

— Não estou pronta para ir embora — murmuro e inspiro fundo o ar salgado.

— Não temos que voltar até à noite, se você quiser. — Ele beija meus dedos e sorri para mim.

— Eu sei. Acho que não estou pronta para voltar ao trabalho amanhã também. — Dou de ombros. — Acho que não é algo que eu deveria admitir para o meu chefe, eu sei, mas já falei.

— O que você não está me dizendo?

— Ah, nada. — Faço um gesto como quem não dá importância. — Sem drama. Eu só não sou uma grande atriz, e toda essa história de "você é meu namorado em casa, mas é só meu chefe no trabalho" é cansativo. Quando chega o final da semana, eu já estou exausta de ter medo de que eu vou dizer ou fazer algo inadequado.

— Sabe, querida, se, em algum momento, você decidir que não quer mais trabalhar, não precisa.

Dou risada e chuto a água, levantando uma chuvinha de gotas.

— Certo. Eu tenho que trabalhar, Nate.

Ele nos faz parar e olha para mim com olhos graves.

— Não, você não precisa.

— Sim, eu preciso. — Balanço a cabeça e esfrego a testa. — Eu gosto do meu emprego. Sou boa na minha função. E, sim, eu fui sensata e fiz um bom pé de meia, também tenho um pouco de herança, mas tenho que trabalhar, querido.

— Eu posso cuidar de você — ele sussurra. *Oh, eu amo esse homem.*

— Mas você não deveria ter que cuidar de mim, essa é a questão. — Começo a andar de novo pela água, e Nate me segue. — Além do mais, o que eu faria se não trabalhasse? Ficaria louca. Não tenho habilidades manuais. Odeio TV. Preciso de coisas para fazer.

— Você é muito habilidosa. Que tal fazer mais placas como aquela que você deu de presente à Natalie, para o quarto da bebê?

— Ah, não. — Rio para ele e balanço a cabeça. — Aquilo foi coisa de uma vez só. Foi divertido, mas eu não tenho dons artísticos.

— Eu achei que ficou ótimo. — Ele chuta a água para cima, salpicando minhas pernas. Dou uma risadinha.

— Bem, não é uma carreira.

— E se você tivesse filhos? — ele pergunta e eu me fecho imediatamente. Não quero ter essa conversa. Não estou preparada.

— Não quero entrar nesse assunto.

— É uma pergunta válida.

— Não estou pensando em filhos, Nate.

— Em que você está pensando, Julianne? — Não estamos olhando um para o outro, estamos apenas caminhando, lado a lado, na beira da água, observando as ondas e os pássaros.

— Você. Trabalho. Família. — Dou de ombros. — Já é muito por agora.

— Enquanto eu fizer parte da lista, amor,...

— Você está no topo da lista hoje em dia, Ás. — Dou um sorriso travesso para tentar aliviar o clima. — Na verdade, eu gosto quando você está no topo.

Ele ri, uma gargalhada completa, e espirra água nas minhas pernas novamente.

— Beleza, engraçadinha.

> Pedicure hoje à noite depois do trabalho?

Envio a mensagem para Natalie e retomo a leitura de um relatório na minha mesa. Tenho tanta coisa para fazer! Três relatórios para escrever, Nate me enviou uma lista de itens que ele precisa que sejam pesquisados, e temos uma reunião em apenas alguns minutos.

Meu celular apita com uma resposta de Natalie.

> Claro! Vou levar a Liv. Ela vai dormir.

> Perfeito! Mal posso esperar para ver as duas. Eu ligo quando estiver indo buscar vocês.

Sorrio e pego meu café e as coisas que preciso para a reunião. Estou superanimada para ver Nat e a bebê. É exatamente o que eu preciso.

Todos nós nos enfileiramos na sala de conferências e nos sentamos nos lugares habituais. Não temos assentos marcados, mas somos pessoas de hábito, e sempre nos sentamos nas mesmas cadeiras. Somos seis: Nate e eu, a Sra. Glover para tomar notas, e o outro sócio, o Sr. Luis e sua equipe: Carly e Ben. O Sr. Luis está na casa dos quarenta e poucos anos, grisalho e barrigudo. É um homem de negócios astuto, mas não é de todo amigável no escritório. Ele não brinca em serviço.

Ben é quase do mesmo jeito. Ele tem a minha idade, não é muito mais alto, é magro e usa óculos. É bonito e muito inteligente. Ben não é sem educação; é apenas estritamente profissional, o que eu respeito e até admiro.

Não faço ideia se esses homens são casados, ou no que consiste suas vidas particulares; por mim, não tem problema algum.

Carly está do outro lado da mesa, na minha frente, num tubinho verde não justo demais, e com o cabelo ruivo preso num coque. Ela me olha e mostra um sorriso pálido e falso.

Não retribuo.

Olho casualmente para Nate, e ele está observando nossa interação, passando o dedo sobre o lábio inferior, compenetrado em seus pensamentos.

Meus dedos inconscientemente tocam o coração de prata no meu pescoço. Meus brincos de diamante estão nas orelhas e também estou usando a pulseira tênis que ganhei de aniversário. Estou envolta no meu homem, mas ele está sentado a um metro de mim e não posso tocá-lo.

É um pouco estranho.

Quando todo mundo está acomodado, o Sr. Luis começa a reunião, atualizando-nos sobre as contas, sobre o que precisa ser feito e o que não está funcionando; em seguida, entrega os papéis para Nate, que distribui alguns dos relatórios que fizemos juntos esta manhã.

— A Srta. Montgomery e eu organizamos esses relatórios hoje de manhã. Eu gostaria de discuti-los agora, já que estou com todos vocês aqui.

Conforme ele percorre metodicamente os relatórios, percebo que consigo me concentrar no trabalho, e isso faz meu estômago se assentar no lugar. Eu estava preocupada que nossa situação tivesse arruinado minha capacidade de trabalhar, que sempre seria uma luta. Porém, estou aliviada por conseguir responder às perguntas de forma adequada e profissional, e porque ninguém vai imaginar que somos nada além de colegas.

Quando estamos nos arrumando para sair após a reunião, Nate me diz:

— Srta. Montgomery, eu gostaria de vê-la na minha sala em dez minutos, por favor.

Hum.

— Tudo bem. — Balanço a cabeça e volto para a minha sala, fecho a porta e solto o ar. Outra reunião finalizada sem ser arruinada.

Venci.

— Pode entrar, Srta. Montgomery. — A Sra. Glover sorri calorosamente para mim quando passo por sua mesa em direção à sala de Nate.

— Obrigada. — Bato uma vez na porta antes de entrar. — Você queria me ver?

Fecho a porta atrás de mim e sorrio para o meu namorado executivo gostosão. Ele está vestido em mais um terno escuro, com camisa branca e gravata cinza, e cabelos presos num rabo.

Maravilhoso.

Ele sai de trás da mesa e cruza a sala até mim. De repente, estou colada em seu peito num grande abraço. Ele tem um cheiro fantástico: amaciante de roupas, café e Nate.

Estendendo as mãos que estão nas minhas costas, ele tranca a porta silenciosamente. Afasto um pouco o tronco para olhar em seus olhos.

— O que foi?

— Nada, eu só senti sua falta esta manhã.

— Eu estava no fim do corredor. — Rio e beijo seu queixo.

— Eu sei, mas não é a mesma coisa. Segundas-feiras são uma droga, por várias razões.

Sei exatamente o que ele quer dizer. Acabamos de passar o fim de semana todo juntos, e agora estamos de volta a onde temos de fingir.

— Ei, antes que eu esqueça, fiz planos com a Natalie para depois do trabalho. Vamos fazer os pés, por isso não vou estar na sua casa quando você chegar.

— Tudo bem. Você vai depois que terminar?

— Acho que vou para casa, Nate. Tenho um monte de roupa para lavar, e mal fiquei lá nessas últimas semanas. Uma noite longe um do outro não vai matar a gente, sabe?

Ele franze a testa e passa os dedos pelo meu rosto.

— Eu vou para sua casa esta noite.

— Você não tem...

— Não quero dormir sem você, Julianne.

Ah. Tudo bem.

— Ok, então eu te encontro na minha casa. Preciso fazer uma chave para você.

— Não tem necessidade. — Ele sorri. — Vou te convencer a se mudar para o meu apartamento logo, logo.

— Seguro de si mesmo, não é, Ás?

— Sim, muito seguro — ele sussurra e me beija de leve.

Sim, eu também.

— Ah, que delícia.

Natalie e eu estamos no nosso salão de manicure favorito perto de Alki Beach. Frequentamos aqui há anos. Estou com Olivia no meu peito, cochilando. Meus pés estão em água quente, e minha melhor amiga está à direita.

A vida é muito boa.

— Precisamos voltar à nossa agenda de fazer os pés — comenta Natalie e suspira quando mergulha os pés na água quente e perfumada.

— Definitivamente. — Beijo a cabeça de Olivia e dou tapinhas no seu bumbum com fralda. — Ela é tão doce, Nat.

— Eu sei. — Natalie sorri para nós. — Aqui, me dá seu telefone, vou tirar uma foto.

— Ah, que bom! — Entrego meu celular e sorrio para a foto. Ela tira e me devolve o aparelho. — Ah, olhe para nós, Livie. Somos lindas. — Sem hesitação, eu envio a foto para Nate.

— Podemos pintar as unhas dela também? — pergunto e Natalie ri.

— Claro. Vamos pintar de cor-de-rosa.

A manicure encontra o menor pincel que ela tem, o que usa para fazer desenhos, e pinta as unhas minúsculas do pé de Olivia de rosa-bebê. A menininha passa o tempo todo dormindo.

— Adorável.

Meu telefone apita e vejo a mensagem de Nate.

> Meninas lindas. Dá um beijo nela por mim.

Suspiro e mostro para Natalie.

— Ele é um doce. Estou surpresa.

— Eu sei. Ele pode ser meio rústico, com a moto, as lutas e as tatuagens. Eu não fazia ideia. Mas, no trabalho, ele é exatamente o contrário, um homem de negócios da cabeça aos pés. Rico e profissional. — Beijo a cabeça de Olivia e inspiro seu cheiro de bebê. — E, nesse fim de semana, ele foi incrivelmente romântico e doce.

— Então, alguém está apaixonada. — Natalie sorri para mim.

— Sim, não vou negar.

— Estou muito feliz por você.

— Mas é tão complicado, Nat. — Ela franze a testa, inclina a cabeça de lado e eu continuo: — A gente não pode contar pra ninguém no trabalho. Nunca. Nós dois perderíamos o emprego. Não é fácil fingir.

— Não finjam, sejam apenas vocês mesmos. Você sempre se deu bem com ele no trabalho, apenas continue fazendo isso.

— Fácil para você falar. Não é você que tem vontade de lambê-lo sempre que o vê.

— Bem, não, Luke pode ter problemas quanto a isso. — Nós rimos, e logo ela retoma o tom sério. — Basta ser quem você é, Jules. Aproveite o fato de tê-lo por perto. O resto vai se encaixar.

— Espero que você esteja certa. — Meu telefone apita de novo e eu verifico a mensagem de texto.

> Ai, amor, vou demorar para chegar. Teleconferência inesperada.

Enrugo a testa, mas, em seguida, dou de ombros.

> Tá. Ainda vai passar na minha casa quando terminar?

> Estarei lá.

> Tudo bem, te vejo mais tarde. Bj.

— Nate vai trabalhar até mais tarde — murmuro e guardo o celular de volta na bolsa. — Vamos assistir àquele filme na sexta à noite? — pergunto, mudando de assunto.

— Vamos. Lucy, a mãe do Luke, vai ficar com o bebê lá em casa. Fico um pouco nervosa por deixá-la pela primeira vez, mas ela vai estar em boas mãos.

— Estou tão animada. Uma noite fora é exatamente o que todos nós precisamos. Vamos àquele bar novo, perto do teatro, que tem banda ao vivo às sextas. Podemos dançar e os rapazes podem jogar sinuca. — Olivia começa a se contorcer, e eu lhe dou a chupeta.

— Gostei da ideia. Mas estou te avisando que vou mandar mensagens a noite toda para a Lucy, pedindo atualizações.

— Não me importo. — Sorrio para ela por cima da cabeça macia de Olivia. — Só estou muito feliz que você não esteja mais grávida e que a gente possa tomar uma margarita.

— Ou três. — Ela sorri.

— Sabe, o aniversário do Nate é daqui a poucos meses. — Dou um tapinha nas costas adormecidas de Olivia quando uma ideia começa a se formar na minha cabeça. — Já que ele vai trabalhar até mais tarde hoje, por que você e eu não passamos um tempo no estúdio depois de sairmos daqui?

— Ah, isso seria fantástico! Estou ansiosa para voltar ao estúdio.

— Está combinado. — Sorrimos uma para a outra e suspiramos enquanto as moças começam a esfregar nossas panturrilhas e pés.

— Esqueci o quanto isso é divertido com você — murmura Natalie e bate uma foto minha. Luke nos encontrou na casa para pegar Olivia, por isso agora somos apenas Nat e eu, como nos bons e velhos tempos, brincando com lingerie bonita, maquiagem e a câmera fotográfica.

Dance music sexy está tocando nos alto-falantes do sistema de som. Começo a balançar o corpo; é mais forte do que eu.

— Você é muito boa nisso, Nat. Estou tão orgulhosa.

— Ok, sem babação de ovo essa noite. Pareça sexy. — Natalie se afasta e observa a cena. Estou na cama *king-size*, sobre os lençóis de cetim branco, no meio do estúdio. Porque está escuro lá fora, ela está com as luzes acesas. Meus longos cabelos loiros e ondulados estão soltos ao redor do rosto, desse jeito de "acabei de dar" que os homens acham tão sexy. — Deita de costas com a cabeça virada para mim. Arqueia as costas e coloca as pernas para o ar, joelhos juntos.

Faço o que ela diz, me certificando de que meu coração prateado esteja situado sedutoramente entre meu decote e cruzo os tornozelos, com as pernas para o ar. Estou vestindo meias brancas até as coxas, cinta-liga e sutiã meia-taça branco de renda.

— Ficou bom, Jules, fica assim. Coloca a mão para cima, ao lado do rosto. Bom. — O obturador dispara um pouco mais e eu fecho os olhos, imaginando que Nate está olhando para mim, que ele é a pessoa atrás da câmera, e eu começo a me mexer. Natalie dá a volta na cama, fazendo diferentes ângulos na mesma pose, então eu me viro de bruços e brinco mais um pouco com a câmera.

— Agora, tira o sutiã, mas fica com o busto todo apoiado na cama.

— Sim, senhora. — Os lençóis são frescos e macios encostados nos meus seios e eu sinto os mamilos ficarem rígidos.

— Você também quer nus?

— Claro, é aniversário dele. — Dou um sorriso perverso, e ela bate mais umas fotos.

— Ele vai ficar louco quando vir essas. — Natalie sorri e eu rio.

— Assim espero.

Sento na beira da cama e tiro as meias, a cinta-liga e a calcinha, sem que a Nat pare de tirar fotos. Sei que, quando ela fizer a edição, vai fazer tudo parecer incrivelmente sedutor. Uma mulher tirando a roupa para seu homem.

— Ok, menina pelada, de costas novamente.

Deito e arqueio as costas, olhando de lado para a câmera, meus seios nas mãos e dobrando os joelhos, esticando os dedos dos pés.

— Deus, Jules, se eu jogasse nesse time e não fosse casada com o homem mais lindo no mundo, eu pegaria você agora, sem dúvida.

Dou risada de Natalie, completamente à vontade com ela, e nos movemos sobre a cama e sobre o resto do quarto em diferentes poses, experimentando diferentes peças de lingerie e bijuterias.

O estúdio de Natalie é um deleite para uma menina feminina como eu.

Quando terminamos e trancamos o estúdio, eu vejo as luzes se acenderem na casa principal.

— Nate está aqui, é melhor entrarmos para ele não saber o que a gente estava fazendo.

Natalie sorri.

— Foi divertido. Deveríamos fazer isso mais vezes.

— Eu sei, senti sua falta. A *Playboy* ligou no fim de semana passado. Eles me querem para posar em uma edição de aniversário.

— O que você disse? — Natalie pergunta enquanto passamos pela porta dos fundos e entramos na cozinha.

— Eu disse que ia pensar, mas depois liguei hoje de manhã e recusei. — Nate entra na cozinha, claramente procurando por mim, e me mostra um sorriso amplo antes de me puxar nos braços e me beijar profundamente. — Bom, oi, bonitão.

— Oi. Ouvi você dizer que recusou?

— Sim, hoje de manhã.

— Que bom. Oi, Nat.

— Oi. — Natalie pega sua câmera, a bolsa, o casaco e beija Nate no rosto ao passar por ele.

— O que vocês duas estavam fazendo? — Nate pergunta, olhando para a câmera de Natalie. — E onde está o bebê?

— Luke veio e a pegou para Natalie e eu podermos bater um papo de garotas. — Sorrio docemente para ele e pisco várias vezes de um jeito sensual, mas Nate aperta os olhos, enxergando alguma coisa além da superfície.

— Ah, tá — ele responde.

— Bom, falando da Livie, é melhor eu ir. Vejo vocês na sexta-feira. — Ela acena e desaparece.

— O que vocês estavam fazendo de verdade?

— Não posso te dizer.

— Por que não? — Ele beija minha bochecha e minha orelha. Eu me apoio nele e suspiro.

— Porque você vai descobrir em breve. Você não tem permissão para fazer perguntas assim pelos próximos três meses até seu aniversário.

— O quê? — Ele recua e sorri para mim. — O que você quer dizer?

— Nenhuma pergunta tão perto do seu aniversário, Ás. Apenas confie em mim, estávamos nos divertindo e eu estava pensando em você.

— Bem, isso é tudo que eu posso querer, amor. — Ele beija minha testa e sai do meu abraço; depois, tira o paletó e arregaça as mangas da camisa, expondo a tatuagem sexy.

— Está com fome? — pergunto.

— Morrendo. Vem, eu vou fazer o jantar, e você pode me contar sobre o seu dia. — Ele se dirige para a cozinha e eu sorrio. Nate cozinhando é um espetáculo a ser visto.

— Você já sabe sobre a maior parte do meu dia. — Eu me sento na ilha da cozinha e aceito, com todo prazer, a taça de vinho branco que Nate me oferece.

— Você e a Nat se divertiram fazendo os pés?

— Sem dúvida. Foi gostoso, tanto a pedicure quanto vê-la com a Olivia.

— Ela já está ficando grande — comenta, e tempera dois bifes para colocar na grelha. — A foto que você me enviou estava linda.

— Ela é incrível — murmuro.

— Obrigado por recusar a *Playboy*, Julianne — Nate diz num tom suave, e meu olhar dispara até seus olhos cinzentos sexy. Ele está cortando batatinhas vermelhas, e seu rosto tem uma expressão grave.

— Eu disse que ia recusar.

— Eu sei. — Ele suspira e balança a cabeça como se para se livrar do clima pesado. Depois me desfere um sorriso sensual. — Como você quer que seu bife, amor?

— O mais rápido possível para eu poder tirar sua roupa.

Nate ri.

— Deixa comigo.

Capítulo Vinte e Cinco

Nate dá uma palmada na minha bunda, me fazendo pular.

— O que foi que eu disse? Para de falar sobre caras bonitos — ele rosna e eu rio. Acabamos de sair do cinema depois de assistirmos ao mais novo filme de Luke, *Never Surrender*, com Hugh Jackman. Estamos andando pela calçada em direção ao bar.

— Qual é o problema? Se você me dissesse que a Scarlett Johansson é gostosa, eu concordaria com você. — Entrelaço meu braço no dele e apoio a cabeça em seu ombro enquanto caminhamos. Natalie e Luke estão andando à nossa frente, de mãos dadas. — Além disso, você é o único homem bonito que eu quero, Ás.

— Puxa, fico muito feliz em saber — ele murmura, irônico, me fazendo rir de novo.

— Será que a Lucy já desligou o telefone, Nat? — pergunto a ela. Nat já mandou umas dez mensagens para a coitada.

— Não, engraçadinha. Mas ela acabou de me enviar a foto mais linda de Liv e Sam dormindo no sofá. — Ela me mostra e nós duas fazemos barulhinhos sobre a doce foto.

— Eu preciso de uma cerveja — diz Luke. — Nate, posso trazer uma para você?

— Sim, por favor. Eu também preciso.

— Vocês dois sabem que também adoram ver a bebezinha. — Sorrio.

— Sim, mas a gente é homem, Jules. Guardamos nossos sentimentos para nós mesmos. — Luke beija o pescoço de Natalie e eu faço ruídos de quem está com náuseas.

— Guarde a mão boba, amigo, e nós vamos ficar bem. Jesus, por que

Luta Comigo   243

eu saio com você?

— Porque você acha que eu sou legal, bonito e espirituoso.

— E modesto — brinco, e todos riem.

Adoro estar com essas pessoas.

Oasis, o bar que estamos experimentando esta noite, está bem movimentado, com iluminação baixa e tocando rock bem alto. A banda está tocando um cover de Maroon 5, e fazendo um bom trabalho, o que é um bom sinal para nós, já que Natalie e eu somos grandes fãs de Maroon 5. Encontramos uma cabine vazia e nos sentamos.

— Isso é divertido — comento, olhando ao redor do bar movimentado. A pista de dança tem um bom tamanho e está até que cheia com gente em vários estágios de intoxicação. Há duas mesas de sinuca no canto oposto ao palco, ambas sendo utilizadas no momento. O bar em si é comprido e grande, com três *bartenders* correndo de um lado para o outro com os pedidos.

Uma garçonete de camiseta branca justa e saia preta curta, com avental preto por cima, vem até a mesa e anota nossos pedidos.

— Oi, pessoal, já escolheram?

Luke pede cerveja para ele e Nate. Para mim e Natalie, ele pede margaritas. Ele sabe do jeito como a gente gosta.

— A música está ótima! Coloque uns dois drinques dentro de mim e na Natalie e vamos sair dançando por aí. — Mostro um sorriso tímido para Nate.

— Você está linda esta noite, de vestido vermelho — ele murmura no meu ouvido.

Sempre nos vestimos bem nas noites de estreia. É tradição.

Estou num vestido frente-única de chiffon vermelho que flui até meus joelhos. As costas expõem minhas escápulas, mas, de maneira geral, não é escandaloso. Meu cabelo está preso para cima num coque, e, esta noite, resolvi ser um pouco mais dramática com a maquiagem. Estou de sapatos de salto agulha *Louboutin*.

Fiquei demais nesse vestido.

A Natalie também está linda num vestido preto de um ombro só, também de chiffon, até os joelhos. Está com pérolas e *Louboutins* vermelhos.

Luke está lindo como uma estrela de cinema, de calça preta, camiseta social branca e paletó preto, e Nate está delicioso na calça preta e camisa preta, com mangas dobradas.

Percorro sua tatuagem com um dedo e sorrio para ele com olhos semicerrados.

— Você também está lindo.

Nate se afasta com um sorriso e sussurra:

— Mal posso esperar para tirar esse vestido e te foder até você perder os sentidos.

Minhas coxas se apertam com essas palavras e eu me aproximo para sussurrar de volta em seu ouvido:

— Não precisa tirar, Ás, estou sem calcinha.

Volto a me arrumar na cadeira e sorrio quando ele fecha bem os olhos.

— Caralho — murmura.

Dou risada enquanto a garçonete entrega nossas bebidas, e nos acomodamos para discutir o filme.

— Certo, então, entramos num acordo: Hugh é atraente — digo. Nate estreita os olhos para mim e eu mostro um sorriso inocente, tomando um gole da minha bebida. — Mas o que a gente achou do filme?

— Ação, sexo, sangue, coisas explodindo... foi fantástico. — Nate faz um brinde a Luke com a cerveja, dá um gole e todo mundo ri.

— Eu também gostei. — Concordo com a cabeça. — Estou me acostumando com o sangue, mas não tenho certeza se isso é algo bom. O sexo foi quente, assim como o Hugh.

Nate faz cócegas nas minhas costelas e eu dou risada.

— É tão fácil provocar você!

— Achei que foi uma genialidade da produção — acrescenta Natalie. — Obviamente, o produtor era inteligente, sexy e incrivelmente bonito.

— Bem, isso estava subentendido, amor. — Luke lhe beija o pescoço e eu reviro os olhos.

— Náusea.

— Está dizendo que eu não sou sexy? — Luke me pergunta com uma sobrancelha erguida. — Se eu me lembro corretamente, sua opinião foi bem diferente na primeira vez que falou comigo.

— Bem, agora que você passou as mãos, e outras coisas que me causam náusea, pela minha melhor amiga inteira, nunca mais vou poder te achar sexy. Além do mais, naquela época, você era o Luke astro de cinema. Agora, você é só o Luke, meu cunhado bonitinho.

— Foi a coisa mais bonita que você já me disse. — Ele enxuga uma lágrima imaginária do canto do olho e eu jogo um cubo de gelo nele.

A garçonete serve o refil das bebidas, e Luke muda de assunto.

— Então, fiquei sabendo que você tem uma casa linda na praia, Nate.

— Tenho sim. — Nate entrelaça os dedos nos meus e beija as juntas. Depois apoia nossas mãos na mesa, entre nós. — A Julianne e eu adoraríamos se vocês três nos fizessem companhia lá por um fim de semana, mês que vem.

Sorrio para ele, deliciada, e ele beija minha testa.

— Eu adoraria! Amo a praia. — Natalie assente com entusiasmo. — Vou levar minha câmera e tirar umas fotos de vocês também.

— Legal. — Sorrio para ela. — Talvez a gente deva marcar uma hora com você no estúdio.

Os olhos de Nat ficam arregalados, depois um sorriso preguiçoso se espalha por seus lábios.

— Quando quiser, querida.

— Ah. — Luke franze o cenho para mim. — Será que é uma boa ideia?

— Sobre o que a gente está falando? — Nate pergunta e eu dou risinhos para mim mesma.

— Você contou ao Nate que tipo de fotos eu tiro, Jules? — Nat pergunta e dá um gole na bebida, sem nenhuma indicação de que estivemos no estúdio essa semana.

Balanço a cabeça para ela e pisco.

— E então? — me pergunta Nate.

— Posso mostrar pra ele? — pergunto para Natalie.

— Claro. — Ela dá de ombros e Luke sorri quando pego o iPhone e procuro entre minhas fotos até encontrar as que eu tirei das telas nas paredes do estúdio, especificamente as dos casais nus em várias posições sexuais, e mostro a Nate.

Seus olhos ficam arregalados. Ele vai passando as fotos uma vez e depois volta, e me devolve o telefone.

Nate dá um grande gole na cerveja, sem olhar nos olhos de nenhum de nós. Ficamos observando-o, sorrindo, e finalmente ele olha para Natalie e diz:

— Se eu não estivesse tão apaixonado pela minha namorada, e se não respeitasse seu marido como eu respeito, eu atacaria você bem aqui nessa mesa. Essas fotos são um tesão.

Todos nós explodimos em risadas. Luke troca um toque espalmado com Nate, e Natalie fica só um pouquinho corada.

— Porém — Nate continua —, acho que eu não me sentiria à vontade com ninguém, especialmente não com você, Natalie, tirando fotos minhas fazendo amor. Vamos manter essas coisas no quarto, obrigado.

— Bem — acrescento —, não apenas no quarto...

— Eca. — Natalie enruga o nariz e eu mostro um sorriso convencido para ela.

— Viu só como não é bonito estar do outro lado? Tá bom, sem fotos de sexo, mas eu gostaria de um tempo no estúdio.

— Claro, quando? — Nat pergunta e pisca, gostando da nossa conversa fingida, depois olha para Nate e franze a testa. Olho para cima e encontro olhos frios cinzentos.

— O quê?

— Por quê?

Aperto os dedos dele e me inclino para sussurrar em sua orelha:

— Seu aniversário está chegando, Ás.

— Na semana que vem é bom para você? — ele pergunta à Natalie, nos fazendo todos rir de novo. Fico aliviada por saber que ele vai amar o presente de aniversário.

De repente, a banda começa outra música do Maroon 5, e Natalie e eu sorrimos uma para a outra.

— Vamos? — pergunto a ela.

— Claro — ela responde.

Os rapazes nos deixam sair da cabine e eu pego a mão dela no caminho para a pista de dança. Nos juntamos ao mar de corpos e começo a me mexer. O corpo de Natalie é lindo, curvilíneo e naturalmente gracioso, e ela se mexe com facilidade sobre os sapatos de salto fino. Agradeço pelos meus anos de artes marciais que me deram equilíbrio e ritmo natural, e balanço os quadris e braços no ritmo da música. Fecho os olhos e giro num pequeno círculo, me perdendo na música.

Quando abro os olhos de novo, os rapazes se juntaram a nós. Luke passa o braço ao redor de Natalie e se mexe junto dela, todo alto, loiro e sexy, e, de repente, Nate está pressionando minhas costas, mãos nos meus quadris, rosto no meu pescoço.

— Você é muito sensual, amor — ele diz no meu ouvido.

Sorrio para ele e Nate me conduz pelo resto da música, depois por mais duas, o corpo pressionado no meu, disparando fogo por mim.

Algum tempo depois, a banda começa a tocar uma lenta do Matchbox Twenty, e Nate me envolve nos braços para me embalar de um lado para o outro, com as mãos nos meus quadris. Ele beija minha testa, e eu me apoio em seu peito, curtindo a música lenta e a sensação de estar nos braços fortes do meu amor.

Quando a música termina, Natalie e eu decidimos nos sentar um pouco, e os rapazes decidem tentar a sorte na sinuca. Ambos nos levam de volta para nossa cabine e vão tomar conta da mesa de sinuca vazia.

— Droga — murmuro ao tomar um gole na minha bebida e observar Nate inclinado sobre a mesa para dar uma tacada. Sua bunda enche a calça muito bem.

— Nossos homens são lindos — Natalie comenta com um sorriso.

— Muito lindos — concordo e dou um risinho. — Fiquei tão feliz por a gente conseguir se encontrar aqui. Sinto sua falta.

— Eu também. Quem diria, um ano atrás, que nossas vidas seriam tão diferentes?

— Não é? Eu sei que são todas coisas boas, e eu agradeço, mas sinto sua falta.

— Bom, temos que fazer um esforço para nos vermos mais. — Natalie dá uma olhada no telefone e eu sorrio para ela.

— Por que você não liga?

— Tenho certeza de que elas estão bem — Natalie responde quando o telefone apita. — Ah! Ela me mandou mensagem. Sim, elas estão bem. — Nat dá um sorriso enorme.

Olho para a mesa de sinuca e encontro os olhos de Nate fixos em mim. Sorrio para ele, e o canto de sua boca se levanta num sorriso preguiçoso. Sinto a fisgada direto nas minhas entranhas.

Jesus, ele faz coisas comigo.

— Bom, oi, linda.

Minha cabeça se vira, e logo vejo DJ, um homem com quem me envolvi brevemente há dois anos, parado na ponta da nossa mesa. Fiquei tão concentrada em Nate que nem percebi esse cara.

— Oi, DJ — respondo sem entusiasmo.

— Nat. — Ele pisca para Natalie, e ela o fulmina com o olhar.

As coisas entre mim e DJ não terminaram bem.

— Então, Jules, como você está? — ele pergunta, um sorriso convencido no rosto bonito demais. DJ é elegante, alto, tonificado, cabelos escuros. Trabalha na academia que eu costumava frequentar, e já foi meu instrutor por um tempo.

— Estou ótima, DJ.

— Ótimo saber. E ver que você está mantendo esse corpinho bonito que você tem. — Ele pisca para mim, e meu estômago dá uma volta. Cretino. Quero que ele saia daqui, e começo a rezar para Nate estar entretido demais no jogo para notá-lo.

— Obrigada por vir falar oi, mas a Natalie e eu estamos aqui tomando uns drinques, DJ. Boa noite.

— Se importam se eu me sentar com vocês?

Jesus, esse cara é sem noção.

— Sim, a gente se importa. Tchau, DJ.

— Ah, não precisa fazer assim. — Ele passa os dedos pelo meu rosto, e eu o pego pelo pulso e tiro sua mão de mim.

— Não me toca. Só vai embora.

— Ou o quê, Jules?

— Ou eu vou quebrar sua cara — Nate murmura discretamente atrás dele.

Capítulo Vinte e Seis

Porra.

Olho para cima, e vejo tanto Nate quanto Luke parados atrás de DJ: Luke com os braços cruzados sobre o peito, observando, e Nate olhando feio para a nuca de DJ, olhos cinzentos duros e estreitos.

DJ se vira e oferece um sorriso arrogante para Nate, o que ele acha que é charmoso, e dá uma piscadinha.

— Ei, cara, tá tudo sob controle. Eu comi essa garota há uns anos. Se eu conseguir jogar certo, acho que vou conseguir comer ela de novo mais tarde.

Ouço Nate prender a respiração e então tudo acontece em câmera lenta. Nate arreganha os dentes, agarra DJ pela camisa e o arrasta da nossa mesa, passa pelo bar e pela porta da frente, com Luke indo logo atrás.

Natalie e eu nos entreolhamos por um segundo, e depois saímos da cabine e os seguimos lá para fora.

Nate está com DJ encostado na parede do prédio, seu rosto a centímetros do rosto dele. Irado.

— Seu filho da puta, quem tem ensinou a falar assim, porra?

— Vai se foder — cospe DJ, e chuta Nate na canela. Nate solta um grunhido, mas não solta a camisa de DJ. Os músculos de seus braços estão firmes com a raiva.

DJ me olha sobre o ombro de Nate e sorri.

— E aí, gata, sentiu falta disso? — Ele agarra o pau por cima do jeans e ri da própria piada.

— Você não faz ideia de com quem está mexendo — murmuro.

Luta Comigo

Nate não mexeu um músculo. Está olhando feio para DJ, a respiração dura, mas está completamente controlado e não vai machucar o cara, mesmo que ele faça gestos obscenos para mim.

DJ mede Nate de cima a baixo e sorri de novo.

— O que você quer que eu faça, Julianne? — ele pergunta em voz baixa.

DJ dá um risinho.

— Está pedindo permissão pra sua namorada, fruta?

— Quebra a cara dele, Nate.

— Achei que você nunca ia pedir, amor.

Nate dá um passo atrás, soltando DJ, e vira as costas. Sei qual é sua estratégia: deixar DJ dar o primeiro golpe.

Nate não se decepciona.

DJ o agarra pelo ombro e o puxa para virá-lo e lhe dar um soco bem no queixo. Sangue espirra do canto da boca de Nate.

— O que você achou, filho da puta? — provoca DJ.

— Achei que seu gancho de direita é patético, seu otário.

Nate dá dois socos em DJ, um no nariz, outro no estômago, e o lança no chão. Porém, o outro homem é idiota e se levanta de novo, vacilando nos pés. Nate se esquiva e contra-ataca com outro gancho de direita no queixo, depois, pega DJ pelos ombros e o abaixa de encontro ao joelho, bem no estômago, lançando-o no chão outra vez.

— Fica aí — Nate rosna.

— Vai se foder! — DJ se levanta de novo, mais trêmulo dessa vez, e esfrega a barriga. Ele faz menção de dar um novo soco em Nate, que se abaixa, pega DJ pelo tronco e o levanta para empurrá-lo contra a parede com a ajuda do ombro forte, e larga DJ no chão uma última vez.

Puta que pariu! Eu sabia que Nate era forte, mas vê-lo assim, desse jeito, é simplesmente incrível. Não apenas ele pode realmente machucar alguém, ele pode matar.

— Se você sabe o que é bom pra você, fica aí, filho da puta.

DJ ofega e tosse, se encolhendo de dor. Tenho certeza de que machucou as costelas; se não as quebrou. Ele se põe de joelhos, e Luke fala pela primeira vez:

— Está entendendo melhor agora? Fica aí na porra do chão, antes que ele te mande pro hospital.

DJ está claramente envergonhado quando desaba no chão de novo, sentado de bunda, se encolhendo de dor. Uma pequena plateia se juntou para assistir ao show, resmungando e rindo de DJ. Ele ergue a cabeça e me fulmina com o olhar.

— Eu devia ter quebrado sua cara quando tive chance. Você não passa de uma vagabunda.

Nate chuta DJ na cara, mas eu grito:

— Não!

Ele para e se vira para mim, olhos cinzentos lívidos.

— O quê?

Balanço a cabeça e olho de novo para DJ. Mostro-lhe um doce sorriso falso, vou andando até ele, e me agacho quando chego perto.

— Você tentou quebrar minha cara, lembra, DJ? E fui eu que quebrei a sua. Tenho certeza de que essa bela cicatriz aí perto do seu olho esquerdo foi cortesia minha.

Eu me levanto e saio andando.

— Puta vagabunda! — ele grita.

— Pode ir lá — murmuro para Nate quando passo por ele, e ouço DJ grunhir e sua cabeça bater na calçada quando Nate lhe acerta um último soco na cara. É um nocaute.

— Bom, uma coisa eu digo sobre as nossas saídas: nunca é chato. — Natalie se vira no assento do passageiro da Mercedes deles e olha para mim e Nate.

— Não, nunca é chato — murmuro e beijo os nós dos dedos feridos e inchados na mão de Nate. — Está tudo bem? — pergunto a ele.

— Estou ótimo — ele murmura. Ele não quer me olhar no rosto, e, sem contar quando eu encostei nele, Nate mal colocou a mão em mim.

Luke para na entrada da minha garagem, e Nate e eu descemos do banco traseiro. Eu me inclino na janela de Nat para beijar sua bochecha.

— Dá um beijo na Livie por mim. Eu te ligo amanhã.

— Ok. Tchau, Nate. Você é demais. — Ela pisca para ele, Luke acena para nós dois, e eles saem da garagem.

— Vamos entrar. — Vou andando para a varanda da frente, mas Nate passa a mão pelo cabelo e fica parado.

— Talvez seja melhor eu voltar para casa esta noite.

— O quê? — Eu me viro de novo para ele, confusa e um pouco assustada. — Por quê?

Ele balança a cabeça e olha para os pés.

— Você mesma disse que uma noite separados não iria nos matar.

Fiquei completamente sem chão. Este homem frio e distante não é o *meu* Nate.

— Não quero dormir sem você — sussurro e meu estômago revira quando ele se encolhe e se afasta de mim. — Olha, Nate, eu sinto muito pelo DJ... — Nate se vira para mim rapidamente, seus olhos cinzentos irritados e o rosto tenso.

— Não peça desculpas por aquele filho da puta, Julianne.

— Tá bom. — Dou um passo para trás e cruzo os braços sobre o peito. Eu não sei o que dizer. Não sei qual é o problema.

— Você não fez nada de errado.

— Tá bom — repito e passo a língua nos lábios com nervosismo. — Então, por que você está me punindo? — pergunto em tom baixo.

Nate abaixa a cabeça, planta as mãos nos quadris e respira fundo.

— Não é isso que estou tentando fazer.

— Fala comigo, Nate.

— Estou nervoso pra caralho, Jules. Além de nervoso. Eu queria continuar socando aquele cara, mais e mais, até que ele virasse um amontoado sangrento. Agora, estou com muita adrenalina e raiva correndo pelo meu corpo para confiar em mim mesmo para não te machucar. Eu nunca te machucaria intencionalmente, mas não estou me sentindo gentil. — Ele passa os dedos pelo cabelo e se afasta com frustração.

— Não fuja de mim — eu devolvo suas palavras. Ele está de costas, olhando para baixo, para minha calçada escura. — Você não me deixa fugir, então vou fazer o mesmo, Ás. Se está nervoso, tudo bem. Se está frustrado, tudo bem. Mas você vai ser essas duas coisas comigo, não fugindo de mim.

Ficamos assim pelo que parecem ser longos minutos, mas só podem ter sido segundos. Finalmente, ouço sua voz baixa.

— Por que, algum dia, você deixou aquele idiota perto de você?

— Cacete — murmuro e esfrego a testa.

— Sério, Julianne, eu não entendo. — Ele se vira e olha para mim, mas seus olhos são ilegíveis.

— Nate, *anos* se passaram. Anos.

— E? — Ele levanta uma sobrancelha.

— Eu frequentava a academia onde ele trabalha. Ele foi, e provavelmente ainda é, um instrutor. Eu era jovem e idiota o suficiente para pensar que ele era bonitinho. Saímos duas vezes, Nate. Eu transei com ele uma vez, e ele começou a me perseguir. Eu disse que não estava mais interessada nele, ele ergueu um punho, e eu quebrei alguns daqueles dentes bonitos.

Ando até Nate e faço menção de tocá-lo, mas ele se afasta de mim.

— Para com isso — sussurro.

— Você não entende. Me dá nojo que ele tenha te tocado. — Ele corre as mãos pelo cabelo de novo e olha para o céu e depois para mim. — Eu sei que você não era inocente quando te conheci, mas não preciso conhecer alguém que esteve *dentro* de você. Mesmo se ele não tivesse sido um cretino, eu ainda teria vontade de quebrar a cara dele.

— Nate, ele significa menos que nada para mim. Você mesmo viu. Eu te disse para quebrar a cara dele.

— Sim, isso também foi algo novo. Eu nunca pedi permissão para proteger ninguém antes.

Então, esse é o ponto.

— Sabe o que significa para mim que você tenha tido o autocontrole para cuidar de mim antes de cuidar dele? — Nate franze a testa, e eu continuo falando: — Você nunca me machucaria, querido. — Respiro fundo e continuo: — Além disso, eu dei de cara com a mulher que ainda usa o seu sobrenome, Nate. Eu queria arrancar o coração dela pela bunda, mas mantive a compostura. Não vou fazer isso de novo.

— Eu te disse, não tenho mais nada a ver com ela.

Só inclino a cabeça para o lado e olho fixamente para ele, impassível até que ele suspira profundamente e balança a cabeça.

— Certo, entendi.

— Se eu me deixar pensar sobre o fato de que você foi casado, ou pensar sobre as mulheres com quem você esteve, Nate, isso vai me deixar arrasada. Me recuso a pensar nessas coisas. Eu estou com você agora, e sei que eu sou a única com você agora; é tudo o que importa. — Dou mais um passo em direção a ele e seguro seu rosto nas mãos, passando os dedos pelos seus cabelos. Nate não se afasta, mas também não me toca.

— Obrigada por esta noite, por me proteger e me fazer sentir tão amada.

— Eu te amo — ele sussurra e eu sorrio para ele, tão apaixonada.

— Eu sei — sussurro também, e os braços de Nate vêm ao meu redor, me puxando para junto dele. Com minha cabeça debaixo do queixo, ele simplesmente me abraça apertado. Passo os braços em torno do seu tronco e me agarro a ele conforme ele me embala para frente e para trás, beijando meu cabelo.

— Então, hum, isso significa que você vai ficar? — pergunto, e meu estômago se acomoda quando o sinto rir encostado na minha bochecha.

— Sim, eu vou ficar, amor. — Ele beija meu cabelo mais uma vez e eu me afasto. Nate agarra meu queixo com os dedos e inclina minha cabeça para trás. — Você é minha.

Um sorriso lento se espalha pelo meu rosto.

— Falou e disse.

— Nossa, como você é linda.

De repente, estou nos braços de Nate e ele está mexendo com as chaves para tentar destrancar a porta da frente e me levar para dentro. Sou colocada no hall de entrada para ele fechar e trancar a porta. Ele vem andando em minha direção lentamente, conforme eu me afasto de costas em direção à escada.

— Você sabe o que faz comigo? — ele pergunta, com a voz baixa e áspera, seus olhos estreitos e suas mãos em punhos ao lado do corpo.

— O quê? — pergunto, sem fôlego.

— Você me faz querer coisas que eu nunca quis antes. Você me faz querer você. Deixa meu pau duro.

Meus calcanhares tocam o primeiro degrau da escada e eu começo a subir devagar, de costas, incapaz de parar de olhar para ele. Subo uns cinco degraus quando ele murmura:

— Para.

Ele desabotoa a camisa enquanto sobe os degraus abaixo de mim e tira o tecido pelos ombros, deixando-a cair no chão. Ele alcança o quarto degrau e seus olhos ficam na linha dos meus. Estou segurando o corrimão para me equilibrar, hipnotizada por seus belos olhos cinzentos. Ele ainda não está me tocando, mas minha pele está arrepiada com a expectativa.

— Me toca — sussurro.

Ele se inclina e encosta os lábios nos meus, levemente, e recua para me observar.

— Por favor, me toca — eu sussurro de novo.

Seus olhos viajam do meu cabelo, passam pelo meu rosto, meu vestido, chegam aos meus sapatos e sobem novamente.

— Senta na escada — ele manda. Franzo a testa e ele estreita os olhos. — Senta.

Capítulo Vinte e Sete

Sentada na escada, olho para o rosto dele, me perguntando o que diabos ele vai fazer agora. Ele desafivela o cinto e abre a calça; mas, quando acho que vai libertar o pênis para eu poder fazer minha parte, ele se ajoelha na minha frente.

Sinto meus olhos se arregalarem e percorrerem esse homem bonito e irritado. Ele está ajoelhado na minha frente, ainda sem me tocar.

— Apoia o corpo nos cotovelos — ele sussurra, e eu obedeço. — Levanta a saia ao redor dos quadris. — Mais uma vez, eu obedeço e sinto minha respiração acelerar. Me sinto completamente exposta porque é como estou da cintura para baixo. Eu não estava mentindo quando disse que não estava usando calcinha.

Os olhos de Nate se dilatam e ele suga uma respiração profunda. Seus olhos estão fixos na minha boceta. Suas mãos se abrem e depois se fecham em punhos. Sei que ele está morrendo de vontade de me tocar.

— Me toca, amor — sussurro.

Seus olhos cinzentos encontram os meus quando ele baixa a mão e prende uma mecha solta do meu cabelo atrás da orelha, fazendo disparar arrepios pelo meu corpo.

— Você é tão linda, Julianne.

— Me. Toca — sussurro de novo. Ele fecha os olhos por um segundo e olha de novo para o meu corpo, de um jeito arrebatador.

— Nate. — Atraio sua atenção com a força da minha voz. — Você não vai me machucar, meu amor.

Ele solta um grunhido, apoia os punhos na escada, ao lado dos meus quadris, e se aproxima até me beijar, deslizando a língua dentro da minha boca, enredando-a e deslizando-a junto da minha. Esse beijo é urgente e necessitado. Passo os dedos entre seu cabelo para segurá-lo perto de mim, mas ele se afasta, ofegante, os olhos incandescentes, e diz:

— Cotovelos na escada.

— Oh.

Finalmente — FINALMENTE! — ele desliza as mãos grandes pela parte de fora das minhas coxas, sobe para meus quadris e me puxa para frente, para me sentar na beiradinha do degrau, e abaixa a cabeça. Ele sopra no meu núcleo, fazendo minha pele arrepiar. Depois, afasta mais minhas coxas, abre meus lábios no mesmo movimento, e me lambe do ânus até o clitóris e desce de novo.

— Puta merda! — Minha cabeça tomba para trás, e meus quadris se levantam do degrau. Nate me sustenta firmemente, pressionando o rosto no meu sexo, e me beija, mergulhando a língua macia e talentosa dentro de mim, fazendo um movimento circular e pressionando o nariz no meu clitóris.

Eletricidade está disparando pelo meu núcleo, pela minha coluna, pelos meus braços e pernas. Olho para ele e seu olhar cinzento quente está fixo no meu rosto, aceso com desejo.

— Oh, Deus, amor, eu vou... — Não consigo terminar a frase. Ele move a língua ao longo dos meus lábios e pressiona meu clitóris, ao mesmo tempo em que enfia dois dedos dentro de mim, num movimento para baixo, e eu explodo no clímax, músculos pulsando, ordenhando seus dedos, meu clitóris latejante na sua língua.

Ele beija e dá mordidinhas no interior das minhas coxas e no meu púbis, depois tira os dedos de dentro de mim e põe na boca para sugar meu néctar.

— Você é deliciosa — ele sussurra e desamarra as alças do vestido atrás do meu pescoço, deixando o corpete cair até minha cintura e expondo meus seios nus. — Jesus.

Nate se inclina e circunda um mamilo com o nariz. Minha respiração ainda está errática do orgasmo alucinante que ele acabou de me dar; o nariz no meu mamilo dispara um fogo direto para o meu sexo, e eu digo seu nome com um gemido.

Nate envolve os lábios no botão apertado, e cuida do outro com os dedos. Eu levanto uma das mãos e enrolo os dedos em seus cabelos. Nate se afasta e me olha.

— Cotovelos na escada — ele repete.

— Não, eu quero te tocar.

— Vou te segurar se eu precisar. Cotovelos na escada.

Caralho.

Obedeço, excitada demais ao perceber sua necessidade de me controlar. De controlar isso.

Sua boca cobre o outro seio, e ele se concentra em me enlouquecer de novo, enquanto me contorço embaixo dele.

De repente, ele se afasta, agarra meus quadris, me levanta e me põe de quatro.

— Eu preciso de você — ele rosna, e eu o ouço baixar as calças pelos quadris. — Agora.

Nate me penetra, forte, e eu grito de surpresa e só um pouco de dor. O *piercing* parece maior do que o normal, pressionando o meu âmago.

— Nossa, amor, você está tão molhada e apertada. — Ele tira o membro e penetra mais uma vez, tão duro quanto antes. Dou um gemido.

— Isso — sussurro.

— Vou ser duro com você, amor.

— Que bom — respondo.

— Me fala se for demais.

— Não fala, só faz, amor. Me fode.

Ele me dá uma palmada na nádega direita, agarra meus quadris sem piedade e começa a bombear dentro de mim num ritmo rápido, desesperado. Me bate uma vez, duas vezes, e eu gemo com o prazer do ardor, adorando que ele esteja louco de tesão por mim, que eu possa fazê-lo se perder em mim.

— Caralho, amor. — Ele me aperta mais firme e estoca uma última vez, deixando-se levar pela libertação do prazer e me levando com ele.

Nate está ofegante e trêmulo atrás de mim, mas não separa nossos corpos, apenas se inclina e me beija entre as escápulas, encostando a bochecha ali, com as mãos apoiadas na escada entre meus cotovelos.

— Você está bem? — ele sussurra, me fazendo sorrir.

— Estou fantástica. Você está bem?

— Machuquei você?

— Não, querido. — Beijo seu bíceps. — Você é demais.

Ele ri e sai de dentro de mim, me fazendo ofegar quando sinto o *piercing* roçar minhas paredes internas.

— Jesus, estou feliz por você não ter medo de agulhas. — Eu me viro e sento na escada, olhando em seus olhos cinzentos e brilhantes. Ele agora está relaxado; a raiva e a frustração aparentemente foram liberadas com o sexo violento e um orgasmo quente.

— Você ficaria incrível com uma tatuagem — ele murmura.

Estreito os olhos para ele.

— Você estava dentro de mim há menos de trinta segundos e agora está sendo cruel.

— Não estou sendo cruel, estou falando sério.

Inclino a cabeça e olho para suas tatuagens sensuais. Pela primeira vez na vida, eu considero também.

— As suas são sexy.

— Conheço um artista excelente, se você mudar de ideia. — Seus olhos são cálidos e cheios de luxúria, seus lábios formam um meio-sorriso para mim, e sinto algo mudar.

— Vamos conversar com ele amanhã.

Nate fica de queixo caído e olhos arregalados.

— Sério?

— Sério. Vou considerar essa ideia. — Dou de ombros, tentando não demonstrar o quanto estou nervosa com o pensamento de alguém chegar perto de mim com agulhas num negócio parecido com arma, mas ele me enxerga por dentro.

Ele sempre me enxerga por dentro.

— Você não tem que fazer isso por mim — ele murmura.

Balanço a cabeça.

— Gravar um trabalho de arte permanente no meu corpo e me submeter à tortura nas mãos de uma agulha não é algo que eu faria por qualquer homem. Talvez seja a hora de enfrentar alguns dos meus medos.

Ele ri e me coloca em pé, depois me joga por cima do ombro e bate na minha bunda, antes de começar a subir a escada.

— Chuveiro — diz com um sorriso em sua voz.

— Boa ideia.

— Você tem certeza? — Nate pergunta.

— Não.

— Quer ir embora? — Ele aperta minha mão com mais força e beija minhas têmporas.

— Não.

— Que diabos, McKenna? — O homem coberto de tatuagem mostra os dentes para Nate e sorri gentilmente para mim. Ele é o cara com as armas de destruição em massa. — Você vai ficar bem, docinho. Sua tatuagem é minúscula, vou levar dez minutos, no máximo.

— Não consigo acreditar que estou fazendo isso. — Fecho os olhos e

Luta Comigo 263

deixo a cabeça cair na cadeira de tatuagem. O tatuador inclina a cadeira para trás assim que eu me deito.

— Bom, abaixa as calças.

— Porra, cara, é sério isso? — Nate olha feio para o tatuador, e a cena me dá vontade de rir.

— Só um dos privilégios do meu trabalho, cara. — Ele sorri e encolhe os ombros. Eu relaxo até vê-lo pegar uma coisa que parece uma pistola e vir em minha direção.

— Espera — peço, e ele para com as sobrancelhas levantadas. Eu passo a língua nos lábios. — Hum, quantas tatuagens você já fez?

— Milhares — ele responde.

— Você é bom com essa arminha? — pergunto, e ele me olha.

— Isso não é uma arma. É uma máquina.

Oh.

— Você é bom com sua máquina? — pergunto, e um sorriso lupino se espalha por seu rosto bonito. Nate fala um palavrão para si mesmo.

— Querida, você não tem ideia.

— Estou falando sério.

— Tá bom. — Ele se arruma na cadeira, cotovelos sobre os joelhos, e me olha nos olhos. — Eu faço isso há quase vinte anos. Me formei em artes na faculdade, por isso sou muito bom. Nunca tive um cliente insatisfeito. Você viu meu portfólio agora há pouco.

Concordo com a cabeça e respiro fundo. Além disso, ele está certo, a que eu escolhi é superpequena.

— Querida, nós não estaríamos aqui se eu não achasse que ele é o melhor. — Nate aperta minha mão de novo de um jeito tranquilizador e eu relaxo um pouco.

— Certo. — Desabotoo a calça jeans e puxo um pouco para o meu osso do quadril esquerdo ficar exposto. Aponto onde eu quero que seja. — Bem aqui.

— Não tem problema, só deita e respira fundo. — O tatuador (já até esqueci o nome dele depois do meu horror e pânico) põe o estêncil na minha pele, coloca tinta em frasquinhos de plástico minúsculos, e pega a *máquina*.

Quando ele se vira para mim com a arma na mão, sinto meus olhos se arregalarem.

— Você não vai tentar me matar com essa coisa, não é?

— Não. — Ele ri alto e balança a cabeça. — Isso vai ser rápido. Sério.

— Olha pra mim — diz Nate, sua voz cheia de humor. Olho em seus olhos cinzentos suaves e aperto-o mais firme ao sentir o tatuador firmar a mão no meu quadril. — Apenas se concentre em mim, amor. O que você quer fazer quando sair daqui? — Ele afasta meu cabelo do rosto e sorri para mim. A *máquina* começa a funcionar e eu me encolho.

— Hum, não sei.

— Vamos dar uma volta de moto — ele sussurra no meu ouvido e eu fecho os olhos, focada em sua voz.

— Combina. Tatuagens e motos — sussurro de volta. Ele ri baixinho e beija minha bochecha.

— Aqui vamos nós — diz o tatuador, e eu sinto uma ardência no quadril. Fecho os olhos com força. De repente, Nate está me beijando suavemente, provocador, correndo os lábios suaves nos meus, beliscando os cantos da minha boca, antes de aprofundar o beijo ainda mais. Ele ainda está segurando minha mão direita na sua com força, e a outra está cobrindo meu rosto, me segurando junto dele.

O ardor é persistente, mas não tão ruim. Os lábios de Nate são a distração perfeita.

— Você está indo muito bem — ele sussurra nos meus lábios e eu abro os olhos para olhar nos seus. — Está quase pronto, Jules.

— Como você sabe? — sussurro de volta.

Ele sorri e me beija outra vez, com mais fervor, até que, finalmente, eu ouço alguém pigarreando ruidosamente.

— Acho que ele terminou — sussurro encostada nos lábios de Nate e ele sorri para mim.

— Prontinho — anuncia o tatuador e ergue o encosto da cadeira. — Dá uma olhada antes de eu fazer o curativo.

Ele me entrega um espelho de mão, e eu olho para a nova obrinha de arte no meu quadril esquerdo. Fica num lugar bem baixo, por isso o biquíni vai cobrir. Só eu vou saber que está ali.

— Então, o que isso significa para você? — pergunta o tatuador.

— É o ás de copas — sussurro. É um coraçãozinho vermelho pequeno com um "A" em cima e à esquerda, como numa carta de baralho. — É o Nate.

Levanto os olhos e encontro Nate olhando para o meu quadril com os olhos arregalados, respiração irregular, e sinto minha própria respiração enroscar na garganta. Jesus, ele está todo aceso, parece tão... primitivo.

— Está tudo bem? — pergunto-lhe.

— Ótimo.

— Você não gostou?

Sem olhar para mim, ele fala para o amigo:

— Faz o curativo pra gente poder sair daqui.

Merda, ele não gostou.

Eu queria algo que me fizesse lembrar do Nate, sem realmente ter seu nome tatuado no meu corpo. O ás de copas fazia sentido: eu o chamo de "Ás" o tempo todo, e ele tem o meu coração. Da mesma forma, eu uso o coração dele em volta do meu pescoço todos os dias.

Depois que minha nova tatuagem é coberta e eu recebo instruções sobre como cuidar dela até cicatrizar, Nate paga o amigo, e nós dois seguimos para a moto.

— Você quer dar uma volta por onde? — pergunto e pego meu capacete, mas Nate me para, agarra minha mão e me puxa para ele.

— Jules, eu...

— Que foi? — Apoio a barriga nas costas dele e o observo. — É uma pena que você não gostou da tatuagem, Nate...

— Eu adorei. É sexy pra caralho, e adoro ver uma parte de mim em você. Só estou surpreso que você tenha escolhido isso. — Ele me olha com a testa franzida, parecendo um pouco confuso, e um nó se forma na minha barriga. Talvez tenha sido presunçoso eu fazer essa tatuagem tão cedo no nosso relacionamento. Será?

— Eu deveria ter falado com você antes. — Fecho os olhos e olho para baixo. — Parecia a coisa certa a fazer. — Dou de ombros e sorrio. — E eu adorei. Achei sexy. A Natalie vai ficar louquinha quando a vir.

— É uma espécie de compromisso — ele murmura e eu engulo em seco. — Como morar juntos.

Merda.

Ele levanta meu queixo com os dedos, me fazendo olhá-lo nos olhos, e eu me acalmo diante de sua expressão amorosa e feliz. Ele tem razão. Escolhi o compromisso de ter uma arte que me faz lembrar dele, exposta permanentemente no meu corpo. Por que estou lutando contra a ideia de morar com ele?

— Tá bom — sussurro.

— Tá bom o quê? — ele pergunta, olhando fixamente nos meus olhos, como se estivesse tentando ler minha mente. Suas mãos apertam minha lombar e eu sorrio timidamente.

— Tá bom, vamos morar juntos.

— Sério? — Ele ainda está tentando decifrar meus olhos; há esperança e amor passando por seu rosto, e eu nunca tive mais certeza de algo na minha vida.

— Sim. É sério. Vamos começar a pensar nisso esta semana.

De repente, o rosto de Nate se divide em dois, com o maior sorriso que eu já vi ali; e ele me levanta e me gira no lugar com um sonoro:

— É isso aí!

Nós dois estamos rindo quando ele me coloca de volta no chão, segura meu rosto nas mãos e me beija suavemente, mas de um jeito profundo, amoroso, e eu me derreto nele.

— Obrigado — murmura. — Anda, vamos dar nossa volta. — Ele me dá o capacete e eu franzo a testa para ele.

— Não posso andar sem isso? Eu gosto do vento no meu cabelo.

— De jeito nenhum. Segurança em primeiro lugar. — Ele prende meu capacete na cabeça e coloca o seu antes de subimos na moto. Eu me aconchego atrás dele, com os braços em torno de sua barriga e inclino a bochecha nas suas costas, entre as escápulas. — Aonde você quer ir, amor? — ele me pergunta.

Respiro fundo, controladamente, e sorrio.

— Não me importo. Apenas vá.

E ele vai; saindo do estacionamento e seguindo em direção à rodovia, pilotando rápido, mas não de forma imprudente. Sei que ele é mais cuidadoso quando estou junto, e isso me faz sentir segura. Nate se funde ao tráfego da rodovia, rumo ao norte, mas sai cerca de oito quilômetros adiante e nos leva a um passeio em volta do lago Washington, seguindo estradinhas que eu nem sabia que existiam. A vista é incrível, e eu vejo os barcos bonitos sobre a água. De repente, me ocorre que já estamos quase no fim de maio, e que o clima está começando a esquentar.

A moto ronca alto, abafando o barulho que parece nos cercar constantemente, e eu só encosto no meu amor e aproveito o vento, a vista e a sensação do corpo dele junto ao meu.

Poucas horas depois, chegamos à garagem de Nate e ele me ajuda a descer da moto.

— Como foi, Srta. Montgomery?

— Incrível. Foi uma forma impressionante de passar o dia. Obrigada. — Fico na ponta dos pés e beijo seus lábios. — Agora, me deixa te dar comida.

— O que você tem em mente?

— Vou fuçar sua cozinha e encontrar algo. — Ele me leva até o elevador e me puxa em seu abraço, no percurso até o trigésimo andar.

268 Kristen Proby

— Você pode começar a deixar listas para a empregada. Ela providencia o que você quiser.

— Isso é meio... estranho. — Olho para ele, torcendo o nariz.

— Por quê?

Dou de ombros.

— Não sei. Não me importo de fazer as compras.

— Julianne, comprar mantimentos é parte do trabalho dela. Não tem problema. Além do mais, se você for morar aqui comigo, vai precisar se acostumar a isso.

Olho para ele novamente, tentando decifrar seu rosto. Ele sorri e me beija de leve.

— Mal posso esperar para ter você aqui em caráter permanente.

Sorrio, e nada do nervosismo ou do medo que eu tinha da perspectiva de viver com Nate se instala na minha barriga. Em vez disso, estou animada e feliz com o pensamento de estarmos juntos.

— Vou começar uma lista esta noite.

Capítulo Vinte e Oito

— O que você quer fazer amanhã? — pergunto, me deleitando no êxtase pós-orgasmo. Estamos aconchegados na cama, cobertores arrumados ao nosso redor, minha cabeça em seu peito. Os dedos de Nate estão acariciando para cima e para baixo pelas minhas costas.

Ele me fodeu até dizer chega no chuveiro, depois me sujou de novo quando chegamos na cama.

Não estou reclamando.

— O que você acha de irmos ao Pike's Market? Eu gostaria de comprar algumas verduras e legumes frescos para cozinhar amanhã à noite pra você.

— Claro, parece legal. Eu amo o centro da cidade.

— Você vai se mudar para a minha casa — ele sussurra e eu sorrio.

— Eu vou.

— Amanhã — ele diz simplesmente.

Eu rio e beijo sua bochecha.

— Acho que tenho alguns telefonemas para fazer, tenho que empacotar umas coisas, e você e eu precisamos conversar sobre logística.

— Estou pronto para as suas coisas serem misturadas às minhas; suas roupas estarem no nosso armário; e você no nosso lar doce lar.

— Deus, você diz as coisas mais fofas e melosas para mim, amor.

— Estou falando sério.

— Eu também. Tudo isso é novo para mim. — Passo os dedos pelos seus cabelos incrivelmente macios, longos e pretos. Suspiro. — Parece que estamos indo bem rápido com as coisas.

Luta Comigo   271

— Não, Jules, estamos brincando de pega-pega. Eu quis ter isso com você durante a maior parte do ano passado. Estraguei tudo no verão. Não vou estragar de novo.

— Não estou pedindo para você me deixar ir embora. Eu não quero que você me deixe ir embora. — Beijo seu queixo novamente. — Eu te amo tanto. Parece rápido, mas é gostoso. Eu também quero essas coisas.

Suspiro, enterro o rosto em seu pescoço e sinto seu aroma. Ele passa os braços ao meu redor e me abraça apertado; eu sei, sem dúvida, que este é o lugar onde eu quero estar: em seus braços, para o resto da minha vida.

— Vá dormir — ele sussurra e beija meu cabelo.

— Pronta? — Nate pergunta, sorrindo para mim. Nós mal pisamos na calçada fora do seu apartamento, que fica a algumas quadras do mercado e do mar. Hoje vamos caminhar.

Ele está delicioso no jeans azul desbotado e camisa branca com as mangas arregaçadas nos antebraços. O tempo está finalmente ficando mais quente no início de verão, e vamos tirar proveito disso.

— Pronta — confirmo e ele entrelaça nossos dedos no caminho para o centro, num ritmo casual.

— Você está linda hoje — murmura e beija minha mão. Eu também estou vestindo jeans azul, sapatilhas pretas, e uma túnica vermelha presa na cintura com uma faixa preta fina.

— Obrigada. Você também. — Deito a cabeça em seu ombro quente, musculoso e dou um beijinho enquanto esperamos em uma faixa de pedestres. — Então, o que vamos comprar hoje?

— Verduras e legumes para uma salada e lagosta fresca. — Ele puxa nossas mãos unidas até minha lombar e me leva ao outro lado da rua, prestando atenção aos motoristas loucos. Adoro como ele me protege e cuida de mim, ao mesmo tempo em que ainda me faz sentir como se fôssemos parceiros.

— Parece delicioso.

— Quer comer alguma coisa enquanto estamos aqui?

— Donuts pequenininhos e café da Starbucks. — Pike's Market tem a primeira Starbucks já construída, logo do outro lado da rua onde estão os vendedores. Também há um estande que serve mini donuts fresquinhos que derretem na nossa boca. São duas coisas que não podem faltar quando eu visito o local.

— Vamos cuidar disso primeiro. — A mão de Nate aperta a minha quando descemos a colina íngreme que vai até o mercado.

Quando chegamos à rua de paralelepípedos lá embaixo, respiro fundo e olho ao redor. Este é o coração de Seattle. Homens de negócios e magnatas, famílias e casais, e pessoas de todas as formas, tamanhos e cores. Há músicos na calçada, cantando e tocando instrumentos por um trocado; são incríveis e atraem um belo público.

Eu amo a visão dos arredores, os sons e os cheiros.

— Estou muito feliz por você sugerir isso. — Sorrio para ele. — Faz um século que não venho aqui, e adoro.

— Eu também. — Nate beija minha testa e me leva para a Starbucks. Pedimos nossas bebidas e saímos andando pelo mercado, começando pelo fim, com meus mini donuts, para podermos mastigar as delícias quentes e macias enquanto passeamos.

— SALMÃO! — alguém grita, e um grande salmão cinzento passa voando na nossa frente. Um homem em calça alaranjada e suspensórios marrons pega o peixe e o joga para um cara com a mesma roupa, atrás do balcão de peixes.

Nate e eu sorrimos um para o outro, observando o show de lançamento de peixes por alguns minutos, bebericando nosso café e comendo os donuts, nos sentindo inundados por Seattle.

Mais peixes voam por nós, de um lado para o outro, com homens gritando e exibindo uma cena divertida. Nate e eu escolhemos duas grandes lagostas, que são embaladas numa caixa com uma alça para transporte fácil.

Como ele está com as mãos ocupadas por causa da lagosta e do café, eu ponho um pedaço de donut em sua boca, e continuamos pelo mercado, num caminho sinuoso através do mar de gente. É impossível fazer compras no Pike's Market com pressa. Tem gente demais, ainda mais em fins de semana.

Nate e eu escolhemos as coisas para a salada, e ele me compra um buquê lindo de tulipas frescas e gérberas.

— Obrigada, querido. São lindas. — Enterro meu rosto nas flores, respiro a doce fragrância e sorrio para Nate.

— Como você. — Ele beija meu nariz, joga o copo de café vazio numa lata de lixo próxima e pressiona a mão na minha lombar, me levando para fora do mercado, em direção à calçada.

Levanto os olhos e congelo. *Puta que pariu.*

— O que foi? — Nate pergunta e segue o meu olhar. — Merda — ele sussurra.

A nem cinco metros de nós está Carly, do escritório. Ela está de costas, olhando para um cachecol feito à mão. Depois de pagar o vendedor, ela vira a cabeça em nossa direção. Cruzamos um olhar. Prendo a respiração, esperando que ela faça alguma coisa, mas ela não faz. Nada em sua expressão muda, e é como se fôssemos estranhas. Ela junta as sacolas de compras e caminha na direção oposta a nós, sem olhar para trás.

— Ela nos viu — sussurro.

Ele beija minha testa e passa o nariz na minha orelha.

— Não se preocupe — ele sussurra.

De repente, um garotinho de cabelos castanhos, de uns três anos, para na frente de Nate, chorando, e olha para ele.

— Papai?

— Ei, amiguinho. — Nate põe a caixa de lagostas no chão a seus pés e se ajoelha diante do menino que está obviamente perdido. — Você está procurando o papai?

O menino faz que sim e continua a chorar. Nate acaricia seu ombrinho de um jeito tranquilizador e sorri suavemente.

274 **Kristen Proby**

— Qual o seu nome?

— Blian.

— Brian?

Ele balança a cabeça novamente.

— Ok, Brian, vamos encontrar seu pai.

Nate me entrega a caixa de lagostas, pega a mãozinha de Brian na sua e olha em volta. Ele não tem que procurar muito, pois um homem com cara de pânico vem correndo até nós.

— Brian! Você não pode se afastar assim! — Ele puxa o menino nos braços, beija sua bochecha e sorri pesarosamente para Nate. — Obrigado. Eu juro, a gente vira as costas por um segundo e...

— Não tem problema. — Nate sorri também. — Estou feliz que você o tenha encontrado.

Observei toda a cena com um pouco de espanto. Nate lida tão bem com as crianças, que elas parecem ser atraídas para ele.

E, pela primeira vez na minha vida, o pensamento de ter filhos não me deixa apavorada. Nate iria nos amar, nos proteger e ser apenas... Nate.

Será que eu poderia ser esposa e mãe em tempo integral, sem ser consumida pelo trabalho?

Talvez.

Nate se vira de novo para mim e sorri, pega a caixa de lagostas da minha mão, e entrelaça nossos dedos com a mão livre.

— Pronta para ir para casa?

Oh. Meu. Deus.

Sim. Certamente eu poderia formar uma família com este homem. E isso me deixa sem palavras.

— Amor? — Ele franze a testa quando eu fico ali parada, olhando para ele.

Saio do transe e sorrio.

— Sim, eu estou pronta. Vamos para casa.

Capítulo Vinte e Nove

— Acorda, amor. — Estou de bruços, e meus braços estão sob o travesseiro, aconchegando minha cabeça. Nate afasta o cabelo do meu rosto e beija minha bochecha.

— Que horas são? — resmungo.

— Seis — ele murmura e beija meu ombro. Hum... que gostoso. Não estou preparada para a segunda-feira.

— Eu não quero me levantar. — Mantenho os olhos fechados.

— Eu sei — ele sussurra e passa a palma da mão pela minha coluna até minha bunda e faz o movimento de subida. Nate beija minha bochecha, mordisca minha orelha, e meu corpo acorda. — Pega o travesseiro, amor.

Tiro os braços de baixo do travesseiro e seguro cada ponta nos meus punhos. Abro um olho e suspiro com a visão do meu homem sexy, de cabelos pretos soltos, com uma tatuagem tribal descendo pelo braço direito e outra pela lateral esquerda do corpo, parecendo todo sonolento e sexy e *meu*.

— Você é sexy — murmuro.

— Eu quero você — ele sussurra.

— Eu estou bem aqui, Ás.

Ele planta um beijo molhado no meu ombro e sussurra em meu ouvido:

— Não solta esse travesseiro.

Uma de suas mãos desliza pela minha coluna até a bunda e puxa as cobertas de cima de mim até o fim da cama. Posicionado entre minhas pernas, afastando-as com os joelhos, ele se apoia acima de mim, sobre os punhos dos dois lados do meu tronco, e começa uma trilha de beijos pelas minhas costas até minha bunda.

— Nate — sussurro.

— Sim, querida. — Ele lambe e belisca minhas nádegas e desliza a mão até minha coxa, encontrando-me molhada e esperando por ele. — Porra, Julianne, você está muito molhada.

— Preciso de você dentro de mim, amor.

— Você vai ter. Pode soltar o travesseiro.

Solto, e ele me vira de costas, depois me cobre com o corpo comprido e musculoso de novo, me beijando profunda e apaixonadamente, como se não conseguisse ficar outro minuto sem que seus lábios tocassem os meus.

Coloco as mãos ao redor de seus quadris, apoiando a sola dos pés sobre suas coxas e enfiando os dedos entre seus cabelos.

— Segura o travesseiro de novo — ele sussurra sobre minha boca, mas eu nego com a cabeça.

— Nate, eu preciso te tocar esta manhã. — Preciso mesmo. Não consigo explicar por quê; só preciso colocar as mãos nele.

Ele recua um pouquinho para me olhar no rosto, olhos cinzentos procurando algo nos meus.

— O que foi?

— Não sei, só preciso sentir você.

— Tá bom, amor, pode me tocar o quanto quiser. Adoro quando você me toca. — Ele me beija de novo, mais suavemente dessa vez, fazendo aquela boca talentosa trabalhar sobre a minha, e afundando sobre mim. Ele abaixa o tronco e me deixa sentir seu peso. — Estou bem aqui — sussurra.

Envolvo os braços ao redor dele e passo minhas mãos para cima e para baixo por suas costas, desde a bunda até o cabelo grosso e comprido, e mais uma vez até embaixo, enquanto esfrego suas coxas com a sola dos meus pés. Não consigo parar de tocá-lo, de me esfregar em seu corpo.

— Você é uma delícia.

— Me deixa fazer amor com você, querida. — Ele puxa meus lábios entre os dentes, dá mordidinhas na linha da minha mandíbula, até minha orelha esquerda. Inclino a cabeça, dando-lhe um acesso mais fácil a esse ponto sensível, e ele lambe embaixo da minha orelha, onde sabe que me deixa louca. — Amo seu cheiro, Julianne. Tão suave, limpo, doce. — Seus dentes apertam suavemente o lóbulo da minha orelha e eu me contorço debaixo dele. — É tão deliciosa, querida. Macia, firme e pequena.

Suas palavras estão me intoxicando, fazendo amor comigo tanto quanto seu corpo, e eu sinto meus batimentos cardíacos acelerarem e minha respiração ficar mais rasa.

— Nate — sussurro.

— Não me canso de você. — Seus quadris começam a se mover num lento círculo, roçando o pau duro e grosso pelas minhas dobras. Sinto o *piercing* estimular meu clitóris, e arqueio as costas, me pressionando mais junto dele.

— Nate, eu preciso de você. — Agarro seu traseiro firme e o puxo contra mim, quase me desfazendo com a sensação de seu membro longo esfregando meus lábios, e a cabeça do pau e o *piercing* fazendo meu clitóris pulsar, conforme um orgasmo começa a se formar no meu corpo.

— Tão linda — ele sussurra no meu pescoço e enfia os braços sob meus ombros para me abraçar de um jeito que suas mãos fiquem no meu pescoço e seus dedos, entre meus cabelos. Ele me segura e me estimula mais forte, mais rápido, esfregando-se sobre mim. — Adoro te fazer gozar desse jeito.

— Ah, Deus — sussurro. Nossas vozes são baixas, estamos ofegando um pouco, fazendo amor quase com reverência. Sinto as lágrimas se acumularem nos meus olhos. Quando os fecho, sinto-as rolarem pelo meu rosto.

— Shh, amor, não chora. — Ele toca seus lábios nos meus novamente, e seu beijo é uma carícia, doce e suave. — Goza pra mim, querida.

Explodo em prazer, silenciosamente, meu corpo estremecendo e empurrando Nate. Ele aprofunda o beijo e pressiona os quadris para baixo, encontrando minha abertura com a ponta de seu sexo, e empurra para dentro de mim, tão, tão lentamente, deixando-me sentir o *piercing* deslizando pelas paredes da minha boceta. Ele me preenche tão completamente. Se

Luta Comigo

enterra em mim até a base do pênis maravilhoso e para.

— Abra os olhos.

Seus olhos cinzentos estão pegando fogo, me observando com tanto amor, que sinto mais lágrimas vazarem pelos cantos do meu rosto.

— Seus olhos são do azul mais brilhante que eu já vi, e ficam ainda mais azuis quando estou em você. Adoro quando me olha assim.

— Como estou olhando pra você? — sussurro, e entrelaço os dedos em seu cabelo espesso, amando a sensação de ter minha cabeça e meus ombros em seus braços, com seu corpo atracado ao meu, me sentindo preenchida por ele.

— Como se você só enxergasse a mim — ele responde em outro sussurro.

Seguro sua face nas mãos, olhando-o diretamente nos olhos, sem prestar atenção alguma nas lágrimas no meu rosto.

— Eu só enxergo você.

Com um pequeno grunhido, ele me beija desesperadamente; e sua pélvis começa a se mexer, devagar, entrando e saindo de mim. Aperto sua bunda em minhas mãos de novo e sinto meu orgasmo tomar corpo outra vez. Ele também deve sentir, porque se move mais rápido, e me penetra um pouco mais forte a cada movimento.

— Se liberta, Julianne.

— Goza comigo.

Interrompendo o beijo com um gemido e me prendendo no lugar com seus olhos cinzentos emocionados, ele abre a boca, e a respiração se torna ofegante. Ele estoca duas vezes, três vezes, e atrita o púbis no meu clitóris ao se derramar dentro de mim. Eu gozo, sem desviar os olhos dos dele, estremecendo ao redor do membro.

— Ai, meu Deus — sussurro, meu corpo começando a se acalmar.

Ele desaba em cima de mim e enterra o rosto no meu pescoço.

— Nate. — Ele levanta a cabeça ao ouvir minha voz. Beijo sua bochecha. — Eu te amo.

— Deus, eu também te amo, Julianne.

Hoje o trabalho foi... bem, estranho. A Sra. Glover fica me olhando de modo especulativo cada vez que eu passo pela sua mesa, o que me deixa nervosa e curiosa para saber o que ela está pensando. Não ouvi notícias de Nate durante todo o dia. Eu vim para o escritório primeiro; ele foi para a academia e chegou aqui uma hora depois de mim, no seu horário de sempre. Mas não me enviou nenhuma tarefa, e também não recebi nenhum sinal de vida dos meus colegas.

Por isso, fiquei na minha sala durante a maior parte do dia, trabalhando em alguns relatórios que precisavam ser refeitos e fazendo pesquisa sobre um cliente que eu sei que Nate está considerando trazer para nossa carteira.

Às duas da tarde, há uma batida na minha porta.

— Pode entrar.

A Sra. Glover enfia a cabeça na porta.

— Srta. Montgomery, a senhorita está sendo convidada a participar de uma reunião na sala de conferências.

— Ok, obrigada. Alguma ideia do que se trata? — pergunto ao pegar meu iPad e caminhar em direção à porta.

— Não, mas eles passaram o dia todo lá.

— *Eles?*

— Sim, os dois sócios, o CEO e a chefe de Recursos Humanos.

Meu estômago afunda até meus pés.

Porra.

Sigo a Sra. Glover para a sala de conferências. Ela bate na porta e entra.

— A Srta. Montgomery — anuncia a Sra. Glover e me pede para entrar.

Nate e o Sr. Luis estão sentados atrás de uma mesa de reunião comprida, junto com nosso CEO, o Sr. Vincent, e uma mulher de terninho preto, provavelmente do RH.

Nate não me olha nos olhos quando entro na sala.

— Srta. Montgomery, por favor, sente-se. — A mulher do RH aponta para a cadeira na frente deles. Ótimo, vou me sentar sozinha na frente deles todos.

Merda.

Sento na cadeira e coloco o iPad na mesa diante de mim. Em seguida, entrelaço os dedos e os deposito sobre o colo, olhando de um lado ao outro para cada uma das pessoas ante mim. Seus rostos estão completamente impassíveis, sem dar qualquer indicação quanto às razões por eu ter sido chamada aqui, mas eu sei.

Carly deve ter contado.

— Srta. Montgomery — começa o Sr. Vincent. Eu só o encontrei uma vez antes, mas ele parece ser um homem gentil. É mais velho, tem cabelos grisalhos e olhos bondosos. Seus olhos ainda estão tranquilos e gentis quando me olham, do outro lado da mesa, inclinando-se para frente. — Tenho uma pergunta para a senhorita.

— Sim, senhor — respondo, orgulhosa de mim mesma por soar confiante e profissional.

— Há quanto tempo a senhorita está na minha empresa?

Enrugando um pouco a testa, olho para a mulher do RH. Certamente eles têm essa informação, não têm?

— Três anos, Sr. Vincent — respondo.

— E, nesse tempo, a senhorita recebeu informações sobre nossas políticas e procedimentos?

— Claro.

— Bom. — Ele balança a cabeça e olha para os papéis espalhados diante dele. — Então, está ciente de que esta empresa tem uma política de relacionamento interpessoal.

— Estou. — Não vou murchar na frente dessas pessoas. Eu sabia que isso poderia acontecer e assumi o risco. Sinto que os quatro pares de olhos estão em mim e agora eu olho para cada um deles, Nate por último. Seu rosto está frio, seus olhos me observam sem nenhuma emoção. É do mesmo jeito que ele me olhou por oito meses depois da primeira vez que fizemos amor no apartamento dele, até que me convenceu a voltar para seu apartamento logo antes do meu aniversário.

— Recebemos informações de que a senhorita se envolveu com outro colaborador dessa empresa — continua o Sr. Vincent.

— O senhor deve ter recebido uma declaração de Carly esta manhã — respondo friamente, sem quebrar o contato visual. Os olhos do Sr. Vincent se ampliam, e então ele franze a testa e olha para os colegas.

— Na verdade, não. Por que a senhora sugeriria isso? — ele pergunta.

Franzindo as sobrancelhas, me odeio imediatamente pela minha boca grande.

— Foi só um palpite.

— Então, a senhorita não nega isso?

— Não, senhor.

O Sr. Vincent suspira e se recosta na cadeira.

— A senhorita tem um excelente histórico de trabalho aqui. Foi muito bem nesses três anos com a gente.

— Obrigada, senhor.

— Mas a política é a política.

Olho para Nate, e seu comportamento não mudou. Ele não vai dizer nada?

— Nós sabemos que a senhorita e o Sr. McKenna têm se visto há algum tempo. Como sócio, o Sr. McKenna é um ativo importante demais para nós perdermos. Infelizmente, não posso quebrar as regras da empresa e mantê-la também, Srta. Montgomery.

Ele para de falar e os quatro pares de olhos se direcionam a mim. A única pessoa que falou desde que cheguei na sala foi o Sr. Vincent. O restante está em silêncio. Todos impassíveis. Frios.

Especialmente Nate.

Olho para ele novamente e o encaro por um longo minuto. Nate não vacila. Não entrega nada. Ele não vai me defender nem se oferecer para sair. E isso dói mais do que o fato de eu estar perdendo o emprego.

— Programamos seu salário final, incluindo férias e licença médica, e o Sr. Vincent aprovou verbas rescisórias de três meses. A senhorita vai receber informações sobre o plano de previdência pelo correio — a Srta. RH fala pela primeira vez e me entrega o demonstrativo. — A senhorita tem quinze minutos para recolher suas coisas.

Sério? Meus olhos não deixaram os de Nate enquanto ela falou. Eu me levanto e dou meia-volta para sair, mas a voz do Sr. Vincent me para no caminho, e eu me viro para a mesa.

— Srta. Montgomery, a senhorita foi verdadeiramente um trunfo para esta empresa. Eu, pessoalmente, ficaria feliz em escrever uma carta de referência se for necessário.

Balanço a cabeça para ele.

— Obrigada.

Ando com as pernas bambas para minha sala e fecho a porta. *Puta merda.* Isso aconteceu mesmo? Acabei de ser demitida, e meu namorado não fez nada para me defender? Ele apenas ficou ali me olhando como se eu fosse uma estranha?

Como se ele não tivesse estado dentro de mim há menos de seis horas?

Nunca mantive muitos itens pessoais na minha sala, por isso eu pego minha bolsa, jogo dentro o iPad, o celular e um brilho labial que tirei de uma gaveta na minha mesa, e a caneca de café. Saio da sala me felicitando mentalmente por ter mantido o controle.

— Srta. Montgomery. — Viro na direção da voz da Sra. Glover e vejo Nate em pé em sua mesa, olhando para mim. Sua mandíbula está apertada, mas é a única emoção em seu rosto.

— Boa sorte para você, querida.

Era isso que faltava para trazer lágrimas aos meus olhos. Não respondo, só ando em linha reta até os elevadores e aperto o botão de chamada. Carly aparece ao meu lado.

— Meu Deus! Acabei de ouvir a notícia. Você está bem?

Ela tem que estar por trás disso, tem que ter relatado o que viu ao RH logo cedo hoje pela manhã, provavelmente enquanto Nate estava fazendo amor comigo.

Não olho para ela. Só fico observando os números acima da porta do elevador. Sinto os olhos de Nate nas minhas costas.

Ele que se foda.

Eles todos que se fodam.

— Jules, você está bem? — Carly pergunta novamente em sua voz doce e repugnantemente falsa.

O elevador apita quando chega, e as portas se abrem. Entro e me viro, olhando nos olhos de Nate, e respondo à Carly sem olhar para ela.

— Vai se foder.

Capítulo Trinta

— Alô?

— Will, é a Jules. — Pigarreio e mudo de pista, a caminho da minha casa.

— E aí, tudo bem?

— Preciso ficar aí com você por um tempo.

Silêncio.

— O que está acontecendo? — A voz habitual de Will, feliz e irreverente, baixou de tom, e eu sei que ele está pronto para enfrentar alguém por minha causa.

— Acabei de ser demitida, e perdi meu namorado nessa história. Preciso fugir e colocar minha cabeça no lugar. Posso ficar com você?

— Vou colocar lençóis limpos no quarto de hóspedes. Você está bem para dirigir?

— Estou, acho que ainda estou em choque, mas vou desmoronar quando chegar aí.

— Vou deixar os lenços de papel prontos também. Te amo, menina.

— Também te amo.

Desligo e ligo para Natalie. Preciso tirar os telefonemas da minha lista de coisas a fazer primeiro, antes de começar com as lágrimas. Porque, assim que começar, eu não sei se vou ser capaz de contê-las.

— Jules? — atende Nat. — Por que você não está no trabalho?

— Fui demitida.

— Merda, alguém descobriu.

— Descobriu. — Paro na garagem, desligo o motor, entro rapidamente em casa e subo para o meu quarto.

— Você parece calma.

— Estou com raiva pra caralho, principalmente do Nate. Ele não foi demitido, e, quando eu estava na frente dele e dos outros membros do pelotão de fuzilamento, ele não me defendeu.

Ouço Olivia fazer barulhinhos ao fundo.

— Você precisa que eu vá até aí? — Nat pergunta.

— Não, estou fazendo as malas. Preciso ficar longe por um tempo.

— Vem pra cá — Natalie oferece, mas sei que não é uma opção a ser considerada.

— Obrigada, mas vou para a casa do Will. Realmente quero sair do mapa por um tempo e descobrir o que vou fazer depois.

— Tudo bem, mas, se você precisar de alguma coisa, sabe onde me encontrar.

— Obrigada, Nat. — Sinto as lágrimas começarem a se formar, mas engulo e me concentro em jogar roupas na minha mala grande. Vou levar praticamente tudo porque não sei quanto tempo vou ficar fora.

Estou jogando produtos de higiene pessoal em uma mala menor quando ouço a porta da frente se abrir e fechar com uma pancada e, depois, passos pesados subirem a escada às pressas, dois degraus de cada vez. De repente, Nate está na minha porta, ofegante, seu cabelo solto, apenas de camisa branca de botões e calça. Ele olha minhas malas abertas e me prende no lugar com os olhos cinzentos estreitados.

— Aonde você está indo?

— Não é da sua conta. — Me viro para voltar ao banheiro, mas ele se aproxima de mim num impulso e me agarra pelos cotovelos.

— Vamos conversar sobre isso, Julianne.

Saio do seu alcance e passo meus braços em volta da cintura, tão lívida, tão magoada, tão confusa.

— Não me toque. Não há nada para falar, Nate. Você puxou meu tapete.

Ele dá outro passo em minha direção, mas eu recuo, e ele põe as mãos nos quadris estreitos.

— Não foi isso que aconteceu.

— Você ficou sentado na sala e deixou todos eles me despedirem sem dizer uma palavra em minha defesa.

— Você não estava naquela sala durante toda a manhã; eu, sim. Eu me ofereci para sair se eles te deixassem ficar.

— Mas você não ameaçou sair, se eles me demitissem.

Ele trava o maxilar e passa a mão pelo cabelo.

— É, achei mesmo que não — murmuro e saio pisando duro para o banheiro, recolhendo meu xampu, a lâmina de depilação e o gel de banho, e os despejando na mala com a bolsa de maquiagem.

— Julianne, não vai servir para nada estarmos os dois desempregados.

— Foda-se! Nate, eu sabia, quando eu pisei no seu apartamento pela primeira vez, que isso poderia acontecer. Eu *sabia* onde estava me metendo. E você sabe o que mais? Eu escolhi você. EU ESCOLHI VOCÊ! — Encosto o dedo no peito dele e vou andando pelo quarto. Estou pegando fogo. — Se essas pessoas tivessem me perguntado, eu teria dito que te amava e que eles poderiam beijar minha bunda, se não gostassem disso. Eu não menti quando ele me perguntou sobre o nosso relacionamento. Mas você ficou a dois metros de mim e nem mostrou uma maldita emoção!

— Jules...

— Não — interrompo e volto para perto dele. — No momento, não dou a mínima para esse trabalho. Vou arranjar outro. O que me interessa é que hoje eu nem sabia quem você era. O homem que me defendeu com cada fibra do seu ser na sexta à noite não estava lá. O homem que garante que eu não seja atropelada no centro de Seattle e me faz sentir segura não estava lá, porra.

— Que merda, Jules, o que eu deveria ter dito?

— Oh, eu não sei, talvez algo tipo "O tango se dança a dois"? Ou quem sabe "Se você a demitir, eu também vou embora"? — Jogo lingerie e sapatos na minha bolsa, sem nem mesmo prestar atenção no que é exatamente, e fecho o zíper.

— Se você se acalmar, vou te dizer o que aconteceu antes de você entrar naquela maldita sala, Julianne.

Respiro fundo, baixo a cabeça e esfrego a testa com a mão. Eu o amo muito e me sinto traída demais por ele. Sei que não posso ficar perto dele no momento.

— Preciso ir para um lugar agora. — Puxo as malas de cima da cama e levanto as alças para arrastá-las atrás de mim.

— Aonde você está indo? — ele pergunta novamente, cruzando os braços sobre o peito.

— Não se preocupe com isso, Nate. Só me esquece. — Começo a passar por ele, mas ele põe o pé na minha frente, bloqueando o caminho até a porta.

— Não vou esquecer você. — Seus olhos são selvagens, o rosto está tenso de dor, e dói olhar para ele. Tudo simplesmente dói. Fecho os olhos e sinto uma lágrima escapar pela minha bochecha. — Amor, não chora.

Nate se inclina e me beija suavemente, e eu deixo, sabendo que será a última vez. Passo os braços em volta de seu pescoço e o puxo para mim, colocando tudo nesse beijo. Passo as mãos pelo seu cabelo e, depois me afasto, passando os dedos pelo seu rosto, memorizando tudo o que posso sobre ele.

— Talvez eu e você... a gente não tinha que ficar junto — sussurro, olhando em seus belos olhos cinzentos —, mas amei cada segundo que passei com você.

Saio de seus braços, e Nate engole em seco. Seguro sua mão na minha e coloco dentro da palma o coração de prata que ele me deu na praia. Pego minhas malas e saio pela porta, descendo as escadas e seguindo para o carro.

— Julianne, espera.

— Tranca a porta quando sair, Nate.

— Porra, espera!

Ponho as malas no banco de trás do carro e abro a porta do motorista. De repente, Nate está ao meu lado.

— Olha para mim.

Levanto os olhos cheios de lágrimas para os dele e engulo em seco. Seu olhar se demora no meu rosto, seus olhos estão tristes, e ele começa a dizer algo, mas para. Alguns instantes depois, ele me beija na testa e sussurra:

— Eu te amo.

Não respondo. Entro atrás do volante e arranco com o carro.

Will abre a porta da frente e me puxa para seus braços, abraçando-me. Todos os meus irmãos são altos e musculosos; afinal, viemos do mesmo conjunto extraordinário de genes. Will tem cabelo loiro e olhos de safira azul-escuros, e é apenas dois anos mais velho do que eu. Sempre fomos muito próximos.

Respiro fundo e o deixo me abraçar na porta, apoiando a bochecha em sua camiseta macia do Seahawks. De repente, a enormidade dos eventos desta tarde me domina. Sinto as lágrimas e uma ira sincera que começa a tomar corpo, por isso recuo um passo e murmuro:

— Quarto.

— Por aqui. — Ele me conduz por sua bela casa em Seattle, mas eu realmente não presto atenção aos cômodos durante o caminho. Sigo-o até o andar de cima e ele abre uma porta. — Este é o seu quarto, menina, durante o tempo que você precisar dele. Estou logo do outro lado do corredor caso você precise de mim.

Concordo com a cabeça e entro no lindo quarto. A cama foi arrumada recentemente.

— Esqueci de pegar minhas malas.

— Eu vou buscar.

— Acho que eu vou chorar, Will.

— Quer que eu fique ou vá?

— Não sei. — Balanço a cabeça e me sento na beirada da cama. Deus, eu queria poder recuperar aquela sensação de torpor. Era muito melhor do que essa dor penetrante que está me percorrendo.

— Vou pegar suas malas e te dar um minuto sozinha. Volto já, tá bom?

Concordo com a cabeça e olho cegamente para o meu irmão. Ele parece preocupado e um pouco irritado.

— Você está bravo comigo?

— Não, menina, estou preocupado. Nunca te vi desse jeito.

— Não sei se eu já passei por isso antes. — Encosto os dedos nos lábios e me lembro do beijo de despedida em Nate há quinze minutos. As lágrimas começam a rolar. Baixo a cabeça nas mãos e me entrego ao sofrimento esmagador. Começo a me balançar para frente e para trás, com os soluços do choro sacudindo meu corpo. Nunca chorei com essa intensidade. Nunca fiquei tão devastada assim.

Ouço minha própria voz aguda, só um murmúrio. Estou arrasada e não consigo me controlar. Meu corpo assumiu o controle, exorcizando a dor por meio das lágrimas, do nariz escorrendo, da baba.

Will volta ao quarto puxando as malas atrás dele. Ele tira alguns lenços de uma caixinha ao lado da cama e me entrega um maço para limpar a meleca no meu rosto. Fica parado na minha frente com as mãos nos quadris.

— Você consegue falar?

Nego com a cabeça.

— Quer que eu mate esse cara? — ele pergunta em voz baixa.

Balanço a cabeça de novo, depois penso duas vezes e dou de ombros. Um sorriso puxa o canto dos lábios de Will.

— O que você precisa que eu faça, Jules? — Deus, eu amo esse homem. Estou muito feliz por ter vindo para cá.

— Só não conte a ninguém além da família que eu estou aqui. Se Nate ligar, você não me viu.

Ele ergue uma sobrancelha e cruza os braços sobre o peito.

— Ele pisou feio na bola.

— Pisou.

— Outra mulher?

— Não. — Isso traz mais lágrimas, e eu desmorono de novo.

— Está bem, não vamos falar sobre isso hoje.

— Estou arruinando seus planos de alguma coisa? — pergunto entre as lágrimas.

— Não, mas você sabe que eu mudaria quaisquer planos que eu tivesse por você, menina.

Apenas balanço a cabeça, e ele se mexe no lugar, pés descalços, e enfim para do outro lado da cama, sobe e senta encostado na cabeceira.

— Vem aqui.

Ele me puxa sobre o colo e eu me encolho e choro. Lamentos longos, altos, confusos. Will fica me dando lenços, esfregando minhas costas e me abraçando, me deixando chorar.

— Não é nojento segurar sua irmã desse jeito?

— Não quando você está doente desse jeito — ele responde, e está certo.

Estou doente.

Doente de medo, de raiva, de tristeza, de traição, de perda.

Luta Comigo   293

— Acorda, Jules.

Alguém está mexendo no meu ombro e apertando minha cabeça com um torno. Tento abrir os olhos, mas a luz é forte demais.

— Vai embora — coaxo.

— É quase meio-dia.

Resmungo e me viro de costas. Meu corpo está dolorido do estresse e do sofrimento. Meus olhos estão inchados de chorar, e minha cabeça está me matando.

— Aqui. — Will estende um copo de água e alguns comprimidos. — Toma isso aqui e entra no chuveiro.

— Acho que vou ficar na cama. — De testa franzida, olho ao redor. Eu ainda estou vestindo as roupas de trabalho de ontem, e não me lembro de ter subido na cama. Só me lembro de chorar até tarde da noite, e de Will me abraçando.

— Não, você não vai.

— Vou fazer o que eu quiser — respondo desafiadoramente.

— Você não vai ficar enterrada nessa cama por dias, Jules. Você é mais forte do que isso.

— Não, eu não sou — sussurro quando os acontecimentos de ontem correm pela minha cabeça. Não preciso mais chorar, mas estou esgotada.

— Sim, você é. Vamos, levante-se. Tome banho, coma alguma coisa, e aí você pode ir para a academia comigo e socar alguma coisa.

Socar alguma coisa parece bom. Tomo os comprimidos que ele está segurando para mim e desço da cama com cuidado.

— Vou estar lá embaixo em quinze minutos.

Capítulo Trinta e Um

— Então, me deixa ver se eu entendi — diz Will ao correr ao meu lado na esteira. — Eles te chamaram na sala, o CEO te confrontou sobre esse lance de sair com seu chefe, você foi demitida, e Nate não disse uma palavra em sua defesa em nenhum momento.

Estamos na academia que ele frequenta, um centro de treinamento exclusivo perto de Seattle para os Seahawks. Não é temporada de jogos, por isso, muitos dos companheiros de Will deixaram Seattle e foram para suas cidades de origem, mas há alguns caras malhando nas instalações de última geração.

— Foi mais ou menos assim — confirmo e aumento a velocidade na minha. — Depois, ele passou na minha casa quando eu estava fazendo as malas.

— E o que ele disse?

— Para eu me acalmar que ele me contaria o que aconteceu antes de terem me chamado na sala de reuniões.

— E? — Will pergunta e toma um gole de água.

— E nada, eu não o deixei falar. — Sinto os olhos de Will em mim, e, quando encontro seu olhar, noto suas sobrancelhas arqueadas. — O quê?

— Por que você não o deixou falar?

— Porque eu não queria ouvir, Will. Não muda o fato de que ele ficou sentado naquela cadeira e deixou que me demitissem sem dizer uma palavra para mim. Ele não demonstrou nenhuma emoção no rosto. Foi como se eu fosse uma estranha sendo demitida por assédio sexual.

— Ele tentou ligar?

— Não sei, eu não liguei meu celular desde que saí de casa ontem.

— Talvez você devesse ouvi-lo.

— Talvez não. — Nego com a cabeça e aumento a velocidade mais um pouco. — Não quero estar com alguém que não me apoia.

— Talvez...

— Talvez nada, Will. Cala a boca! — Olho para ele, encerrando a conversa, e ele revira os olhos para mim.

— Tudo bem, pirralha. Você é um pé no saco. Mas, se quiser que eu providencie a morte dele, tenho certeza de que conheço alguém que conhece alguém. — Ele sorri para mim e eu me pego sorrindo também.

— Vou ter isso em mente. Pelo resto do dia, só quero tirar o Nate da minha cabeça.

— Tá. Que tal eu ganhar de você na piscina e depois eu te levar para jantar e para assistir a um filme?

— Essa é a melhor oferta que recebi o dia todo.

Diminuímos a velocidade das esteiras para uma caminhada e descemos delas. Depois de vestirmos roupa de banho, vamos à piscina para nadar umas voltas.

— Ei, Williams, quem é essa belezinha? — Um homem muito alto, muito musculoso e com a pele morena e *dreads* longos no cabelo se aproxima de nós e me olha de cima a baixo no meu biquíni.

— É minha irmã, cara. — Will franze a testa e para na minha frente. Dou um risinho.

— Sou a Jules.

— Terrence Miller. — Aperto a mão dele e mostro um sorriso amável. Em qualquer outro dia, eu teria ficado lisonjeada com a atenção e definitivamente teria flertado com esse astro bonito do futebol americano, mas não posso deixar de pensar em como Nate ficaria aborrecido se me visse aqui, de biquíni, sendo cobiçada por esses homens, o que me deixa triste.

Maldito Nate.

— Prazer em conhecer. Vamos? — pergunto a Will, e nós mergulhamos, nadando de um lado para o outro pela piscina longa. Canso muito antes de Will, por isso subo na borda da piscina e fico balançando os pés na água morna, mexendo os dedos, desfrutando da sensação gostosa.

Será que Nate tentou ligar ou mandar mensagem? Sinto falta dele. Não se passou nem mesmo um dia inteiro e eu já sinto sua falta.

É repugnante.

Algum tempo depois, Will sai da água ao meu lado e ficamos sentados ali por um tempo, balançando os pés, enquanto ele recupera o fôlego.

— Quando você fez essa tatuagem? — Will pergunta.

Suspiro e olho para baixo, percebendo que a calcinha do biquíni desceu um pouco, expondo a tatuagem.

— No sábado.

— Você não deveria estar nadando até que isso cicatrizasse.

— Oh. — Eu não tinha pensado nisso. — Bem, eu não vou nadar de novo, então.

— O que significa? — Will pergunta e olha para mim. Eu desvio o olhar e balanço a cabeça, não querendo responder. Ainda não me arrependo da tatuagem, mas agora é um ponto sensível para mim, literal e figurativamente.

— Você nunca vai falar com ele de novo? — Will pergunta.

Oh, Deus. A ideia de nunca mais falar com Nate faz meu sangue gelar. Foi a decisão que eu tomei? Eu disse adeus ontem. Devolvi o colar da mãe dele.

Acabou.

— Merda — sussurro.

— Desculpe, menina. Tire uns dias e se acalme. Talvez você consiga dar uma chance a ele de explicar as coisas. Se você não gostar do que ele tem a dizer, ele que se foda. Talvez ele seja capaz de te dar alguma explicação. — Will dá de ombros e olha para os pés. — Eu provavelmente

Luta Comigo 297

não deveria dizer isso, mas...

— O quê? — Meu rosto vira para ele bruscamente, e ele enruga a testa, balançando a cabeça.

— Ele me ligou ontem à noite.

— O quê? Como você sabe? Você ficou comigo a noite toda.

— Não, eu não fiquei. Quando você dormiu, eu te arrumei na cama como um bom irmão mais velho e te deixei dormir. Ele tinha me deixado uma mensagem no início da noite.

Não respondo. Não sei se eu quero saber o que o Nate disse. Não sei se consigo aguentar. Sinto tanto a falta dele, que estou começando a fraquejar na minha resolução, e não gosto dessa nova característica da minha personalidade.

— Você não quer saber o que ele disse?

— Não.

— Jules. — Will ri e olha para mim com humor. — Você é tão teimosa.

— Aprendi com você, irmão.

— Você não quer mesmo saber?

— Não.

— Me deixa só dizer isso, menina, e isso está vindo de mim, seu irmão mais velho, que mataria alguém por você. Use alguns dias para lamber as feridas e ficar com raiva. Você tem direito a isso. Mas depois dê uma chance ao Nate de se explicar.

— Vamos jantar. — Começo a me levantar, mas Will me para com a mão no braço.

— Jules...

— Eu te ouvi. Vou pensar sobre isso. — Beijo sua bochecha e me afasto. — Estou com fome.

— Então, vamos.

Will me leva a uma das nossas lanchonetes favoritas ao norte de Seattle, chamada *Red Mill Burgers*. Não é nada extravagante, mas a comida é maravilhosa. Fazemos o pedido e encontramos um lugar para sentar, esperando que meu nome seja chamado para buscarmos nossa comida.

— Faz anos que não venho aqui. — Olho pelo restaurante e de volta para Will e dou risada quando o vejo puxar o boné mais baixo sobre o rosto. — Você realmente acha que isso é um grande disfarce? Cara, você tem mais de 1,90m, todo musculoso, e sua cara feia está num outdoor no centro de Seattle. As pessoas vão te reconhecer.

— Cala a boca — ele murmura, me fazendo rir novamente.

— Jules? — Olho para minha esquerda e vejo uma linda mulher pequena sorrindo para mim com lindos olhos castanhos e belos cabelos longos ruivos, com mechas loiras largas.

— Meg! — Levanto de repente e puxo Meg num grande abraço. — Ai, meu Deus, não te vejo há anos! Como você está?

Meg dá uns passos para trás e sorri para mim, depois olha nervosamente para Will.

— Muito bem, obrigada. É ótimo ver você.

— Will, esta é a Megan McBride, uma amiga da faculdade. Meg, este é meu irmão, Will.

Will se levanta, um gigante perto dela, e lhe oferece a mão. O rosto de Meg perde o entusiasmo, mas ela aperta a mão dele com educação.

— Eu sei quem você é.

Ele apenas assente e se senta de novo.

— O que você tem feito? — pergunto.

— Sou a enfermeira responsável no Hospital Infantil de Seattle, na

Luta Comigo   299

unidade de oncologia. — Meg sorri timidamente, e sua covinha na bochecha esquerda pisca para mim. Também sorrio para ela.

— Que demais! Bom para você, menina. Você ainda canta?

— Uh, não. — Ela balança a cabeça e fica vermelha, olhando para a mesa. — Não desde a faculdade.

— Você canta? — pergunta Will.

— Ela tem uma voz fantástica — respondo e sorrio encorajadoramente para Meg.

— Obrigada, mas você sabe como é, a vida anda e as coisas ficam mais difíceis. — Ela encolhe os ombros e sorri para mim novamente.

Will cruza o olhar com o meu e ergue uma sobrancelha. *Sim, ela é atraente, idiota.*

— Você casou? — pergunto.

Ela ri quase cinicamente.

— De jeito nenhum.

— Posso pedir seu telefone? — pergunta Will, na lata, e eu olho feio para ele.

Meg fica boquiaberta por um instante, mas depois olha para ele.

— Claro que não — ela responde com frieza.

Uau, que bicho mordeu ela?

Will fica de queixo caído e sorri, então balança a cabeça.

— Como é?

— Acho que fui clara — responde Meg, depois coloca a mão no meu ombro e sorri para mim. — Foi ótimo te ver. Se cuida, menina.

— Você também, Meg.

— Que diabos foi isso? — Will pergunta, perplexo.

— Não sei. — Dou de ombros e sorrio para ele. — Você tem um jeito tão afável com as mulheres...

— Cale a boca, pirralha.

É quarta-feira, mas toda a família está na casa dos meus pais para o jantar, apesar de ser no meio da semana. Sei que é porque todo mundo queria ter certeza de que estou bem. Me sinto amada e segura sabendo que eles se importam o suficiente para quererem saber pessoalmente como eu estou.

Mas meu coração está em outro lugar. Já se passaram dois dias desde que vi Nate pela última vez, e isso está me matando.

— Jules, querida, quer sobremesa? — Minha mãe pergunta, sorrindo para mim. Estou completamente abastecida de seu delicioso frango frito e purê de batatas, o que vai me custar outra sessão matadora na academia, mas sempre tenho espaço para a sobremesa.

— O que você tem? — pergunto.

— Fiz sua favorita — diz ela com uma piscadinha. — *Cheesecake* de chocolate.

E assim meu mundo desmorona todo outra vez. No início, só o que posso fazer é olhar para ela sentindo as lágrimas encherem meus olhos, e a próxima coisa que eu sei é que estou virando minha cadeira na pressa de sair correndo para o quintal. As lágrimas estão caindo com tudo e eu simplesmente não consigo controlar os tremores que tomam conta do meu corpo.

De repente, braços fortes me envolvem e sou abraçada pelo meu pai. Ele me embala para frente e para trás, mãos grandes subindo e descendo pelas minhas costas.

— Shh, querida, está tudo bem.

— Não, não está tudo bem — digo com um soluço e choro ainda mais,

Luta Comigo   301

segurando em sua camisa com meus punhos.

— Pelo que entendi, o Nate te dava *cheesecake* de chocolate? — ele murmura com humor na voz.

Confirmo com a cabeça.

— Parece que ele gosta de mimar você.

— Não posso falar sobre ele — murmuro entre as lágrimas. — Nem sei por que estou tão chateada.

— Porque você o ama e ele te decepcionou, querida.

Eu me inclino para trás e olho para o meu pai.

— Pensei que eu o conhecia.

— O que exatamente aconteceu, querida?

Balanço a cabeça e saio do seu abraço, mas ele me leva a um banco próximo e me faz sentar.

— O que aconteceu? — ele pergunta novamente.

Então, eu explico o que aconteceu na segunda-feira, e, conforme vou passando pelos acontecimentos, meu pai escuta, estreitando os olhos, balançando a cabeça, suspirando alto, e, quando termino, ele me olha com um rosto sóbrio.

— Julianne Rose Montgomery, estou muito decepcionado com você.

— Oi?

— Você precisa deixá-lo se explicar.

Começo a abanar a cabeça, mas ele coloca a mão no meu antebraço, para chamar minha atenção.

— As pessoas erram, Jules. Ele tem explicações a dar, mas você não quer deixá-lo falar. Deixe o rapaz falar.

— Você e o Will são farinha do mesmo saco.

Nos levantamos e entramos de novo em casa. Está tudo em silêncio no interior. Todo mundo parece taciturno, esperando pela nossa volta.

— Você está bem? — Isaac pergunta baixinho.

— Vou ficar — respondo.

Natalie está fazendo Olivia arrotar, e eu estendo as mãos.

— Bebê. Minha.

Natalie sorri e entrega a filha para mim. Afago Olivia e sorrio para Nat.

— Obrigada.

— Então, nada de *cheesecake*. Que tal torta de maçã? — Minha mãe pisca para mim e todo mundo começa a conversar ao meu redor novamente. Beijo a cabeça de Olivia e olho para Luke, que sorri e toma um gole de cerveja.

— Então, por que eu tenho que ligar para o telefone do Will para conseguir falar com você? — Natalie pergunta da maca ao lado da minha. Decidimos gastar o dia no SPA que eu ganhei de aniversário. Estamos com as cabeças enroladas em toalhas brancas, nossos corpos envoltos em lençóis brancos aconchegantes, e nós duas estamos com máscaras de lama recém-aplicadas no rosto, com pepinos sobre as pálpebras.

É simplesmente o paraíso.

— Porque eu não ligo meu celular há quatro dias — murmuro.

— Por quê? — ela pergunta novamente.

— Porque eu não quero saber se Nate me ligou ou mandou mensagem — respondo e suspiro quando a esteticista começa a massagear minhas mãos.

— Mas... por quê?

— Estou tentando aliviar o estresse aqui, Nat. Você não está ajudando.

— Desculpa, estou tentando entender.

— Se ele ligou — digo com paciência —, eu não tenho certeza se quero ouvir a voz dele ou suas desculpas. Se ele não ligou, vai doer.

— Tá. — Ela não parece tão convencida, mas abandona o assunto, e nós paramos de falar, desfrutando dos nossos deliciosos tratamentos faciais. Decidimos fazer o tratamento de princesa completo hoje, com massagens de uma hora, manicure, pedicure e depilação.

— Isso foi fantástico. — Enlaço meu braço no de Natalie ao deixarmos o SPA e respiramos fundo o ar do início do verão. — Agradeça ao Luke por mim. É tão bom ter um cunhado absurdamente rico e que não ama nada mais do que mimar sua linda esposa, e, portanto, a melhor amiga da linda esposa também recebe mimos.

— Vou dizer a ele. — Natalie ri e me leva até o fim da rua para almoçarmos em nossa cafeteria preferida. Olho para minha amiga e sorrio. Ela é linda, com o rosto recém-esfoliado e os cabelos castanhos presos num rabo de cavalo folgado.

Pedimos nossos habituais sopa e sanduíche e encontramos uma mesa.

— Então, eu acho que você deveria ligar o telefone, amiga — Natalie diz com uma sobrancelha levantada. Ela tira a echarpe verde fina e a pendura no encosto da cadeira ao seu lado.

— Não. — Dou um golinho na Coca diet.

— Eu te desafio. — Seus lábios se transformam em um sorriso suave, e eu olho feio para ela.

— Deixa de ser chata, Nat.

— Deixa de ser covarde, Jules.

Porra.

Odeio como ela me conhece bem. Ela sabe que não resisto a um desafio. Tenho quatro irmãos mais velhos que me colocavam em todos os tipos de merda com minha mãe quando éramos crianças, tudo por causa desses desafios.

— Mas que droga, Natalie — murmuro e pego o iPhone de dentro da bolsa Gucci. — Você liga.

Passo o telefone e ela liga o aparelho, olhando para a tela e torcendo uma mecha de seu cabelo com os dedos.

— Demora tanto assim para essa merda ligar? — pergunto.

— Demora. — Ela ri para mim e continua observando a tela. — Parece que são 10 correios de voz e 22 mensagens de texto.

— Puta merda. Eu nem conheço tudo isso de gente.

— Aqui. — Ela tenta me entregar o telefone de volta, mas afasto o aparelho com a mão.

— Não. Você vê.

— Não, Jules. Jesus, toma vergonha e olha seu telefone.

Respiro fundo e continuo a encarar minha melhor amiga. Deus, eu odeio a Nat nesse momento.

— Tudo bem, me dá.

Ela me entrega o aparelho e eu verifico o correio de voz antes do resto. As primeiras seis mensagens são da minha família, querendo saber se eu estou bem. A sétima e a oitava são da Natalie querendo se encontrar comigo para um dia de SPA e ameaçando ligar para o Will.

A nona é da Sra. Glover me dizendo que eu esqueci um objeto pessoal no meu escritório e que ela vai me enviar.

A décima é de Nate. Foi deixada hoje de manhã.

"Julianne", ele suspira e para. Eu aperto o telefone com mais força, mais junto da minha orelha, como se eu fosse ser capaz de ouvir sua voz com maior clareza desse jeito. *"Espero que quatro dias sejam tempo suficiente. Não consigo passar um dia sem ouvir sua voz. Por favor, querida, me liga. Fala comigo. Eu te amo."*

Há outra longa pausa e então a mensagem termina.

Estou olhando para Natalie, com lágrimas escorrendo pelo meu rosto. Não estou chorando nem fazendo cena, mas as lágrimas começaram a cair quando ele disse meu nome. Coloco para repetir e passo o celular para

Natalie poder ouvir.

Ela ouve avidamente, seus belos olhos verdes fixos nos meus. Seus olhos também se enchem de lágrimas quando ela me devolve o aparelho.

— Uau, Jules.

— Droga — murmuro.

— O que você vai fazer?

— Tirar você do meu testamento — respondo e enxugo meu rosto.

— Sério. — Ela sorri.

— Ah, a quem estou enganando? É bem provável que eu ligue para ele mais tarde. — A garçonete serve nosso almoço e começamos a comer.

— Ele anda me ligando, sabia?

— Jesus, ele está ligando para todo mundo. Will disse que o Nate também ligou para ele, e minha mãe me disse ontem à noite que ele tinha ligado para ela.

— Ele não tem conseguido falar com você, Jules. Isso o está deixando louco.

— Acho bom.

— Minha melhor amiga uma vez me deu bons conselhos quando eu fiquei zangada com meu marido. Ela disse: "não faça joguinhos com ele". — Natalie franze a testa para mim e eu me mexo com desconforto.

— Não estou fazendo jogos.

— Sim, você está. — Ela encolhe os ombros e toma a sopa. — Mas eu entendo. Na segunda-feira, ele foi um idiota. Mas eu entendo por que ele foi.

— Você entende? — pergunto, incrédula.

— Sim, todos nós entendemos. Estamos todos conversando com ele, cabeça de bagre.

Recosto-me na cadeira e olho para ela de boca aberta e olhos arregalados.

— Vocês todos têm falado com ele?

Ela balança a cabeça e pega minha mão na dela.

— Apenas fale com ele, Jules. Odeio ver você sofrendo quando não precisa.

— Você não estava lá...

— Não, eu não estava. E você tem todo o direito de ficar com raiva. Mas ele não tem o direito de se explicar?

— Eu só... — Balanço a cabeça e olho para baixo, piscando para afastar as lágrimas dos meus olhos. — Só continuo me vendo sentada naquela cadeira, com as pessoas olhando para mim, impassíveis, tomando meu trabalho de mim. Um trabalho no qual eu era tão boa, e ao qual eu me dediquei tanto. E o Nate sabia, Natalie. Ele sabia o quanto eu amava meu emprego, e como eu era boa nele.

— Você vai encontrar outro emprego, Jules.

— Eu sei, mas enquanto eles tiravam meu emprego tão levianamente, o homem que eu amo tanto e que professava me amar o mesmo tanto, ficou sentado na cadeira e me olhou como se nem me conhecesse. Não havia emoção no rosto dele. Nos olhos. Ele estava apenas... vazio. E foi isso que me devastou mais do que tudo.

Puxo a mão de entre as dela e me inclino para trás de novo, balançando a cabeça.

— Você estava lá na sexta à noite, Nat. Você viu como ele quebrou a cara do DJ. Você sabe como ele me protege, mas estou lhe dizendo, aquele homem não estava sentado na sala de conferências na segunda-feira. E isso arrancou meu coração.

De sobrancelhas franzidas, Natalie olha para o prato e depois para mim outra vez. Parece que ela quer dizer alguma coisa, mas se detém.

— O quê?

— Jules, talvez ele não tivesse escolha.

— O que você quer dizer?

Ela balança a cabeça lentamente e olha pela janela do restaurante para ver os carros passarem.

— Nat, o que você sabe? — Ouço o desespero na minha voz, mas não me importo.

— Sinceramente, eu não sei nada sobre essa reunião. O Nate não me disse nada sobre isso. Mas o que você está descrevendo... É só... — Ela franze a testa de novo e olha para mim. — Querida, eu não acho que ele tinha escolha.

O quê? Nos entreolhamos por um longo minuto, cérebros agitados com os "e se?".

— Você acha que...? — gaguejo.

— Não sei. Só faça o que ele está pedindo, querida. Ligue pra ele.

Capítulo Trinta e Dois

Depois que Natalie e eu nos despedimos, volto para a casa de Will e arrumo minhas malas. É hora de voltar.

— Me abandonando tão cedo? — Will pergunta ironicamente, encostado ao batente da porta, com os braços cruzados sobre o peito.

— É hora de ir para casa e retomar as coisas.

— Legal, maninha. — Ele sorri para mim, mas seus olhos ainda parecem preocupados.

— Vou ficar bem — tranquilizo-o.

— Não duvido. Mas, se você precisar de alguma coisa, eu estou aqui. Todos nós estamos.

— Eu sei. — Jogo as últimas das minhas coisas na mala e fecho o zíper. — Obrigada, Will. De verdade.

— Eu tenho meus momentos, sabe? Só não deixe que a imprensa saiba. — Ele pisca para mim e eu vou até ele. Will me abraça apertado. — Vai ligar para ele?

— Vou, quando chegar em casa.

— Que bom. — Ele beija minha cabeça, e eu me afasto. — Vem jantar aqui na semana que vem. Eu vou cozinhar.

— Eca. — Reviro os olhos. — Eu cozinho. Você vai me envenenar.

Will sorri, pega minhas malas e me segue até meu carro.

Não estive em casa por quatro dias, e é bom voltar. Pego uma água na geladeira e desfaço as malas, sabendo que estou procrastinando. Quero ligar para o Nate. Quero ouvir sua voz sexy. Mas não sei o que dizer.

Finalmente, quando a roupa foi lavada e não há mais nada para fazer, pego o iPhone e me sento no sofá, olhando para ele. Pego o número de Nate na discagem rápida, e meu polegar paira sobre o botão verde, mas acabo decidindo em contrário e apago a tela.

Isso precisa ser feito pessoalmente.

Subo as escadas até meu quarto e escolho cuidadosamente um conjunto de jeans escuro de corte mais amplo, uma blusa bem azul que combina com meus olhos, e um cinto preto para prender a blusa ao redor da cintura. Coloco os brincos de diamante, e sapatos de salto agulha pretos *Louboutin*.

Passo um pouquinho de maquiagem no meu rosto limpo, acentuando os olhos e os lábios, e enrolo o cabelo em cachos soltos para emoldurar o rosto.

Pego o carro e vou até o apartamento de Nate, sem pensar muito no assunto para não amarelar e voltar para casa. Seu carro e moto estão nas vagas da garagem, me dizendo que Nate está em casa.

Que bom.

Uso minha vaga de estacionamento habitual, e pego o elevador para o andar dele.

Faço uma pausa diante de sua porta, por estar, de repente, com meu estômago cheio dessas borboletas mutantes novamente. *Deus, e se ele decidir que não quer me ver?*

Em vez de bater, eu uso a chave que Nate me deu há algumas semanas, abro a porta da frente, e dou um passo para dentro. As luzes estão acesas na cozinha e nas áreas de estar, e há uma lareira crepitando. Existem vários buquês de rosas em todo o espaço, na ilha da cozinha, na mesa da sala de jantar, ao lado do sofá.

Nada de Nate.

Então, ouço as vozes.

Vou até os quartos, e as vozes ficam mais altas. Estão vindo do escritório de Nate. Eu paro logo ao lado da porta para ouvir sem ser vista.

— É isso, Audrey. Essa é a última vez.

— Claro — ela diz com desdém. — Você não vai conseguir ficar longe de mim por muito tempo, querido.

— Depois disso, eu quero que você mude de sobrenome.

— Mudar meu sobrenome? — ela pergunta, incrédula. — Que porra é essa?

— Não quero que você tenha mais o meu sobrenome. Vou cuidar disso e você vai ter que assinar os papéis.

Ele a está fazendo mudar de nome!

— Isso é por causa daquela vagabunda que você anda comendo?

— E... é isso.

Viro na porta para poder olhar dentro do cômodo, e sou transportada de volta para o escritório de Nate no mês passado. Audrey está empoleirada na mesa. Ele está de cara feia para ela, e ela está prestes a passar a mão perfeitamente bem cuidada pelo rosto dele.

— Encosta nele e pague pra ver com que velocidade eu vou ter você no chão — alerto calmamente.

Ambos viram a cabeça bruscamente para mim, surpresos. O rosto de Nate registra choque, esperança, e depois cautela, quando ele percebe o que eu acabei de presenciar.

Audrey sorri e deixa a palma da mão fazer contato com o rosto dele.

Retribuo o sorriso. Nate se afasta de Audrey e se levanta depressa.

— Porra, Audrey...

— Eu te avisei — murmuro ao partir pra cima dela. Audrey desce da mesa e me encara de cabeça erguida, olhos castanhos me fulminando.

— Não tenho medo de você.

Eu sorrio e inclino a cabeça de lado.

— Pois deveria.

Seus olhos ficam arregalados para mim por um instante, depois, ela me olha feio de novo.

— O Nate não te quer. Você o deixou, lembra?

Desvio os olhos para Nate ao mesmo tempo em que ele fecha as mãos em punhos, olhos cinzentos fixos nos meus. E então eu sei.

— Audrey, porra, cala a boca.

Giro nos calcanhares antes que ele possa terminar a frase e saio para a sala de estar.

— Julianne! — A voz de Nate mostra pânico quando ele me segue, mas eu o ignoro. Ouço os saltos de Audrey clicando no assoalho de madeira, seguindo atrás de Nate.

Entro na cozinha e abro a geladeira. *Cheesecake* de chocolate e lagosta estão olhando para mim junto com meu champanhe favorito. Eu me viro e observo o resto do cômodo: as flores, o fogo, e eu olho nos olhos cinzentos de Nate por um longo minuto.

Audrey está fumegando de raiva, atirando punhais em mim com o olhar, depois olha para Nate com ansiedade; quase sinto pena dela.

— Eu entendo — digo calmamente. — Eu entendo como é difícil amar, Audrey.

Nate diz um palavrão para si mesmo e passa a mão no cabelo. O lábio de Audrey treme.

— Mas nada disso — eu aceno mostrando a sala e a cozinha americana — é para você. Ele não é seu. Eu sugiro que você aceite seja lá o que ele te ofereceu e vá embora porque é tudo o que você vai conseguir.

Seus olhos ficam estreitos e ela sorri maliciosamente.

— Ele acabou de me oferecer o pau, como sempre.

— Que porra é essa, Audrey!

Vou casualmente até ela e a olho diretamente nos olhos.

— Se você alguma vez encostar nele de novo, vou arrancar essa sua língua da sua cabecinha bonita.

Audrey olha para Nate.

— Isso é o que você quer?

— Com cada suspiro meu. Sai da porra da nossa casa, Audrey — responde ele.

Meu fôlego some e eu fico olhando para Nate. *Nossa casa?* Ele olha para mim, sua mandíbula cerrada, seus olhos cinzentos ardendo com necessidade e amor.

Audrey olha para nós dois e zomba de mim.

— Pelo menos, fiz você ser demitida.

— Audrey, sai daqui, caralho! — Nate grita e ela pula. Depois, pega a bolsa, o casaco e sai pisando duro até a porta, batendo-a com força atrás de si.

Não consigo me mexer. Só me banqueteio em Nate com o olhar. Ele está de calça jeans e camiseta preta, mostrando a bela tatuagem. Seu cabelo está solto. As mãos estão em punhos ao lado do corpo, e todos os músculos do seu corpo lindo estão tensos.

— Você está aqui de verdade? — ele sussurra.

— Estou aqui — respondo com outro sussurro.

— Por quê?

Por quê?

Ando em direção a ele e de repente me sinto calma. Aqui é onde eu tenho que estar. Mas ele ainda tem algumas explicações a dar.

— Porque eu cansei de fugir.

— Jules, o que aconteceu na segunda-feira...

— Nós vamos chegar a isso. Eu tenho uma pergunta primeiro. — Seus olhos se estreitam nos meus.

— O que foi?

— Posso ter meu colar de volta, por favor?

Todo o corpo de Nate cede quando ele suspira e fecha os olhos, mostrando alívio. Ele põe a mão no bolso e tira o colar.

— Faz quatro dias que está comigo.

Ele me estende o colar, mas balanço a cabeça e viro de costas.

— Coloca pra mim, por favor.

Afasto o cabelo, e ele fixa o lindo pingente de prata em formato de coração em volta do meu pescoço, mas não me toca.

Ainda não.

E não tem problema, porque, assim que ele começar, eu não vou deixá-lo parar, e eu preciso ouvir o que diabos aconteceu na segunda-feira.

— Vamos nos sentar. — Ele me leva até o sofá e nos sentamos. Chuto meus sapatos dos pés, ponho as pernas embaixo do corpo, virando-me para encará-lo. Nate levanta uma perna em cima do sofá e também fica de frente para mim. Ficamos sentados assim por um minuto, apenas olhando para o outro, até que eu sinto as lágrimas se acumularem nos meus olhos.

— Não chore — ele sussurra. — Não aguento quando você chora.

Balanço a cabeça e olho para minhas mãos. Em seguida, respiro fundo e olho para ele de novo, com as lágrimas sob controle.

— Estou ouvindo.

— Para onde você foi? — pergunta, com a voz baixa e os olhos ferozes.

— Eu estava na casa do Will.

— Você está bem?

— Estou chegando lá.

— Chega de fugir, Julianne. — Ele aperta os olhos por um momento e volta a me observar, com os olhos tristes e cheios de desejo. — Não aguento quando você foge de mim.

— Nate, segunda-feira foi...

— Eu sei exatamente o que a segunda-feira foi, e você também saberia, se tivesse me ouvido.

— Doeu — sussurro. — Eu precisava mais de você na segunda à tarde do que jamais precisei de alguém, e você não estava lá para mim. Você não lutou comigo, por nós. Me fez sentir insignificante, e tudo o que tínhamos não significava nada.

— Eu sei, querida. — Sua voz fica mais suave e ele estende a mão para passar os dedos pelo meu rosto, mas saio de novo do seu alcance. Ele recua. — Jules.

— Só me conta o que aconteceu.

— Você não vai mais me deixar tocar em você? Significa que só quer uma explicação para ir embora para sempre?

Engulo em seco e olho para suas mãos bonitas. Balanço a cabeça lentamente, mas não consigo falar. Ainda não.

— Segunda-feira foi uma bosta, Julianne. — Ele passa a mão pelo rosto e de repente parece muito cansado. — Fiquei preso no escritório do Vincent assim que cheguei ao trabalho. Ele me falou que recebeu um telefonema anônimo dizendo que eu estava tendo um caso com você. Disse que ninguém tinha provas, então, no começo, eu neguei.

— Audrey — afirmo e ele concorda.

— Foi a Audrey. Ela nos viu no mercado, no domingo.

— Como ela sabe sobre a política de relacionamento afetivo? — pergunto, confusa.

Nate suspira e balança a cabeça.

— Não sei. Tenho a sensação de que ela procurou tudo o que pudesse a meu respeito. Ela é uma mulher bisbilhoteira.

— Então, não foi a Carly? — Estou tão confusa.

— Não, mas ela também era uma bomba-relógio. Depois que você perguntou sobre ela na reunião, Vincent nos fez fiscalizar o computador e a sala dela. Ela tinha anotações extensas sobre você, Jules. Foi ela que me enviou aquele relatório incompleto em Nova York. A Jenny admitiu que pediu à Carly para enviar aquele e-mail do seu computador depois que você ligou, e a Carly armou pra você. Ela estava tentando encontrar uma forma para você ser demitida.

— Por quê?

— Quem sabe? — Ele encolhe os ombros e balança a cabeça. — Para subir na empresa mais rápido, ou talvez ela apenas não goste de você; as possibilidades são infinitas. Quando confrontada, ela negou, mas tivemos provas suficientes para demiti-la.

— Então, a Carly se foi também?

— Foi. — Ele solta o ar longamente.

— O que aconteceu naquela manhã?

— O Vincent me disse que ia te demitir quer eu concordasse ou não. Ele disse que não precisava de provas, o que é verdade. A lei deste estado não exige. Pode-se demitir qualquer pessoa por qualquer motivo. Então, eu liguei para o RH para termos um representante ali na hora. Eu disse que sim, que nós temos um relacionamento. — Ele engole e balança a cabeça. — Então, o Vincent me disse que ia deixar você ficar se eu terminasse com você e te transferisse para o escritório de Nova York.

Suspiro e sinto meus olhos se arregalarem.

— Eu disse para ele ir pro inferno e que eu ficaria na empresa se ele te oferecesse um pacote de demissão com todos os benefícios pagos.

— Nate, o problema não era o dinheiro...

— Não terminei, Julianne.

Ah, claro, este é o Nate.

— Continua.

— Aí, eu saí da sala dele e fui para a minha para fazer umas ligações telefônicas. Ao meio-dia, fui convocado para a sala de conferências para

Vincent poder discutir algumas coisas comigo e com o Luis sobre como vamos lidar com as contas sem você.

Ele me olha nos olhos.

— Estava acabando comigo. O pensamento de ter que despedir você, e o planejamento de como dividir o seu trabalho.

— Você parecia muito bem na reunião, Nate.

— Sim, mas as aparências enganam. Quando eles levaram você para a sala, eu queria te abraçar e te proteger. Mas eu tinha um plano, e não poderia mostrar nenhuma emoção. Eu sabia que você ia ser forte e que diria a verdade, e você não me decepcionou, amor.

— Eu não tinha nenhum motivo para mentir. Eu sabia o que estava fazendo quando começamos nosso relacionamento, Nate.

— Eu sei. Nós dois sabíamos. Mas não temos que nos preocupar com isso mais.

— Não, não temos.

— Bom, tem mais coisa. — Ele me mostra um grande sorriso, lindo, como se tivesse um presente para mim. — Depois que você saiu do prédio, eu fiz mais algumas ligações, e corri atrás de você. Você sabe o que aconteceu em seguida.

— Sei — sussurro.

— Bem, no dia seguinte, eu entreguei a minha demissão. — Suspiro de novo e tento decifrar seu rosto. Ele parece feliz. Em paz.

— Nate, Deus, você não tinha que...

— Sim, eu tinha, Jules. Mas aqui está a melhor parte. Você sabe que eu me dou bem nesse ramo. Fui inteligente. Sou um homem muito, muito rico, querida.

— Ok. — Estreito os olhos em seu rosto; não sei aonde ele quer chegar com isso.

— Bom, a partir desta manhã, você está olhando para o CEO da McKenna Enterprises, LLC. Temos clientes a bordo, e a Sra. Glover também vai vir trabalhar com a gente.

— A gente? — pergunto, em estado de choque.

— É claro que é a gente. Vamos ter um ano movimentado pela frente, mas sei que você não tem medo de um pouco de trabalho duro.

Ai, meu Deus.

— Está me oferecendo um emprego? — pergunto, ainda sem entender totalmente o que ele está pedindo.

— Não, meu amor, estou te oferecendo uma sociedade. Essa é a *nossa* empresa.

— Puta merda.

— Essa é sua maneira de aceitar o cargo? — ele pergunta com um sorriso.

— Nenhuma política de relacionamento interpessoal?

— Não gosto dessas coisas.

— Você fez isso para mim? — sussurro, pasma.

— Eu faria qualquer coisa por você, amor. Quando é que você vai entender isso? — Seu rosto é tão grave, tão seguro.

— Oh, Nate. — Eu me lanço em seus braços, e ele me puxa para perto, enterra o rosto no meu pescoço e me abraça forte.

— Eu te amo tanto, Julianne. Não me deixe novamente. Por favor.

Passo os dedos por seus cabelos e mergulho em seu calor.

— Estou aqui.

Ele se afasta um pouco e me olha, passando o dorso dos dedos numa carícia no meu rosto e descendo pela minha bochecha. Depois, beija minha testa.

— Sua pele é tão macia.

— Natalie e eu fizemos os tratamentos de SPA que eu ganhei de aniversário.

— Vocês mereciam — ele murmura.

— Nate?

— Sim, amor.

Desço os dedos pelo seu rosto, tão apaixonada por esse doce homem.

— Quando posso me mudar?

— Vou dar uns telefonemas de manhã.

Epílogo

— Os preparativos já foram feitos, Jenny? — pergunto à minha assistente.

— Sim, senhor, está tudo pronto. — Jenny pisca para mim e eu sorrio de volta. Trazê-la com Julianne para a nova empresa foi uma das melhores coisas que já fiz.

— Obrigado. Você pode ir para casa, está dispensada para o fim de semana.

— Ótimo, eu já vou. Feliz aniversário, Sr. McKenna.

— Obrigado, Jenny.

Jenny pega a bolsa de cima da mesa bem quando Julianne sai de sua sala, linda e maravilhosa, no vestido vermelho e sapatos pretos de salto, cabelo todo solto ao redor do rosto lindo.

Deus, eu amo a Julianne.

— Você está saindo, Jenny? — pergunta ela com sua voz suave e doce.

— Sim, Srta. Montgomery, a menos que tenha alguma coisa para mim.

— Oh, não, está tudo bem. Tenha um bom fim de semana. — Ela sorri para Jenny e vem até mim, um sorriso feliz nos lábios. — Acho que também estou pronta para encerrar o dia, Sr. McKenna.

— Você leu meus pensamentos, amor. — Tomo-a nos braços e descanso meus lábios em sua testa macia, respirando seu aroma. Ela sempre cheira à luz do sol e baunilha. — Tenho uma surpresa para você.

Ela me olha com olhos arregalados e depois franze a testa.

— Mas é o seu aniversário. Eu tenho uma surpresa para você.

— Dá pra levar na viagem? — pergunto e esfrego as mãos por suas costas esguias.

Ela franze os lábios e seus olhos se arregalam um pouco de surpresa, mas, em seguida, fala:

— Sim, acho que sim.

— Que bom. Pegue suas coisas e vamos embora.

— Vamos passar em casa primeiro? — ela pergunta. Eu amo quando ela diz "em casa" assim. Agora é a nossa casa, e assim tem sido por dois meses, mas ainda soa como novidade quando sai de sua língua doce.

— Não, nós não temos tempo.

— Mas eu não trouxe nada pra uma viagem de fim de semana.

— Já cuidei disso, Julianne. Confie em mim. — Ela junta suas coisas e nós trancamos o escritório. Depois, estendo a mão para ela, entrelaçando seus dedos nos meus, e descemos o elevador para a garagem.

— Para onde estamos indo? — pergunta, seus grandes olhos azuis me fixando com expectativa.

— Você vai ver em breve. — Ela faz beicinho e eu rio, me inclinando para mordiscar e beijar seus lábios. — Você tem um gosto bom — sussurro.

— Comi uma barra de chocolate antes de sairmos — ela responde.

Rio quando o elevador se abre e a levo para a Mercedes. Eu realmente gostaria de levar a moto neste fim de semana, mas temos muita coisa para levar conosco.

Depois de arrumarmos nossos pertences, entramos na rodovia rumo ao sul de Seattle. Julianne passa os dedos para cima e para baixo pela minha coxa, disparando arrepios pelo meu corpo e fazendo meu pau ter espasmos. Pego sua mão e beijo a ponta de seus dedos; em seguida, ponho nossas mãos no meu colo. Ela mostra um sorriso travesso.

— Mais tarde — murmuro.

— Ok, desembucha. Para onde estamos indo?

— Casa de praia.

— Ah, que bom! Faz tempo que não vamos lá. — Ela sorri para mim e eu sorrio de volta.

— Eu sei, ficamos muito ocupados com a construção do negócio. Merecemos esse fim de semana. — Beijo sua mão novamente e ela se inclina para beijar minha boca.

— Sim, é verdade.

— Amor, chegamos. — Passo de leve o dorso da mão no rosto macio de Jules, acordando-a do cochilo. Ela dormiu depois de trinta minutos de começada a viagem de carro para cá e eu simplesmente a deixei dormir. Ela parece um anjo quando dorme. Ultimamente, temos feito muitas jornadas de sessenta, oitenta horas de trabalho por semana. Estamos esgotados, nós dois.

— Chegamos? — pergunta, sonolenta, ao se sentar para se espreguiçar, empinando os seios naquele vestido sexy. Meu pau imediatamente desperta para a vida.

Luta Comigo 323

Eu não percebi até ter embicado o carro na entrada da garagem de tão nervoso que estou esta noite. Dizer que tenho uma surpresa para ela foi o eufemismo do ano. Esta poderia ser uma das noites mais importantes das nossas vidas, e eu só peço a Deus que eu não estrague tudo.

Jules pega a bolsa e eu puxo a mala grande com nossas roupas para o fim de semana, que estava em cima do banco de trás do carro, e me junto a ela na varanda. Destranco a porta e sigo Julianne para dentro.

A administradora que uso para cuidar da casa em nossa ausência esteve aqui como eu pedi, e eu dou uma olhada rápida ao redor. Há fogo queimando na lareira; a lenha não foi muito consumida, me dizendo que estiveram aqui recentemente.

Perfeito.

A mesa da sala de jantar está posta, e há baixelas aquecidas no balcão com nosso jantar.

Jules solta a bolsa no sofá e se vira para me olhar, seus belos olhos arregalados, e sua boca, aberta.

— O que é isso?

— Eu sabia que a gente não ia querer cozinhar. — Dou de ombros, fingindo que não é nada demais.

— Mais dos seus subalternos? — ela pergunta, me fazendo rir.

— Sim, meus subalternos.

Deixo a mala ao pé da escada, planejando subir com ela mais tarde, e ligo o sistema de som, ficando satisfeito quando John Legend começa a cantarolar dos alto-falantes.

Jules anda até a lareira, olhando para as chamas, braços cruzados sobre o peito. A luz brinca em seu lindo cabelo loiro e pele clara, e eu não consigo resistir a ela. Passo os braços ao seu redor e enterro o nariz em seu pescoço para respirá-la.

— Você é tão sexy, Julianne.

— Hmm — ela murmura. — Você não é tão ruim, Ás.

Sorrio para o apelido bobo que ela pôs em mim e, em seguida, beijo seu pescoço macio.

— Vamos lá, vamos comer.

— Vamos.

Enchemos nossos pratos de massas e molho branco com aroma maravilhoso, salada e pão, e eu abro uma garrafa do seu champanhe favorito.

— Nossa, você fez tudo.

— Espere até ver o que tem para sobremesa — respondo.

— Cheesecake de chocolate? — pergunta com um sorriso.

— Adivinhou — respondo. Você não chegou nem perto, amor.

Porra, como estou nervoso. Sou grato por minhas mãos estarem firmes quando sirvo o champanhe rosado em taças altas, e nos sentamos à mesa para comer.

— A você. — Seguro minha taça no ar e ela segue o exemplo. — À mulher mais linda do mundo.

— Um brinde a isso. — Ela pisca e toma champanhe. Sem poder evitar, rio com ela.

Quando nossa comida é consumida, Jules se levanta e me beija na boca. Antes que eu possa agarrá-la e puxá-la no meu colo, ela se afasta e me dá uma piscadinha com aquele sorriso sexy.

— Espera aqui. Já volto.

Ela sai pela porta da frente com as chaves em mãos, e retorna menos de trinta segundos depois com uma grande caixa preta nos braços.

— Que diabos é isso?

— Seu presente de aniversário. — Ela sorri.

— Amor, você não tem que me dar nada.

Por favor, só não diga não. Esse é o único presente que eu preciso.

— Ai, Nate, é seu aniversário. Claro que eu te comprei um presente. — Ela recolhe os nossos pratos e põe a caixa na mesa diante de mim. — Abre.

Levanto a tampa, tiro o papel de seda prateado e encontro uma foto emoldurada sobre um álbum de fotos.

Pego o porta-retratos e olho para a foto com admiração. Jesus Cristo, é ela. É a Julianne, mas ela não está usando nenhuma roupa. Está sobre uma cama, de bruços, sorrindo para mim do jeito que ela faz quando sabe que eu estou com tesão por ela.

Merda, estou com tesão agora.

— Diga alguma coisa, Ás.

Olho para cima em seus olhos incertos e sorrio.

— Você está maravilhosa.

Ela sorri docemente, aliviada, e eu me inclino para beijá-la, envolvendo a mão em seu cabelo longo e macio. Ela se afasta e sussurra:

— Abre o álbum.

Há páginas e páginas dela, vestida na lingerie mais sexy que eu já vi, embrulhada em um lençol, totalmente nua, em diferentes poses. Todas sexy pra caramba.

Fecho o álbum e empurro a cadeira para trás. Na sequência, puxo Jules para os meus braços, apoiando sua bunda no meu colo e enchendo-a de beijos. Passo os dedos pelo rosto macio, sobre o peito, sentindo o mamilo endurecer quando brinco com ele entre os dedos. Com um gemido suave, ela se levanta, ergue a saia ao redor da cintura e monta sobre mim.

— Agora, quero rápido e duro, Ás. — Seus olhos azuis estão em chamas com o desejo, e quem diabos sou eu para dizer não? Todas as minhas fantasias são com ela.

Rasgo sua calcinha em duas e jogo os pedaços no chão, recebendo um sorriso em troca.

— Vou comprar mais na semana que vem.

— Sim, você vai.

Ela abre minha calça e eu a abaixo até as coxas. De repente, Jules está de joelhos, meu pau em suas mãos pequenas e doces e sua boquinha cor-de-rosa em volta dele, chupando forte.

— Caralho, amor. — Agarro seu cabelo gentilmente e guio sua cabeça para cima e para baixo, enquanto ela me masturba também com as mãos. Minhas bolas se apertam, e, antes que ela possa me fazer gozar em sua boca quente, eu a puxo pelos ombros e ela monta em mim de novo, me guiando para dentro dela. Na hora, qualquer pensamento consciente evapora da minha cabeça. Só consigo pensar em entrar e sair dessa bucetinha doce.

— Oh, Nate, isso. — Ela joga a cabeça para trás e eu beijo seu pescoço enquanto ela me cavalga com sua maciez molhada.

— Nossa, você está tão molhada, querida.

— Hummm... — ela geme, seus músculos ficando tensos ao

redor do meu pau, e eu começo a sentir o orgasmo nascendo nela. Jules vai me levar com ela, e eu começo a acelerar o movimento, segurando sua bunda nas minhas mãos, baixando seu corpo de encontro ao meu com mais força.

— Oh, Nate, eu vou gozar, querido.

Deus, eu amo ouvir meu nome sair da sua boca assim quando estou dentro dela. Olho para ela, para nós e para a tatuagem vermelha. Seria mentira se eu dissesse que o desenho não me deixa ainda mais excitado.

— Goza pra mim, meu amor — sussurro para ela e observo, encantado, ela morder o lábio inferior, fechar bem os olhos e se agarrar ao meu cabelo ao explodir ao meu redor, se enterrando tão forte em mim, que quase dói, e eu sinto meu próprio clímax me dominar, ainda enfiado até o fundo dentro dela, e me derramo ali dentro.

Ela desaba sobre mim, seus braços em volta dos meus ombros e o rosto enterrado no meu pescoço, respirando com dificuldade.

— Feliz aniversário — murmura, e eu rio.

— Nossa, querida, você é incrível.

Ela é incrível pra caralho.

— Acho que você gostou das fotos? — Ela se inclina para trás e sorri para mim.

— Adorei. Natalie?

— Sim, foi a Nat quem tirou.

— Me lembra de agradecer a ela também.

— Espero que você apenas envie um cartão ou algo assim, em vez de agradecer do mesmo jeito que me agradeceu.

— Hum, sim, isso parece um bom plano. — Afasto o cabelo do rosto dela e a puxo para outro beijo. — Tenho outra coisa para você — sussurro contra seus lábios.

— Tem?

— Tenho, vamos. — Eu a levanto de cima de mim e guardo o pau de volta na calça enquanto ela baixa a saia e abre a porta dos fundos.

— Estou descalça.

— Aqui. — Pego-a facilmente no colo, e ela envolve os braços no meu pescoço e beija minha bochecha.

— Obrigada.

— Disponha.

Quando chegamos ao coreto, aceno com a cabeça, satisfeito. A decoração está exatamente do jeito que estava na primeira vez que eu a trouxe aqui, quando lhe dei o colar da minha mãe.

— Ah, Nate, que lindo.

— Estou feliz que você goste.

Sirvo-lhe outra taça de champanhe da garrafa que a empresa de buffet deixou aqui embaixo, e nos acomodamos no sofá felpudo.

— Julianne. — Tomo sua mão na minha, e o nervosismo está de volta. Porra. Tomo um gole do champanhe. Ela está me olhando com curiosidade, com a cabeça inclinada para o lado.

— Nate, está tudo bem.

Meus olhos disparam para os dela, e meu estômago se assenta imediatamente. A música que ela ama, "I Won't Give Up", começa a tocar nos alto-falantes, e eu sei: este é o meu momento.

Limpo a garganta e olho para nossas mãos interligadas, e, depois, outra vez para seus olhos perfeitamente azuis, procurando as palavras que eu treinei todos os dias na minha cabeça durante os últimos dois meses.

— Eu amo você, Julianne. Eu te amei por muito tempo. Você e eu somos uma equipe, em todos os sentidos. Você me surpreende com sua força, com sua bondade e com o amor que você mostra a todos ao seu redor, inclusive a mim.

Lágrimas vazam pelo canto de seus olhos e eu chego mais perto para pegá-las com os dedos.

— Não chora, amor — sussurro. Não aguento quando ela chora. — Jules, tinha de ser assim. Eu soube na hora que te vi pela primeira vez. — Eu me ajoelho diante dela e pego a caixinha Cartier vermelha do bolso e abro para que ela veja o anel de noivado em estilo vintage de diamante que escolhi há um mês. Mais lágrimas rolam de seus olhos arregalados enquanto ela o observa fixamente; em seguida, seus olhos retornam aos meus com espanto, surpresa e amor, e eu não preciso mais procurar pelas palavras. — Casa comigo, Julianne. Partilha minha vida comigo. Seja minha para o resto da minha vida. — Seus lábios tremem antes que se abram num largo sorriso, e ela se lance nos meus braços, me segurando firmemente ao redor do pescoço, o rosto enterrado em mim. — Querida, eu preciso ouvir as palavras — murmuro com uma risada.

— Sim. — Ela se fasta um pouco e segura meu rosto nas mãos, olhando profundamente nos meus olhos. — Sim, Nate, eu me caso com você.

Apoio a testa na dela e dou um longo suspiro de alívio.

— Obrigado — sussurro. — Posso colocá-lo em você agora?

— Claro que pode, Ás. — Ela ri e enxuga as lágrimas quando eu deslizo o anel em seu dedo tão pequeno. Ela levanta a mão e o admira. — Você escolheu bem, amor.

— Estou muito feliz que você tenha gostado — respondo ironicamente.

— Eu gostei. — Ela sorri docemente para mim e minha barriga se aperta de amor e desejo, e ela me abraça de novo. — Eu te amo, Nate.

— Eu também te amo, Julianne.

— Você falou alguma coisa sobre cheesecake de chocolate?

A série *With Me In Seattle* continua com a história de Will e Meg no terceiro livro, *Joga Comigo*.

Lançamento em breve.

Agradecimentos

Para Alvin: obrigada por ser paciente enquanto busco este meu sonho. Eu te amo muito.

Para as minhas garotas da Naughty Mafia: Kelli Maine, Emily Snow, Katie Ashley, Michelle Valentine e Ava Black. Vocês são demais, e eu amo vocês!

Mãe e pai: amo muito vocês dois.

Para Lori: sua amizade é incrível e eu te amo loucamente!

Para A.L. Jackson e Molly McAdams: vocês duas são minhas melhores amigas de publicações de todos os tempos. Estou muito grata pela amizade que encontrei em vocês. Amo vocês MUITO!! Bj.

Para Niccole Owens: sou muito grata por termos nos encontrado. Você é talentosa e a melhor pessoa com quem ter ideias! A próxima garrafa de vinho é por minha conta.

Para minhas lindas leitoras beta: Nichole Boyovich, Kara Erickson, Samantha Baer, Sali Powers e Holly Pierce. Vocês são as melhores!

Para os autores e blogueiros que têm dedicado tempo e energia em mim e no meu trabalho. Muito, muito obrigada!

E como sempre, a você, leitor. Espero que goste da história de amor de Jules e Nate.

Boa leitura!

Beijos

Livro 1: Fica Comigo

Ser confrontada na praia por um estranho atraente não fazia parte dos planos de Natalie Conner, que apenas queria passar uma manhã tranquila tirando fotos. Mas, afinal, porque ele achou que ela estava tirando fotos dele? Quem é ele? Ela só tem certeza de uma coisa: ele é um gato, extremamente romântico e alimenta a sua alma ferida.

Luke Williams só deseja que o mundo lhe dê um tempo, então, ver outra câmera apontada para seu rosto quase faz com que ele ataque a bela mulher atrás da lente. Quando ele descobre que ela não faz ideia de quem ele seja, fica intrigado e até um pouco atraído. O corpo de Natalie parece ter sido feito para o sexo, sua boca é atrevida, e Luke não consegue enjoar dela, embora ainda não esteja pronto para lhe contar quem verdadeiramente é.

Natalie é uma garota incomum que não lida muito bem com mentiras e segredos. O que acontecerá com esse novo relacionamento quando ela descobrir o que Luke vem tentando esconder?

Livro 1.5: Um Natal Comigo (somente em ebook)

Isaac e Stacy Montgomery são casados há dez anos e têm uma filhinha linda. A empresa de construção de Isaac está prosperando e Stacy gosta de ser mãe em tempo integral e resenhar romances sensuais em seu blog. Com uma grande família e os muitos privilégios que vêm com isso, Stacy é a primeira a admitir que eles são inestimavelmente abençoados.

Quando chamadas telefônicas e mensagens de texto suspeitas começam a surgir, Stacy questiona a fidelidade de Isaac pela primeira vez no casamento. Ela sabe que um bebê traz mudanças em um relacionamento.

Será que o estresse da paternidade enviou Isaac para os braços de outra mulher, ameaçando destruir o casamento deles?

Entre em nosso site e viaje no nosso mundo literário. Lá você vai encontrar todos os nossos títulos, autores, lançamentos e novidades. Acesse www.editoracharme.com.br

Além do site, você pode nos encontrar em nossas redes sociais.

https://www.facebook.com/editoracharme

https://twitter.com/editoracharme

http://www.pinterest.com/editoracharme

http://instagram.com/editoracharme